KB241801

박석환
판타지 장편 소설

마법 체계

Magic System

마법체계 2

박석환 판타지 장편 소설

초판 1쇄 찍은 날 § 2006년 12월 16일
초판 1쇄 펴낸 날 § 2006년 12월 23일

지은이 § 박석환
펴낸이 § 서경석

편집장 § 문혜영
편집책임 § 유경화
편집 § 이재권

펴낸곳 § 도서출판 청어람
등록번호 § 제1081-1-89호
등록일자 § 1999. 5. 31
어람번호 § 제1-0778호

주소 § 경기도 부천시 원미구 심곡1동 350-1 남성B/D 3F (우) 420-011
전화 § 032-656-4452 팩스 § 032-656-4453
http://www.chungeoram.com
E-mail § eoram99@chollian.net

ISBN 89-251-0455-5 04810
ISBN 89-251-0453-9 (세트)

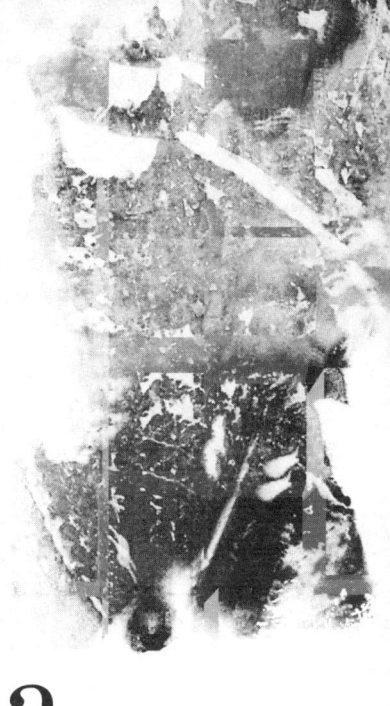

박석환
판타지 장편 소설

마법체계
Magic System

2 [브로크웨이]

FANTASY FRONTIER SPIRIT

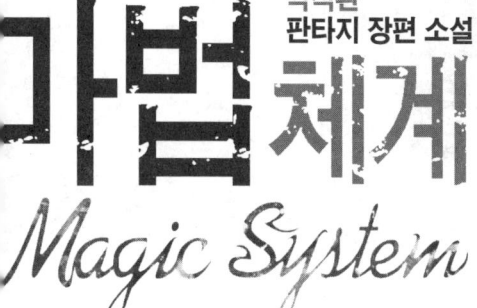

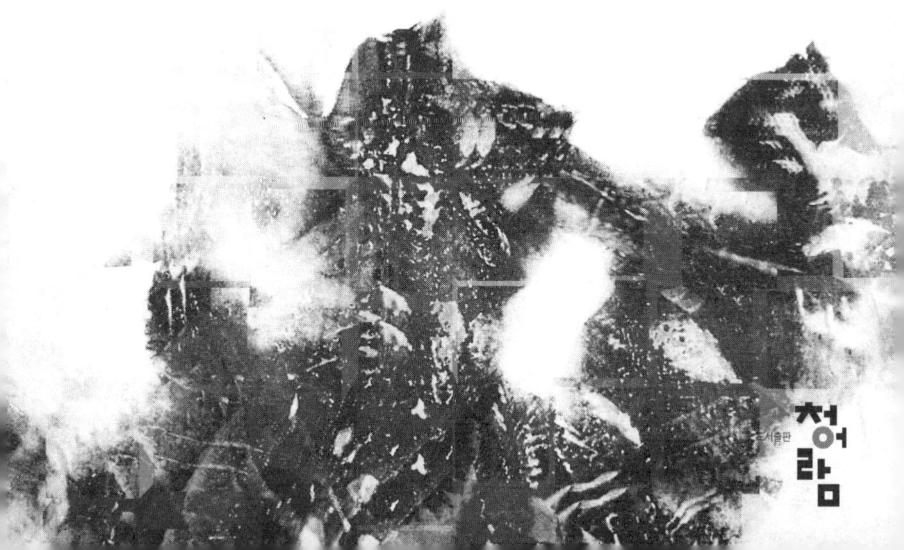

도서출판 청어람

Contents

Chapter 11

브로크웨이

1

검은 하늘 위로 뚜렷한 트윈문이 떠올랐다.

작은 별들과는 상대가 되지 않는 거대한 크기의 달.

트윈문의 의미는 일루전을 의미한다.

천문학을 공부하는 학자들의 트윈문에 대한 연구가 계속 되었지만 트윈문의 실체를 알아내지는 못했다. 달은 분명 세 개로 보이나 세속되는 연구에 의하면 트윈문의 진짜 개수는 단 하나라는 주장도 계속 야기되어 왔으며, 전설과도 의미가 깊은 것이 바로 트윈문이다.

서늘한 밤하늘의 그 이유 많은 달을 올려다보면서 나는 천 천히 짐을 꾸렸다. 돈을 도둑맞았고, 여러 가지 일이 있었다.

따지고 보면 집을 나선 지 얼마 되지도 않았는데 이렇게 사건이 줄줄이 벌어지니 참으로 신기한 노릇이다. 또 앞으로 얼마나 큰 시련이 기다리고 있을까를 생각해 보니 벌써부터 몸에 땀이 배인다.

아직 우물 안 개구리이다.

얼마나 큰 세상이 있는지 아직 모른다. 섣부른 판단과 행동으로 일을 그르치는 짓은 하지 않는다. 후회없는 전진. 오로지 그것을 기준점으로 내 흔적을 남기리라.

"출발한다."

일제히 일어났다.

대부분이 얼굴이 푸르죽죽하다. 하지만 그렇다고 해서 이렇게 하릴없이 쉬고 있다 보면 더 안 좋은 결과만이 기다릴 뿐이다.

현재는 브로크웨이가 우리를 주시하고 있는지도 모르는 상황. 잠깐 방심하는 사이 목숨은 도난당한다.

나는 극도로 긴장한 상태에서 에아르웬에게 길잡이를 맡겼다.

적어도 그녀는 이런 산이나 숲의 지리를 잘 볼 수 있다. 엘프들은 자체적으로 눈이 밝기 때문이다. 우리는 피곤한 육체를 이끌고 강행했다. 하지만 곧 에아르웬의 말을 들으면서 우리는 급속도로 몸이 무거워지는 것을 느껴야만 했다.

그녀는 미처 몰랐다는 듯이 난처한 얼굴로 나를 보았다.

"더 이상 내려가기는 힘들 것 같습니다. 마크헌트의 지역을 가로질러야 하는데, 밤에 그곳을 지나는 것은 상당히 위험해요."

베놈이 물었다.

"위험하다고?"

"네."

"몬스터 따위 때문이라면……."

"몬스터도 몬스터지만, 지역의 이름에 맞게 휴그라는 괴수가 있습니다. 그 괴수는 절대 자신의 지역에 침범한 사람을 살려주지 않는다고 하네요."

"왜지?"

"이유는 저도 잘……."

나는 머리가 지끈해졌다.

브로크웨이만 해도 골머리가 썩는데, 별 시답잖은 것들이 걸림돌이 되고 있다.

"어차피 이 길 말고는 다른 길은 없지 않습니까."

내 말에 그녀는 고개를 끄덕였다. 그렇다면 더 이상 시간을 지체할 필요가 없다. 밤이라면 그 휴그라는 놈도 자고 있을지 모르지. 발각만 되지 않는다면 이곳을 지나는 것은 더 쉬울지도 모른다. 에아르웬의 눈이 있기에 밤길을 찾는 건 그리 어렵지 않기 때문이다.

나름대로 모험이라면 모험이었다.

나와 에아르웬만이 있는 것이 아니라 완전 약골인 알비아노까지 있으니 말이다. 나는 진지하게 고민했다. 굳이 그녀를 위해서 내 위험까지 노출시켜야 하는 것인지.

자발적으로 따라가겠다고 한 아이이다.

칼을 맞고도 살아났다. 만약 하만보르가 아니었다면 꼼짝없이 죽었을 아이. 이런 내 생각을 읽은 것일까. 그녀의 입에서 작은 목소리가 밤 공기를 타고 흘러나왔다.

"날 버리지 말아줘요. 짐이 되진 않을 거예요."

나는 그녀를 보면서 처음으로 웃었다. 내가 이 정도밖에 안되는 인간이었다는 인식이 머릿속 깊숙이 찌르고 들어왔다. 군주에 오르겠다는 놈이 저런 여자 하나를 지키지 못해 핑곗거리나 찾는 꼴이라니. 나는 토악질이 가슴 위로 차오르는 것을 느꼈다.

"지켜주마."

나는 씁쓸한 얼굴로 고개를 돌렸다.

에아르웬은 앞으로 가게 될 길을 멀리 내다보고 있었다. 그녀의 얼굴에는 수심이 가득했다. 그 휴그라는 괴수가 얼마나 굉장하기에 이리도 겁을 먹는 것일까.

어깨가 가늘게 떨리는 게 보였다.

"본 적이 있습니까?"

나의 물음에 에아르웬이 분칠을 한 것처럼 하얀 얼굴로 돌아본다. 너무 투명해서 뼈가 보일 것 같은 하얀 얼굴과 깊은 심연 속으로 빨려 들어갈 것 같은 푸른 눈동자.

"네?"

그녀는 너무 집중을 한 터라 잘못 들은 것인지 반문했다. 그녀는 잠재된 힘을 가지고 있다. 각성된 힘의 봉인을 푸는 순간 그녀의 힘은 더더욱 강력해질 것이다. 나는 그것을 피부로, 감각으로 느낀다.

예전엔 몰랐는데, 아마도 마법사로서의 재능은 천부적으로 타고나야 한다. 극도로 예민한 것을 느끼고 잡아내야 하며, 작은 상황의 흐름마저도 느껴야 하는 게 마법사다.

그래야만 마나를 느낄 수 있으니까.

마나라는 것은 대자연에 스며들어 있는 푸른 기운.

그것을 느끼는 데에는 엄청나게 예민한 신경이 극한으로 발달되어 있어야 한다. 그렇기에 내 감각이 뛰어난 것도 마법을 배움으로 인해서 높아진 정신력과 예민한 감각 때문일지도 모른다.

확실하지는 않은 것.

단지 내 안에서 지은 가정일 뿐이지만, 그 결과는 거의 확실하다고 나는 판단하고 있나. 그녀는 주어진 능력에 비해 활용을 못하는 편이었다. 어쩌면 숨기고 있을지도 모르는 것이지만……

여러모로 많은 생각을 하게 만드는 수상한 엘프 에아르웬이 말했다.

"정말 내려가실 건가요?"

"돌아갈 수도 없잖아?"

이 숲을 가로지르지 않으면 약 일주일은 걸어야 도시가 보일지도 모른다. 아니, 어쩌면 더 헤매다가 결국은 길을 잃어버릴지도 모르고 말이다.

그러고 보면 하만보르에게 하나 더 부탁할 걸 그랬다.

하만보르에게나 위협적이지 않은 숲이지 인간들에게는 굉장히 곤란한 곳이기 때문이다. 매스 텔레포트를 부탁하는 것도 좋은 방법이었을 텐데. 그렇다고 지금 그를 다시 불러내는 것은 무리한 요구다. 그는 바쁘며, 이런 식으로 자꾸 신세를 지다 보면 그 우정의 빚을 언제 다 갚는단 말인가. 게다가 습관이 되기 쉽다. 누군가에게 손을 내밀어줄 수 있는 사람이 되어야 한다.

'강해지는 과정이라 여기자.'

베놈이 주위를 획획 살폈다.

나는 에아르웬이 안내하고 있는 길을 주시해서 따라갔다. 알비아노는 내 등에 착 붙어서는 마치 고목나무의 매미처럼 두려움에 떨고 있다.

밤인지라 으슬으슬하고 무언가가 '파악' 하고 튀어나올 것만 같은 귀기스런 분위기였다. 그리고 그런 불안감은 기분 나쁘게도 현실이 되어버리고야 말았다.

앞서 걸어가던 에아르웬이 우뚝 멈췄다. 처음에는 무슨 이유인지 몰라 고개를 갸웃거렸는데, 점점 그녀와 거리가 좁혀질수록 에아르웬의 눈앞에서 벌어지고 있는 모습을 볼 수 있었다. 거대한 곰 한 마리가 나무줄기에 감겨 있었고, 몸이 찌그러져 피가 바닥에 흥건하게 젖어 있었다.

이목구비를 가지고 있는 나무의 몸통과 마치 생물처럼 꿈틀거리는 나무줄기는 섬찟하다 못해 소름이 끼쳤다. 게다가 말까지 했다.

어두운 하늘 아래, 엔트와의 만남은 우리의 피를 급속도로 굳게 만드는 이유를 만들어가고 있었다.

"에아르웬, 어떻게 해야 하죠? 싸워야 합니까?"

나의 조심스런 물음에 그녀는 갈팡질팡했다. 대체 무슨 계산을 하는 건가.

"어차피 다른 곳으로 돌아가도 이런 식으로 몬스터들을 계속해서 만나게 될 거예요. 대화로 설득을 하거나 해치워야 합니다."

"당신은 숲의 종족이지 않습니까. 엔트와 싸우는 것을 허락하는 겁니까?"

에아르웬은 울먹거렸다.

"그의 몸은 나무일지라도 이미 악령에게 몸을 빼앗긴 껍데기뿐인 존재입니다. 상관없어요."

붉은 눈에 코, 게다가 입이 있어 말까지 하며, 주름처럼 보이는, 인간보다 더 인간 같은 저 나무를 보고 있자니 절로 눈살을 찌푸리게 된다.

엘프인 에아르웬에게 이보다 더 잔인한 일이 있을 수 있을
까.

나는 베놈에게 말했다.

"에아르웬 씨를 데리고 있어라. 그리고 눈을 가려줘."

"로, 로크님, 그러지 않으셔도……."

"제 최소한의 배려입니다."

더 이상 그녀의 대답은 들려오지 않았다. 손으로 입을 틀어
막았는데, 아마 터져 나오려는 울음을 막은 것 같았다.

"쿠르륵! 쿠륵!"

입에서 초록색 액체가 흘러내렸다. 그것이 지면에 닿자 하
얀 연기가 피어올랐다. 두 번 볼 것도 없이 맹독성을 가진 액
체였다.

무슨 이유로 이런 악한 기운을 뒤집어쓴 괴물이 된 것인지
모르겠으나 내 마법으로 인해 생이 끝난다면 그것 자체로도
너에겐 좋은 의미가 될 수도 있겠지.

나는 마력을 끌어올렸다.

지하 깊은 곳에서 끌어올린 것처럼 대기 중에 분포되어 있
던 막대한 마나가 집약되기 시작했다. 마치 파도가 일렁이는
것처럼 거대한 체계 공식이 성립되었다.

서늘하고 냉랭한 바람을 느꼈다.

가늘게 피부를 훑고 지나가는 바람의 작은 기운은 마나를

담기 시작했다. 그것은 무거운 중압감이 되었다.

바람의 마법은 강력하다. 그리고 속성의 마법, 불 계열을 동시에 캐스팅했다. 공격에 대한 전술이 날카롭게 자리를 잡았다.

102체계!

'파이어 타이푼(Fire Typhoon)!'

하늘이 일그러졌다. 구름을 깨며 일그러진 공간 속에서 화염이 치솟았다. 그리고 그것은 거대한 불기둥이 되어 엄청난 속도로 엔트의 몸을 향해 날아갔다.

숲의 종족에게 불은 치명적이다.

엔트는 악령에 씌워 정상적인 사고가 어려웠다. 게다가 파이어 타이푼을 피하기엔 몸이 너무 거대했다. 그의 피부는 강철이 아니다.

단숨에 한 줌 재로 변해 버릴 듯 걷잡을 수 없는 불길이 온몸을 휘감았다.

귀를 찢는 엔트의 비명이 터져 나왔다.

큰 뿌리를 움직이며 내게 걸어온다. 그리고 죽어갔다. 나는 타오르는 엔트를 보면서 눈을 감았다.

생명을 죽이는 것은 잔인한 일이다.

아무리 겉으로는 아닌 척, 자신감이 있는 척해봐도 속내는 그렇지가 않았다.

엔트를 죽이는 것만 해도 이런 죄책감과 비슷한 것이 느껴지는데 인간은 오죽할까.

나는 나의 정신 상태와 마음가짐을 채찍질했다.

에아르웬은 다리에 힘이 풀려 주저앉아 있었다. 나는 마나를 유동시켜 바람을 불게 만들었다. 센 바람(13.9~17.1m)이다. 그 바람은 약간의 냉기를 가지고 있었다.

시커먼 재가 된 엔트가 불길이 닿은 숲을 훑고 지나갔다.

잠시 후 숲은 고요해졌고, 에아르웬의 눈물이 흐르는 소리만이 들렸다. 비록 지금은 충격이 크겠지만 시간이 지나면 괜찮아질 것이다.

인간의 수명에 비해 몇 배나 되는 존재들이니 아마 인간들보다 마음도 훨씬 단단하겠지. 그렇지 않다면 진작에 미쳐 버렸을 테니까.

나는 짐을 뒤적였다. 배가 고팠다. 여행용 음식을 작은 천 가방에 넣어두었다. 짐을 풀자 건조 식량이 나왔다.

건조 식량은 몇 가지의 식료품으로 구성되어 있다.

물과 밀가루로 만든 것이라 더럽게 맛없었다.

말린 고기를 꺼내서 씹자 쇠를 입에 문 느낌이었다. 도저히 인간이 씹을 수 있는 식품이 아니라서 그걸 내뱉은 뒤, 나는 하드 치즈와 에아르웬이 오면서 챙긴 야채를 먹었다. 사실 야채류는 별로 좋아하지 않지만 이렇게 산을 넘을 때, 이 정도의 야채는 섭취를 해줘야 비교적 양호한 건강을 챙길 수 있기 때문이다.

근본적인 체력이 약하기에 산을 넘다가 빈혈이나 육체적 피로로 쓰러지면 곤란하지 않겠는가.

한참을 꼭꼭 씹어 먹은 뒤, 물통을 꺼내 물을 마셨다.

많은 양의 물을 마셔줘야 했다. 아무리 하만보르에게 얻어먹은 게 있다지만, 이런 기본적인 상식마저 거부한다면 몸이 어떠한 결과를 나타낼지 모른다.

나는 내 몸에 대해 최소한의 예의를 지키고 있는 셈이었다.

"그만 출발해도 될까요?"

에아르웬은 퉁퉁 부은 얼굴로 일어났다. 베놈은 뭐라 계속해서 투덜거렸다. 그래서 이때부터는 내가 앞장서기 시작했다. 물론 에아르웬에게 길을 물어보는 것은 잊지 않았다.

엔트를 지나고부터는 생각보다 길이 편해져 가는 데 그리 힘이 들지는 않았다.

내 생각은 오직 하나였다.

이곳을 수호한다는 그 휴그라는 놈이 언제 나타날지에 대한 것.

얼른 나타나 줘서 물리쳤으면 하는 마음이었다. 무언가를 기다린다는 것은 굉장히 심리적으로 불안하다.

나는 편한 걸 좋아하는 사람이다.

물론 대부분의 인간이 그렇겠지만, 내 개인적으로는 이런 식의 감각은 꽤나 예민해서 별로 기분이 좋지가 못했다.

"그 휴그라는 놈, 자나 봅니다."

베놈도 나와 성격이 크게 다르지 않은 모양이다. 성질 급한 베놈은 연방 주위를 두리번거리는 게, 만일 휴그가 자는 모습이라도 보이면 일부러라도 깨우고 싶어하는 얼굴이었다.

일행으로서 상당히 피곤하게 만드는 성향이다.

언제 시간을 잡아서 인내라는 것에 대한 수업을 해야겠다는 생각이 들었다. 오크라고 배움을 멀리하라는 법은 없다. 그는 충분히 똑똑해졌고, 오크의 뇌에 비해 비약적인 발전을 가진 존재가 되었으니 말이다.

그리고 어쩌면 생물학자들이 이 사실을 알게 된다면 베놈을 실험물로 쓰려고 달려들지도 모른다. 그만큼 무서울 정도로 인간에 가까워진 사고방식과 성격, 그리고 행동거지 하며, 말투는 인간의 복제라고 해도 과언이 아니기 때문이다.

베놈과 의미없는 삼류농담이나 주고받으면서 우리는 간간이 몬스터를 만났다. 그것들은 나와 베놈이 간단하게 처리할 수 있는 것이었다. 대형 몬스터도 나왔지만 굳이 피를 보기 싫었기에 이젠 슬립 마법으로도 충분히 잠재울 수 있었다.

이 슬립 마법도 처음엔 쉽지 않았다. 몬스터들이 마법 방어력이 강한 것인가 생각했지만 결국은 내 실력 부족이었다. 많은 시행착오를 거치고 연습(?)으로 인해 이젠 슬립 마법이 다소 유능해졌다.

그렇게, 에아르웬의 말로는 도시로 가는 길이 가까워졌다는 소리를 들은 바로 그 무렵, 휴그라고 측정되는 존재가 우리들의 눈앞에 나타났다.

"이것 참, 의외군."

예상치 못한 광경에 나는 뒷머리를 긁적였다.

2

"웬 놈들이냐?"

대뜸 반말부터 해오기 시작한 이 사내는 내 예감이 틀리지 않다면 아마도 그 '휴그'라는 괴수로 불리는 녀석일 것이다. 그런데 들은 것과는 좀 왜곡된 부분이 있었다.

그는 철저히 인간형이었다.

단지 거대할 뿐.

대략 250피르(m) 정도 되는 키에 우락부락한 근육은 물론 골격도 좋아서 누워 있던 그가 상체를 일으키자 산이 움직이는 것만 같았다.

야광석처럼 번쩍이는 두 눈동자, 각진 턱에 짧은 검은 머리, 그리고 까칠까칠하게 난 짧은 수염은 그의 이미지를 한층 짙게 만들고 있었다.

뚜렷한 이목구비에 그의 체구에서 뿜어져 나오는 기세는 베놈마저도 얼굴이 하얗게 변할 정도로 강렬했다.

나 역시 그 무거운 중압감을 떨치기가 쉽지 않았다.

마력을 끌어올려 '용기 증폭(Nerve Heart of Grace)'을 시전해야 했다. 얇은 방어막은 온몸을 찢어발길 것 같은 그 무거운 중압감에서 자유롭게 해방시켜 주었다. 그리고 내 얼굴은 편안하게 변했고, 그 공간 안에서 탈출된 나는 걸음을 옮길 수가 있었다.

그에게로 한 걸음, 한 걸음을 옮길 때마다 일명 괴수 휴그의 표정은 미묘하지만 변해갔다. 그리고 순간이지만 그의 흔들리는 눈동자를 포착할 수 있었다.

"내 이름은 로크. 당신이 그 휴그라는 분이십니까?"

"그렇다."

정말 대단하다.

이 정도의 박력이라니……

내 예상과 다르지 않게 그는 아주 과묵했다. 당장 주먹부터 날리고 보는 게 아니라 냉철하게 분석하고 상대를 판별하며 삼차적으로 생각을 정리한다.

힘과 머리를 함께 가지고 있다.

위험하다는 적색 신호가 온몸을 붉게 달아오를 정도로 무섭게 비추었다. 그런 존재 앞에 설 때면, 자동적으로 육체는 그 능력이 급격하게 감소한다.

심장 박동이 빨라졌다.

만약 용기 증폭을 시전하지 않았다면 잘 돌아가던 생각도 막히기 시작하고, 온몸이 주체할 수 없을 정도로 떨려 제어가 불가능해질 것이다.

그것은 상대의 능력에 벌써부터 밀린다는 것을 인지하기 때문이다.

'저항할 수 없는 힘.'

나는 아랫입술을 꽉 깨물었다.

"나는 이 길을 반드시 지나야 합니다."

"이곳은 내가 100여 년 동안 지켜온 길이다. 내 답은 그걸로 끝. 더 이상 한 발자국만 더 옮긴다면 즉시 그대의 목숨을 취하겠다."

"그것참, 이기적인 사람이로군."

짱 얀느!

한 대 치면 바스러질 것 같은 녀석이 아무렇지도 않은 얼굴로 뚜벅뚜벅 걸어오며 말한 것이다. 나는 지금의 이 신기한 상황을 어떻게 받아들여야 할지 혼란스러웠다.

혹시 이것이 그의 장점 중 하나인가?

강철의 심장을 가진…….

나는 고개를 저었다.

'디 두고 봐야 할 일이지.'

"그게 무슨 소린가?"

"우선은 당신이 왜 이곳을 지키는지, 그리고 왜 우리가 이곳을 지나지 못하는지 알아야 하지 않겠소?"

'반하대!'

느낌 여하에 따라서는 명백한 시비성 도전이라 볼 수도 있었다. 저런 골골한 몸으로 도대체 무슨 생각으로 저리 당당한 것인지 도저히 이해할 수 없었다. 그의 행동은 과감하고 날카로웠다.

"내가 이유를 설명해야 하는 그런 번거로움까지 수고해야겠는가?"

"할 수 없다면 토설할 때까지 힘으로 누르는 수밖에."

"뭣?"

휴그의 입꼬리가 올라갔다.

기가 차 하는 휴그의 시선을 받던 장 얀느는 나에게로 시선을 돌렸다.

대체 무슨 생각이냐?

"로크님, 제 생각에는 이자를 이기지 않는다면 길을 여는 것은 불가능할 것입니다. 어차피 대화도 안 되는 사람. 다른 방법은 없습니다."

부정할 수 없다.

"하지만 이건……."

나는 머리를 긁적이면서 땀을 삐질 흘렸다.

이렇듯 250피르짜리 인간을 보고 있자니 상대할 엄두가 나지 않는다. 마법마저도 간지러워 보일 것 같은 피부에 저 위압감이라니…….

짧은 시간 동안 꽤 많은 생각을 한 나는 천천히 마나를 느끼면서 몇 가지 질문을 하기 시작했다.

그는 여전히 거의 누운 채로 나무에 기대어 있었다.

전투 태세가 아니었기 때문에 나는 조금 거리를 좁히면서 입을 열었다.

"우리는 반드시 이 길로 가야만 하는데, 당신과 부딪치지 않는 한도 내에서는 방법이 없는 것입니까?"

그는 짜증스런 얼굴로 눈을 질끈 감았다가 떴다. 그리고 손으로 무릎을 누르며 천천히 상체를 일으켰다.

목이 부러질 정도로 휘돌리며 휴그는 뻐근한 듯 몸을 스트레칭으로 풀었다.

'우두둑우두둑' 하며 마치 쇠가 부러지는 소리가 났다. 아마도 꽤 오랫동안 묵혀둔 관절 같은데도, 주먹을 휘두르면 웬만한 나무들은 가볍게 뚝뚝 부러뜨릴 파괴력처럼 보였다.

세밀한 근육과 큰 벌크의 부피.

그리고 거대한 손으로 주머니를 뒤적이더니 두꺼운 시가 하나를 입에 물었다.

부싯돌로 불을 붙인다.

실로 엄청난 크기였다.

큰 담배답게 마치 불을 지핀 것처럼 잘 타오르는 뿌연 연기를 보았다. 그리고 그의 시선을 느꼈다. 무섭도록 번쩍이는 녹색의 눈빛은 마치 야생 짐승처럼 섬뜩한 분위기를 내포하고 있었다.

지금껏 수많은 서적을 독파했지만 거인에 대한 이야기는 읽어본 적이 없었다.

그의 모습을 경이롭게 바라보던 나는 소리 내어 말했다.

"하나만 말해주십시오."

"……?"

"우리가 이곳을 지날 수 없는 이유. 납득이 안 된다면 그것은 무의미한 싸움입니다."

"약속."

나는 고개를 끄덕였다.

누군가와 한 약속인지는 알 수 없으나 약속이라면 그는 의무와 책임감으로 인해 이곳을 지키는 자다.

나는 생각했다.

그와의 싸움 후 이곳을 지나갈 것인가, 되돌아갈 것인가에 대해서.

내 생각은 역시나 길지 않았다.

"당신에게 약속이 있듯이 제게도 이 길을 지나야만 하는 약속이 있습니다. 제가 가는 곳은 이 길이 아니면 아주 오랜 시간을 낭비해야 하기 때문입니다."

"기어이 이 몸과 한판 붙어보겠다는 소린가?"

"내키진 않지만 방법이 없지 않습니까."

"이 길을 지날 수 있는 다른 방법이 하나 있긴 하다."

나는 고개를 들었다. 그의 눈빛에 장난은 없었다. 그런데 왜 그 사실을 숨겼던 건가?

"뭐, 네놈들이 할 수 있을지는 의문이지만… 관례이니 어쩔 수 없지."

"무엇입니까?"

내 물음에 그는 손가락으로 한곳을 가리켰다. 그가 가리킨 곳에는 큰 동굴이 하나 있었다. 조금은 음험하고 악한 기운이 감도는 곳이었다.

마나가 완전히 통제된 불쾌한 느낌의 공간.

"나와 싸워서까지 이 길을 지난다고 하는 인간들에겐 기회를 주기로 되어 있다. 지금 바로 이 순간 나와 끝을 보는 방법이 하나 있고, 저곳을 다녀오는 방법이 있다. 무엇을 선택하겠는가?"

"무슨 일을 벌일지 모릅니다. 그냥……."

나는 장 얀느를 보면서 웃었다.

"가보자. 나는 경험이란 게 필요하거든."

나는 무거운 표정인 장 얀느와 멍하게 서 있는 베놈과 에아르웬, 알비아노를 이끌고 동굴로 향했다. 그리고 뒤돌아보지 않은 채로 마나를 실어서 말했다.

"저곳으로 가서 뭘 하면 되는 것입니까?"

"살아 있는 나무 인형이 하나 있을 것이다. 그를 깨운다면 너희들은 이 길을 지날 수 있는 권한을 가질 수 있지."

나는 가늘게 웃었다.

무슨 말인지는 잘 모르겠으나 부딪쳐 보면 알 수 있겠지.

"그럼 다녀오겠습니다."

"몸조심하거라! 끌끌!"

천둥 번개처럼 커다란 목소리로 말한 그 의미는 무엇일까?

나는 약간 긴장한 상태로 걸음을 옮겼다.

그런데 그 순간, 걸음을 옮기면서 아주 미세한 감각을 느꼈다.

마치 휴그 이외에 누군가가 나를 바라보고 있는 듯한 그런 기분 나쁜 시선을.

Chapter 12
태양의 회전

1

물이 뚝뚝 떨어져 내렸다.

동굴 내부는 굉장히 낮은 온도였다. 게다가 석회암 가루 때문에 숨을 쉬기가 힘들었고, 너무 어두운지라 걷는 것도 여의치 않았다.

라이트 마법으로 불을 밝혔다.

엄청 거대한 동굴이다.

들어오는 입구는 비교적 작은 데에 비해 들어갈수록 동굴의 크기를 알 수 있었다. 끝이 안 보이는 높이에 웅장한 넓이. 만일 혼자였다면 꽤 으스스한 분위기에 압도됐을 것이다.

에아르웬과 알비아노는 잔뜩 움츠린 채로 내 뒤에 붙어 있었다. 장 얀느는 신기하다는 얼굴로 이곳저곳을 만지며 관찰하고 있었고, 베놈은 심드렁한 얼굴로 뒤따라오고 있었다.

그런데 휴그가 말하길, 나무 인형이라고 했나? 가는 길이라도 좀 물어볼 걸 그랬군. 생각보다 규모가 크잖아?

혹시라도 동굴 안에서 길을 잃지 않을까 하는 생각이 들자 조금 껄끄러운 느낌이 들었다. 그 시점에 아주 불쾌한 비명이 동굴을 쩌렁쩌렁 울렸다.

"으아악!!"

"해골 첨 보냐?"

벽에 기대어 있는 해골의 발에 넘어진 베놈은 어울리지 않게 식은땀을 줄줄 흘리고 있었다.

"왜 그래?"

"동굴에 대한 안 좋은 기억이 있어서요."

"그거 재밌겠군."

나는 이 길고 지루한 동굴을 걸으면서 그의 이야기를 들으면 킬링 타임에 제격일 것이라고 생각했다. 베놈을 일으켜 세워준 뒤 나는 녀석에게 그 이야기를 요청했다.

그는 한숨을 크게 내쉬더니 입을 열었다.

"뚜렷하게 기억은 안 나지만 회상을 해보자면 말입니다, 아버지가 저를 동굴 안에 가둬둔 적이 있습니다. 아주 어릴 적이었죠."

"오크는 동굴에서 살지 않나?"

"동굴도 동굴 나름이죠. 무리와 완전히 동떨어진 무시무시한 곳이었습니다."

"그렇군."

"그때, 무슨 잘못을 했는지는 모르겠으나 아무튼 전 동굴에 수감되다시피 했습니다."

그때의 기억을 너듬는 베놈은 몸서리치고 있었다. 단지 기억을 들추는 것만으로도 눈이 충혈되고 식은땀이 줄줄 흐르는 것을 보니 뭔가 좀 안쓰럽다는 생각도 들었지만 이야기가 궁금해 나는 아무 말 없이 그가 말을 잇기를 기다렸다.

"그곳은 해골이 아주 많았습니다. 그리고 불안했죠. 저도 곧 저 해골들처럼 변할 거라는 생각에."

"그래서 노이로제에 걸린 건가?"

"웃기는 일이죠. 오크 주제에 동굴의 분위기를 적응하지 못하다니."

별로 대단치(?) 않았던, 아니, 더 솔직하게 말하면 재미없는 베놈의 과거사를 듣던 우리는 드디어 운명을 맞이했다. 두 개의 갈림길.

혹시 동굴 안에 자리 잡힌 미로가 아닌가 하는 불안감이 들었다.

베놈이 찌그러진 얼굴로 말했다.

"돌아가죠?"

나는 진지하게 고민했다.

선불리 걸음을 옮겼다간 피를 보는 게 아니라 아예 토막이 나는 경우가 생길 수 있기 때문이다.

"왼쪽으로 들어가는 게 좋을 것 같습니다."

무표정한 얼굴의 신용없는 장 얀느의 말에 베놈의 표정이 띠꺼워졌다. 일그러진 그 표정은 '괜히 참견했다가 피해보면 죽여 버리겠다' 정도의 강압적인 말을 하고 있는 듯했다.

그 무시무시한 안면 공격에도 불허하고 장 얀느는 아무렇지도 않은 얼굴이었다. 아니, 오히려 베놈이 당황스러워할 편안한 얼굴이었다.

아, 그날 이후로—나를 따르겠다고 했던—장 얀느는 내게 존칭을 했으며, 완벽한 포커페이스를 유지했다. 섬뜩하리만큼 냉철해 보이는 그의 얼굴은 반신반의였다. 새파랗게 번쩍이는 그의 동공은 확신에 찬 자신감도 내포하고 있지만, 혹시 모를 변수도 가지고 있었다.

이를테면 '내 생각이 틀렸군' 이란 대사를 아무렇지도 않게 툭 내뱉을 수 있다는 가정을 하게 된다는 말이다.

"왜 왼쪽인지 설명해 봐."

나는 명쾌한 해답을 원했다. 그리고 그는 그럴듯한 논리를 주절거렸다.

"오른편은 들어가는 발자국이 있는 데에 반해 나오는 발자국은 아예 흔적도 찾아볼 수 없습니다. 제가 눈이 좀 밝아서 작은 흔적의 특징도 잘 잡아내거든요. 게다가 동굴의 특징상,

이런 좁은 통로는 위험하기 마련입니다. 만약 특수한 장치가 준비되어 있다면 꼼짝없이 죽을 수밖에 없어 보이는군요. 그리고……."

"됐어."

나는 그의 말을 끊으며 먼저 앞장서서 걸어갔다.

확실히 이쪽은 통로가 넓다. 그리고 왠지 모르게 불쾌한 마나의 회전도 조금은 반대편보다는 괜찮은 느낌이 들었다. 저녀석, 만약 머리 회전이 빠른 놈이라면 내겐 절대적으로 필요한 녀석이다. 현명한 사람 하나를 얻는 것은 성을 하나 가지는 것보다 훨씬 가치있는 일이라 했다.

어쩌면 녀석의 진가가 서서히 드러날지도 모르겠다. 녀석의 범상치 않은 눈은 만물을 꿰뚫어 보는 듯한 날카로움을 가지고 있다.

가늘게 웃는 내게 베놈이 말한다.

"실성하셨수? 이런 분위기에 웃음이 나옵니까?"

베놈의 머리통을 한 대 갈겨준 뒤 나는 천천히 동굴을 살폈다. 울퉁불퉁한 동굴은 음험했다. 가끔 날아다니는 박쥐들이 신경 쓰이긴 했지만, 그들의 보금자리로 쳐들어온 것은 나이니 실례할 수야 없지.

동굴 속을 계속 걷던 나는 돌출된 한 부분을 발견했다.

약간의 틈이 있는 것이 누른다면 움직일 것만 같았다. 나는 호기심에 그걸 건드렸고, '안 됩니다!' 라는 장 얀느의 외침이

들리는 바로 그 순간 동굴이 진동하기 시작했다.

거의 지진에 가까운 흔들림이었다. 그리고 엄청난 속도로 떨어진 하나의 벽.

벽? 나는 어리둥절한 얼굴로 뒤에 생겨난 돌 벽을 보면서 망연자실했다. 어쩌면 돌아갈 수 있는 길을 내가 내 손으로 막아버린 것일지도 몰랐다.

나는 무거운 책임감에 시달렸다. 조금은 얌전하다고 생각했던 알비아노도 고양이눈으로 날 쳐다본다.

"굶어 죽겠군요."

베놈의 절망적인 말에 나는 인상을 찌푸렸다.

"말이 씨 된다."

"벌써 씨 됐습니다."

"그냥 일찍 죽고 싶나?"

"마법으로 어떻게 안 됩니까?"

"어설프게 마법을 썼다가는 동굴이 무너져 내릴 것입니다."

장 얀느의 말에 베놈이 더 골이 깊어진 표정으로 나를 쳐다본다.

"내가 일부러 그랬냐? 전부 표정들이 왜 그래?"

"왜 쓸데없이 건드려 가지고는……."

"미안하다."

내 사과에 베놈이 엄청 놀란 표정을 짓는다.

"입 닫아, 임마. 방법을 찾아보자. 야, 장 얀느."

"네?"

"어떤 게 가장 현실적인가? 이대로 계속 찾아가야 하나, 아니면 나가는 방법부터 모색해야 하나?"

장 얀느의 인지도가 무섭게 높아졌다. 자존심 센 베놈도 인정을 했단 소리다. 녀석의 판단력과 실력에.

이처럼 때로는 뇌가 근육을 이기는 법이다.

장 얀느도 이번 사태에 대해서는 꽤 길게 고민했다. 한참 후에야 그는 입을 열었는데, 우리는 다소 생각했던 것과는 꽤 다른 이야기라서 의외였다.

그는 지극히 현실주의자처럼 보였다. 하지만 어느 정도의 융통성도 가지고 있다는 생각이 들었다.

"나무 인형을 찾는 일은 큰 모험이 될 수 있습니다. 하지만 동굴의 지리를 모르는 우리가 계속해서 길을 찾는 것은 어쩌면 더 큰 위험을 초래할지도 모릅니다. 휴그가 말한 대로 나무 인형이 살아 있다면 힌트라도 얻을지 모르지만."

그의 예측에 우리는 모두 고개를 끄덕일 수밖에 없었다.

"그런데, 로크님."

"응?"

"혹시 마법진을 쓰실 줄 아십니까?"

장 얀느의 갑작스런 물음에 나는 당연하다는 듯 고개를 저었다.

"아니, 마법진에 대한 공부는 거의 안 했어."

"마법진에 마력을 불어넣는 게 가능하시냐는 소립니다."

"글쎄, 한번도 해본 적이 없어서……."

"마법진의 힘을 빌리면 매스 텔레포트를 사용할 수 있습니다."

"전원을 텔레포트시키는 그 대마법을?"

"예, 제가 취미로 마법진을 공부한 적이 있습니다."

"하지만 실패하면 엄청난 위험이……."

"그러니 아주 극단적인 경우에 치달았을 때를 말하는 것입니다."

"극단적이라니?"

"아무런 힌트도 찾지 못하고, 완전한 고립 상태에 이르렀을 때 말입니다. 그 상황에 할 수 있는 시도는 그것밖에 없을 것 같습니다."

나는 고개를 끄덕였다.

"그러지."

장 얀느가 앞장섰다.

"동굴을 지나면서 최대한 장치를 건드리지 않도록 하는 게 좋을 것입니다. 아마도 트랩 동굴인 것 같으니 안전에 최선을 다하십시오."

그를 뒤따르면서 나는 궁금증이 하나 떠올랐다.

왜 이렇게 깍듯한가? 마치 베놈처럼 나를 위한 사람 같다. 무디고 가까이하기 힘들 것만 같은 사내였는데 갑자기 이리 변모한 이유를 모르겠다. 묻고 싶었으나 그 대답을 듣는 것은 동굴을 빠져나간 뒤로 미루기로 결정했다.

우선은 급한 불을 꺼야 했으니 말이다.

2

기분 나쁜 이 동굴을 얼마나 걸었을까. 공기가 부족해져서 숨 쉬기가 힘들어지고 체력이 떨어지는 것을 체감했다. 동료들의 동공이 거의 풀릴 정도가 돼서야 우리는 드디어 목적지에 도착할 수 있었다.

어떻게 보면 굉장히 간단하게 찾은 것이었지만 지금까지 걸어온 길은 속이 메스꺼울 정도로 공기가 부족한 긴 동굴이었다.

흙먼지를 잔뜩 뒤집어쓰고 있는 인간형 형태의 나무. 그것은 휴그가 말한 대로 인형이었고, 옆에 있는 큰 돌에는 검이 한 자루 꽂혀 있었다.

동굴의 벽에 기대어 있는 나무 인형은 우리가 왔음에도 조금도 미동이 없었다.

생명의 빛이라고는 단 한 줄기도 찾아볼 수 없는 그런 삭막

한 녀석이었다. 베놈이 허탈한 음성을 내뱉으며 그 자리에 주저앉았다.

"저놈을 깨우라고? 말이 돼?"

반면, 장 얀느는 깊은 눈동자로 주위를 살폈다. 타원형의 공간에 높게 치솟은 동굴의 높이. 뭔가 비밀이 있을 법도 했는데 실마리는 보이지 않았다.

그러던 그 순간 뇌리를 스치고 지나가는 것이 있었다.

나는 돌에 박혀 있는 검을 향해 걸어갔다. 동료들의 시선이 내게로 집중되었다. 그 시선을 받으면서 나는 즐기듯 검을 바라보았다.

낡았으나 먼지를 떨어내면 꽤 예리한 빛을 뿜어낼 것도 같은 기대감이 느껴지는 검이었다.

인간은 호기심에 중독되기 마련이다. 그리고 궁금증은 위험에 봉착하기도 한다. 내 머릿속에서는 혹시 모를 위험의 경고가 몸서리치게 반응하고 있었지만 나는 마치 홀린 것처럼 그 검의 손잡이를 잡고 말았다.

뜨거운 기운이 느껴졌다.

단지 검의 손잡이를 잡았을 뿐인데 온몸의 피가 끓어오르는 듯한, 그런 뜨거움을 느꼈다. 용솟음치는 화끈한 기운에 내 얼굴은 붉게 상기되었다.

나는 힘을 주어 당겼다. 하지만 검은 꿈쩍도 하지 않았다.

스트렝스 마법을 걸었는데도 불구하고 검이 뽑히지 않았다. 나는 조금은 빠르게 뛰는 가슴을 진정시켰다.

안정을 찾아가는 맥박, 그리고 체계의 마법.

이 동굴 안에서 마나를 느끼는 것은 쉽지 않았다. 하지만 천만다행으로 아주 가느다란 바람이 어딘가에서 새어 들어오고 있었다. 그것은 바깥 세상의 마나를 아주 극소량 소유하며 떠돌고 있었다. 나는 그 마나의 힘을 빌렸다. 그리고 체계의 힘을 끌어올렸다.

197체계.

대자연 중 가장 높은 위치를 가진 하늘.
그 천기를 빌려 힘에 투여하나니.

팔에서 전기에 감전된 듯한 통증이 밀려들었다. 그리고 그 하늘의 힘을 빌린 내 팔은 괴력을 내뿜으며 검을 '그그극' 하는 소리와 함께 뽑아내기 시작했다.

검을 뽑는 그 순간 황금빛 색채가 동굴을 가득 메웠다. 그리고 그 찬란한 빛이 모두 사그라졌을 때, 내 손에는 검신은 존재치 않는 손잡이만이 덩그러니 남아 있었다.

내 추측이 맞다면 이 검신은 영혼을 담고 있고, 그 영혼이 나무 인형에 들어갔다고 볼 수도 있다. 하면 지금 내 오른편 엔······.

나는 고개를 돌렸다.

서서히, 그리고 웅장하게 몸을 일으키는 나무 인형.

키는 약 170피스(㎝)에 팔다리와 머리가 있는 나무 인형이다. 주위 공기가 모조리 터질 것 같은 위압감을 품고 있는 그에게서는 범상치 않은 기운이 느껴졌다.

"검을 뽑은 자가 누구인가?"

목소리는 그의 몸 안쪽에서 울리듯이 흘러나왔다. 모골이 송연했다. 두꺼운 목소리에 좌중을 압도하는 카리스마를 담고 있었다.

"이분입니다."

장 얀느가 불쑥 한 걸음 걸어나와 손가락으로 나를 가리킨다. 장 얀느는 어쩌면 오지랖이 심하게 넓은 걸지도 모르겠다는 생각을 하던 차에 나는 갑작스런 나무 인형의 움직임에 깜짝 놀랐다.

나는 급히 반사 신경을 극대화시키는 아이즈를 시전했고, 그의 공격을 막아내야 했다. 그가 주먹을 내지르려는 순간,

콰앙!

뿌연 먼지가 흩날렸다.

베놈이 나무 인형의 옆구리를 걷어찬 것이다. 나무 인형은 그 큰 충격에도 아무렇지도 않은 듯 몸을 툭툭 털고 일어났다. 그리고 '끼리릭' 하는 소리를 내며 고개를 들어 베놈을 쳐다본다.

표정은 없지만 마치 웃는 느낌이었다. 서늘한 감정. 심장을 가지지 않은 존재의 웃음은 꽤나 섬뜩했다.

베놈에게는 미안하지만 이런 자신감은 너의 좌절을 더 가깝게 당길 수도 있다.

한눈에 보기에도 쉽지가 않은 상대이다. 그럼에도 부딪치고 보는 네 용기를 높게 사주고 싶지만 그것은 자신의 능력을 깎아내리는 바탕을 제공하기도 한다. 뭐, 어쩌면 그것을 알면서도 파고들어 가는 것일지도 모르겠지만.

그리고 시작되는 사나운 공방.

나는 알 수 있다.

나무 인형이 본 실력을 드러내지 않음을. 충분한 기회를 가지고 있음에도 말이다. 그것은 그가 살생에 대한 목적이 얇은 것일 수도 있다는 것을 반증한다.

이젠 지긋지긋하다. 벌써부터 싸움이라는 것이 내게 미운털이 박혀 버렸다.

"그만!"

동굴을 쩌렁쩌렁 울리는 내 외침에 마치 시간이 멈춘 것처럼 정시했다. 베놈도, 그리고 나무 인형마저도.

"이름이 무엇이냐?"

나의 물음에 그는 아주 딱딱하게 대답한다.

"쿤."

"본론만 말하겠다. 동굴을 나갈 수 있는 길을 찾아줄 수 있

겠는가?'

"규율이 있다."

"규율?"

"검을 뽑은 자는 나보다 우월해야 하며, 그것이 확인될 시 나는 그의 손과 발이 된다."

그는 다리를 벌리며 살짝 굽혔다. 그리고 굽힌 팔을 들어올린다.

'기수식.'

"내게 당신의 능력을 보여주겠는가?'

워낙 갑작스러운 일이라 당황스럽다. 하지만 실전 경험을 쌓는 것은 물론 그처럼 강한 자가 만약 내 힘이 되어준다면 금은보화보다 더 값진 기회가 되는 셈이다.

나는 거부하지 않았다.

"기대에 부응할 수 있도록 하겠다."

나는 가늘게 웃으며 손가락을 까딱거렸다.

그에게서 감당 못할 기세가 뿜어져 나온다. 하지만 나는 이미 서적을 통해 속성에 대해 모든 것을 꿰뚫었다. 체계의 마법은 속성상 아주 강대한 힘을 발휘한다. 지금처럼 막대한 상대라 할지라도 말이다.

181체계!

세월의 흐름이 급격하게 찾아오니,

그 시간의 저주를 가하리라.

"디펜스 랏(Defence Rot)!"

그가 날리는 주먹과 발은 내 신체와 접촉되는 순간 썩어가기 시작했다. 급속도로 부패되는 나무껍질 때문에 그의 공격은 점차 흐릿해졌다. 썩은 나무는 약하다. 그것은 당연한 이치. 나는 헤이스트 마법으로 속도를 높이며 근접했다. 그의 팔을 잡자 조금만 힘을 더 주면 바스라질 것처럼 느껴졌다. 약간의 힘을 주었을 때, 그는 고통스런 몸짓으로 몸을 비틀었다.

주먹을 날렸다.

돌풍을 동반한 주먹은 단번에 쿤의 머리를 으깨 버릴 기세로 돌진했다. 주먹이 그의 이마 정중간 끝에서 멈췄다.

주먹에서는 아직 가라앉지 않은 기운이 풀풀 휘날렸다.

그가 움직임을 멈추고 나를 바라본다.

"더할 텐가?"

쿤은 고개를 저었다.

내가 손을 놓아주었을 때, 쿤은 바닥을 기었다. 팔다리가 썩은 것이 생각보다 통증이 굉장한 듯했다. 나무 인형이라면 고통 같은 건 없으리라 생각했는데 내 생각과는 달랐다.

"만지지 말고 기다려."

나는 그에게 저벅저벅 걸어가면서 대기 중에 남아 있는 마나를 모두 모아 힘을 집중시켰다.

"리턴(Return)!"

푸른 마나 덩어리가 쿤의 온몸을 감싼다. 그리고 썩어버린 나무가 다시 재생되기 시작했다. 이클레이드처럼 생물체에 리턴 마법을 쓰는 것은 힘들지만, 식물이나 나무 같은 것은 크게 어렵지 않았다.

그는 일어나서 몸의 이곳저곳을 시험했고, 고개를 끄덕이며 나를 돌아보았다. 굴복의 의지가 느껴졌다. 그는 무릎을 꿇었고, 이어 머리를 바닥에 박았다.

"그만 일어. 뭣보다 빨리 이곳을 빠져나가야 한다."

나는 호흡을 거칠게 하며 주위를 둘러보았다. 우리가 걸어 왔던 길 말고는 다른 방향은 일체 보이지 않았다. 쿤의 말을 들어보니, 그의 기억으로는 다른 방향의 길은 없다고 했다. 그렇다면 왔던 길을 되돌아가야 하는데, 그 길은 이미 막히지 않았던가. 내가 그에 대한 설명을 해주었을 때, 쿤은 난색을 표했다.

"이 길 말고는 나가는 길이 없습니다."

"더럽게 간단하게 만든 동굴이군요. 트랩이라고 해봤자 별 것도 없었는데. 차라리 복잡했으면 가능성이라도 있었을 것을……."

베놈의 투덜거림에 장 얀느는 고개를 끄덕거렸다.

지금껏 묵묵히 우리의 뒤를 따라온 반은 헛바닥을 길게 내밀며 헥헥거렸다.

눈이 붉게 충혈되어 있는 걸 보니 많이 지쳐 있었다.

나는 반의 머리를 쓰다듬어 준 뒤 장 얀느에게로 시선을 돌렸다. 그는 나를 똑바로 보고 있다. 만약 내게 군주의 가치가 느껴지지 않는다면, 그리고 복수를 함에 있어 장애가 있다면 가차없이 나를 버릴 녀석이다.

그것도 눈 하나 깜짝이지 않고.

그러나 그를 얻는다면 어쩌면 내 인생을 질적으로 다르게 변화시킬지도 모른다.

힘이 있다고 해서 세상을 얻을 수 있는 것은 아니다. 아무리 거대한 제왕이라도 뒤통수를 맞을 수 있기 마련이며, 한순간에 무너질 수도 있는 것이다.

"장 얀느."

"예."

"그 대마법, 한번 시행해 보도록 하자."

그는 고개를 끄덕였다. 그리고 천천히 마법진을 그릴 준비를 시작했다.

넓은 농굴 안에 마법진이 그려졌다. 돌을 가루로 만든 뒤, 그것을 뿌려 만든 것이다. 우리들은 모두 지쳐 있었다. 얼굴은 피죽도 못 먹은 것처럼 파랗게 물들어 있다. 마나의 회전이 없는 만큼 이곳은 우리들을 빠른 속도로 지치게 만들었다.

나는 장 얀느가 읽어주는 구결대로 마법 주문을 외웠다.

처음 들어보는 주문은 내게 낯설었지만, 체계화의 마법에 응용시키며 최선을 다했다.

아주 극소량 남은 마나들을 내 것으로 모두 끌어들이는 것은 굉장히 힘든 작업이었다.

마력을 끌어올리고, 마나를 느낀다.

아주 미묘한, 그리고 그 가느다란 마나를 찾기 위해서 내 오감은 극대화되어 있었다. 그 순간, 이클레이드의 말이 귀를 스치고 지나갔다. 부드러운 바람이 마치 쓰다듬는 것 같은 그런 느낌으로.

"서둘지 마라. 편안하게, 마나를 여유롭게 다스려라. 태양은 회전하고 있다. 학설이지만 그것으로 인해 나는 한 가지 사실을 깨달았다. 그 회전은 느리지만 세상을 움직여 가고 있다. 마나는 같은 이치라는 것을 나는 알았다. 천천히, 그러나 무겁게. 그것이 체계의 마법이다."

나는 호흡을 가다듬었다.

몸속에 무섭도록 거세게 회전하는 마나를 다스리기 위해 마나의 흐름을 읽었다. 그리고 천천히 길을 인도한다. 거대한 소용돌이 같던 그 마나는 차분하게, 마치 신사처럼 부드럽게 움직이기 시작했다.

어떻게 될까.

동굴이 크게 울렸다.

마나의 힘에 진동하는 것이다. 없던 바람이 생겨났다.

옷이 펄럭거리고 힘이 부족한 알비아노와 에아르웬은 내 주위에서 일어나는 마나의 회전 때문에 거의 날아가다시피 했다.

장 얀느는 두 손을 모아 주술 주문을 외우고 있었다.

마나와 주술의 힘이 합쳐지는 느낌은 기묘했다.

불쾌하지도, 그렇다고 기분 좋은 것도 아닌 완전한 중간.

그 신비하고 색다른 느낌을 느끼면서 나는 마지막 캐스팅을 외쳤다.

"매스 텔레포트!"

거대한 마법을 체험하는 이 순간은 지금껏 내가 살아온 가장 큰 쾌락이자 환희였다. 말로 표현할 수 없는 육체적 아름다움과 태양의 회전을 느끼는 감각은 나를 미치도록 황홀하게 만들었다.

'대마법이란 이런 것이었던가.'

그 순간 나는 이클레이드가 처음 내게 마법을 보여주었던 것을 기억해 냈다. 나를 저택에 데려와 처음 책을 보여주었을 때, 그때의 느낌보다 훨씬 큰 전율이었다.

몸이 부들부들 떨린다.

몸이 가벼워진다고 생각하는 그 순간, 우리는 빛이 되었다.

3

    세상은 항상 나한테만 잔인하다.

    얼마나 노력하는지 알지 못한다.

    피눈물을 흘리고 내 살을 파내고 노력을 해봐도 벽에 가로막힐 때가 있다.

    좌절과 절망, 그리고 기대를 비집고 들어온 배신은 절대 익숙해질 수가 없다.

    죽어가고 있는 것처럼 가슴 한켠이 이렇게 시들어가고 있는데, 하늘은 왜 내게만 이렇게 잔인한지 나는 알 수 없었다.

    작은 성당에서 신을 원망한 적이 있다.

    가슴에 응어리진 상처가 지워지지 않아서 부린 나의 투정.

    어릴 적 내가 겪은 외로움, 상처, 인간의 잔혹성은 가끔씩 이렇듯 나를 괴롭힌다. 머릿속에서 어린 시절의 꿈을 꾸다 보면 항상 눈엔 눈물이 고여 있다.

    온몸엔 땀이 가득하고 눈은 붉게 충혈되어 있다. 그리고 서서히 눈을 떴을 땐 언제나 지독한 추위에 떨어야 했지. 그 꿈은 아주 어릴 적 때부터 시작해 지금까지 나를 괴롭히고 있었다.

    어쩌면 그 지독한 어둠의 장막을 거두어낼지도 모른다는

느낌을 받았다.

언제나 내가 눈을 떴을 때 옆에 있어준 사람.

에아르웬.

나를 바라보는 그녀의 시선과 내 눈동자가 만나는 순간 나는 심장이 고장나 버리는 것만 같았다. 눈물이 흐른다. 언제나 혼자였던 내게 그녀는 마치 어머니처럼 항상 내 주위에 있었으며, 나의 아픔을 함께해 주었다.

비록 그 기간이 짧다고는 해도 내가 느낀 감정의 깊이는 헤아릴 수 없을 정도로 까마득한 것이었다.

나는 내가 느끼는 지금의 감정이 혼란스러웠다. 그녀의 시선, 움직임, 모든 것이 내겐 지나치게 새로운 것이라 쉽게 감당하기 어려웠다.

나는 애써 다른 생각으로 머릿속을 채우며 침대에서 내려와 망토를 걸쳤다.

머리가 어지러웠다. 속이 울렁거렸고, 속에 있는 것을 게워내고 싶을 정도였다. 아마 매스 텔레포트의 후유증인 듯했다.

그래도 장 얀느가 좌표를 그런대로 잘 잡았군.

"여긴 도시입니까?"

그녀의 대답은 들려오지 않았다.

커튼을 젖혀 창문 밖을 보는 순간 나는 지금의 현실이 꿈이라고 착각하고 싶어졌다.

거대한 십자가가 거리 한복판에 박혀 있다. 그 십자가에는 여자 하나가 팔다리가 묶인 상태로 걸려 있었다. 신의 형벌이라 불리는 저 처참한 모습은 차마 눈에 담기가 힘들 정도로 참혹해 보였다. 게다가 십자가에 매달린 여인은, 아니나 다를까, 알비아노.

나는 에아르웬에게로 시선을 돌렸다.

무언의 질문을 받은 그녀는 슬픈 얼굴로 고개를 숙였다.

이놈의 인생은 제대로 풀리는 일이 없다. 제대로 된다 싶으면 다른 한쪽에서 일이 터진다.

"무슨 일입니까?"

"알비아노님의 아버님은 돌아가셨고, 새어머니이신 키리엔스 폴미린스님의 명령으로……."

"…이유는?"

"아직 밝혀지지 않았어요. 하지만 이제 곧 형이 시작될 것 같아요."

나는 고개를 끄덕이곤 창문 밖으로 훌쩍 뛰어내렸다. 마나를 몸 내부에 퍼뜨려 조금은 유연하게 만든 뒤 가볍게 땅에 착지했다.

엄청나게 비대한 지방을 소유하고 있는 사내가 알비아노 앞에서 무어라 소리치고 있었다. 이미 주위에는 구경하기 위해 많은 사람들이 몰려 있었고, 나는 그 인파를 헤집고 안으로 들어갔다.

일장 연설을 늘어놓는 사내는 흡사 이야기꾼이나 다름없었다. 내가 알비아노를 오랫동안 지켜본 것은 아니지만 적어도 그가 말하는 게 거짓이라는 것은 단번에 알 수 있을 정도로 하나같이 말도 안 되는 소리였다.

　"이 여자는 신과 부모에게 저주를 내린 마녀입니다! 부모를 모욕한 것도 모자라 신의 이름에 저주를 내리다니요? 성모 마리아 상에 대못을 박은 것과 그녀가 짚시 인형에 신의 이름을 붙인 채 불태워 버린 짓은 절대로 용서치 못할 죄! 하여, 신의 형벌을 내리고자 합니다!"

　"맙소사!"

　"이런 쳐 죽일 년!"

　사내의 말이 나오자마자 여기저기서 돌이 날아들었다. 그 돌에 맞은 알비아노는 머리에서 피가 흐르고 살갗이 까지고 멍이 시퍼렇게 들었다. 그것을 지켜보던 나는 단상 위로 천천히 올라갔다. 그러자 돌을 던지는 행위가 조금씩 사라지기 시작했다.

　이내 장내에 완전한 침묵이 자리 잡았다.

　"당신은 누구요?"

　가늘게 찢어진 눈동자로 나를 위아래로 훑어본다. 나는 그에게 한 걸음씩 다가갔다. 그는 내 불편한 시선 때문인지 뒷걸음을 쳤다.

　나는 그의 멱살을 잡아당겼다.

"증거는?"

그는 내 시선을 피하고, 주위 사람들을 쳐다보며 소리쳤다.

"한패입니다! 마녀와 한 패거리입니다! 이 마녀를 구해주려고 나타난 마녀의 하수인이 틀림없습니다!"

사내의 외침에 사람들이 일제히 다시 돌을 던지기 시작했다. 내 피부가 그렇게 강하지 않은 터라 던지는 돌에 맞자 꽤 아팠다. 나는 불구덩이 하나를 소환했고, 그 광경을 본 사람들은 비명을 지르며 땅바닥으로 엎드렸다.

보기 힘든 마법사다.

그들은 마치 악마를 본 사람들처럼 엎드려 꼼짝도 못하고 바들바들 떨었다. 자신이 얼마나 미친 짓을 저지른 것인지 절대적으로 실감하는 것 같은 행동들. 힘은 권력이고 상징이다.

이렇듯 발아래 둘 수 있는 마법이라는 것은 굉장히 간편한 언어이자 협박이지.

"지금부터 내가 묻는 말에 대답해라. 한 치의 거짓이라도 담겨 있을 경우, 네 목숨은 끝이다. 내가 마법사라는 것은 알고 있지?"

그는 눈물이 글썽거리는 눈동자로 미친놈처럼 고개를 끄덕였다.

"그래, 저 위에 떠올라 있는 시뻘건 불덩어리가 내가 마법사라는 것을 가르쳐 주고 있다. 그럼, 내가 네가 말하는 것이 진실인지 거짓인지 판별하는 마법을 쓸 수 있다고 가정할 때,

너는 어떻게 입을 열어야 할까?"

그는 침을 꿀꺽 삼켰다.

"그럴 일 없을 거야. 사람의 마음을 어떻게 읽어? 이런 전제가 하나 붙을 수도 있고, 네가 내 말을 믿어 진실을 말할 수도 있지. 하지만 중요한 건……"

나는 그의 목을 조금 너 강하게 움켜쥐며 말을 이었다.

"전자의 경우가 진실이라면, 네 목숨은 그 즉시 사라진다는 것."

나는 눈을 크게 떴다.

그의 눈을 쳐다보자 그는 내 시선을 최대한 회피했다. 나는 마치 뱀처럼 혀를 날름거리며 질문했다.

"자, 여기서 질문."

나는 대기 중에 마나를 퍼뜨렸다. 내 목소리가 이 주위에 있는 모든 사람에게 들릴 수 있도록. 물론 이 사내의 목소리 역시 말이다.

"그녀는 진짜 마녀인가?"

그는 혼절할 것 같은 얼굴이었다. 얼굴이 창백해졌고, 땀이 비 오듯 흘렀으며, 연신 굵은 침을 삼킨다. 시간을 주면 귀찮은 계산을 하는 게 인간이다.

"5초 안에 대답이 없으면 너는 이유 불문하고 죽는다. 5… 4… 3… 2……"

"거, 거짓입니다!"

"누가 시킨 짓인가?"

어차피 들킨 마당에 그는 숨기지 않았다. 가슴속에 묻어둔 것을 모두 쏟아 붓는 사람처럼.

"그, 그녀의 아버지이신 델 키오르님이십니다."

나는 숨을 들이마시면서 그를 가늘게 노려보았다. 그는 이빨을 딱딱거렸다. 얼마나 몸을 떠는지 멱살을 움켜쥐고 있는 손이 부담스러울 정도였다.

이거, 갈수록 연기가 느는 느낌이 드는군. 사람을 요리하는 방법은 이클레이드에게 많이 배웠지. 어떤 식으로 다가가야 가장 공포를 크게 느끼고 실감하는지를 말이다. 그러고 보면 이클레이드는 사람을 가지고 노는 데 심리학적으로 최상의 고지에 서 있었다. 많은 세월을 지나왔기 때문인지 모르겠으나 내게 있어 그는 완벽 그 자체였다.

도무지 틈이 안 보이는 인간. 그에게 약점이 있다면 그것은 어떤 것일까.

나는 사내의 멱살을 잡았던 손을 풀었다.

"안내해."

"예?"

부종이 걸린 것마냥 커다란 얼굴로 그가 뚱하게 되물었다. 이 녀석을 직접 데리고 가지 않는다면 괜히 시간만 낭비할 수 있을 뿐만 아니라 부가적으로 뒤에서 계산적인 일이 일어날 수도 있다.

그가 고개를 끄덕였고, 나는 뒤를 돌아 엎드려 있는 사람들에게 소리쳤다. 마나를 실은 엄청난 목소리에 그들의 공포는 극에 달했다.

　"지금부터 쓸데없는 행동을 일삼는 자가 있다면 가차없이 불태워 버리겠다! 형벌 중 가장 참혹한 형벌이 화형! 그것을 보기 위해 온 것은 당신들이었지만, 지금 이 순간부터 그 대상이 자신이 될 수 있다는 것을 머리 깊숙이 각인하도록!"

　그 말을 마치자마자 나는 비대한 몸의 사내를 잡아끌었다.

Chapter **13**
알고리즘

1

　쩔뚝거리며 걷는 알비아노의 표정은 좋지 않았다. 그녀의
눈빛과 얼굴에는 회한이 가득 어려 있었고, 슬픈 눈동자에서
는 당장이라도 눈물이 떨어질 것 같았지만 신기하게도 지금
까지 단 한 방울도 흘리지 않고 있었다. 하지만 그녀의 슬픔
을 막고 있는 그 작은 벽이 무너진다면 걷잡을 수 없는 양의
눈물이 쏟아지겠지.
　나는 그녀를 따가운 눈초리로 노려봤다. 내 부축을 뿌리친
그녀가 나를 따라오는 속도는 정말 거북이 같았다. 뭐라 한마
디 해주고 싶었지만 그랬다간 저 작은 몸이 당장이라도 부서
질 것처럼 느껴져 지금만큼은 나도 차가워질 수 없었다.

차갑다? 그러고 보니 지금껏 나의 행동은 지나치게 차가웠는지도 모른다. 남의 감정은 신경 쓰지 않은 채 항상 딱딱하고 이기적이었으니까.

음, 내 성격에 대해서는 차차 생각해 볼 문제다.

아무튼, 이래서 오늘 안에 도착할 수 있으려나?

나는 그녀를 그냥 여관에 데려다 놓을 생각이었지만, 그녀는 결단코 나를 따라나서겠다고 소리를 빽빽 질렀다.

무엇일까.

계모를 만나 그동안 맘속에 쌓아놓은 말이라도 쏟아내고 싶은 것일까.

지독히도 느린 속도로 우리는 그녀의 집으로 향했다. 아니, 더 정확하게 말하자면 그녀의 집이었던 곳으로 향했다. 비대한 몸집의 사내 '빌스'의 말에 의하면 그녀의 이름은 이미 호적에서 파기되었다고 한다.

고로 더 이상 그녀의 집이 아닌 것이다.

이런 시시콜콜하고 쓸데없는 생각을 하는 이유는 역시나 그녀가 너무 느렸기 때문이다.

"그냥 업히는 게 어때?"

얼마 전 인형을 본 적이 있다. 브로크웨이가 소환했던.

그 인형의 느낌이 알비아노에게서 났다. 무감정한 얼굴로 철저하게 내 말을 무시한다. 마치 고막이 고장나 버린 것처럼. 게다가 저 초점을 잃은 눈동자는 세상에 대한 모든 미련을 버린 눈동자다.

도대체 무슨 일이 있었던 것일까.

이 궁금증은 겁 많은 돼지 빌스도 모르는 것이었다.

어쨌든 떠올랐던 해가 모두 질 무렵에야 우리는 거대한 저택 앞에 도착했다. 저녁이 되자 을씨년스러운 바람이 불었고, 검은 바탕의 저택에서는 왠지 모를 으스스한 분위기가 풍겼다.

'취향 한번 독특하군. 도대체 무슨 속셈인지. 쯧.'

나는 혀를 차면서 마력을 일으켰다. 문을 걸어 잠가놓은 열쇠고리를 가볍게 부순 후 철창으로 된 문을 밀었다.

끼이익거리는 불쾌한 소리와 함께 나는 안으로 진입했다. 잔디를 밟자마자 컹컹거리는 소리가 시끄럽게 들렸다.

수십 마리의 개가 나를 향해 짖었다. 내가 은은하게 마력을 흘리자 그 마나의 압력에 개들은 모두 입을 다물었다.

몸을 바닥 아래로 크게 낮추며 나를 경계만 할 뿐 덤벼들지는 못했다. 짐승은 본능에 의해 살아 숨 쉬는 존재. 생명이 있기에 마나를 느끼고, 그것으로 인해 공포마저 느낄 수 있음을 나는 알고 있다.

그것은 때때로 상대를 위축시키는 데 큰 힘을 발휘한다. 그것은 곧 만나게 될 때에 아마 사용될 것이다.

나는 빠른 걸음으로, 그리고 당당하게 걸어갔다.

쿵쿵쿵!

문을 세 번 두드리자 내가 생각했던 것과는 다른 인물들이 나타났다. 확실히 이리 큰 저택에 살고 있으니 호위병이 있을 거라는 생각은 했지만 이토록 많을 줄이야.

문이 열리는 순간, 거대한 거실에는 약 이십여 명이 넘는 병사가 검과 창을 나에게로 겨누고 있었다. 도대체 소식을 어떻게 전해 받은 것인지 그들의 배후에 있는 알비아노의 계모 키리엔스의 얼굴에는 비장함마저 어려 있었다.

"놈을 죽여!"

저런 무식한 여자가 어떻게 이렇듯 명망 높은 한 귀족의 부인으로서 살아갈 수 있었을까. 소문을 듣자니, 이곳의 주인인 델 키오르는 품위가 단정하고 항상 옳은 일에 앞장서는 영웅이라고까지 칭송받고 있었다.

요즘 들어서는 좋지 않은 소문이 조금 돌고 있긴 하지만, 그건 소문일 뿐이라고 했다. 그렇다면 진실은 무엇인가. 무언가 비밀이 있는 것은 확실한 듯한데, 우선은 쓰레기들부터 정리해야겠지.

그들은 내게 마법을 캐스팅할 시간을 주지 않기 위해 명령이 떨어지자 고함을 내지르며 달려들었다. 그들의 목젖을 가만히 바라보며 나는 한숨을 내쉬었다.

또 이런 식으로 피를 손에 묻혀야 한단 말인가.

39체계. 식물의 본체가 그 힘을 대지로 뻗치니,

"속박의 줄기!"

입에서 그 시동어가 흘러나오는 순간 그들은 처참한 비명을 내질렀다. 발목을 찢고 통과하는 가시 박힌 나무줄기들이 그들의 발을 옭아맨 것이다.

순식간에 식물원이 되어버린 저택 내부에는 창백하게 질린 델 키오르의 부인과 고통에 몸부림치는 병사들만이 남았다. 당연한 결과이며, 이센 귀찮을 정도로 익숙한 패턴.

뭔가 자극이 필요하다 싶을 정도로 무미건조한 느낌이다.

코를 찌르는 비릿한 피 냄새에 나는 콧잔등을 찡그렸다.

목석처럼 서 있던 키리엔스 부인은 입술을 파르르 떨며 다리의 힘이 풀린 탓인지 바닥에 풀썩 주저앉아 버렸다.

도망갈 기력도 없어 보였다.

"당신처럼 잔인한 인품을 가진 사람이 이리 나약한 얼굴을 하니, 그것참, 새로운 느낌이로군요."

"대체 내게 무슨 원한이 있는 것이냐?!"

독한 눈빛으로 나를 노려보는 그녀는 꽤나 용기를 내어 소리친 듯했다. 그래도 목숨을 보존하고자 귀족의 품위는 끝까지 가슴 깊이 끌어안고 있는 모양인데, 그 품위, 깡그리 밟아주지.

우선은 사전 허락이 필요하다.

"어떻게 해줄까?"

초점이 없는 그녀의 눈동자는 나에게도, 그리고 키리엔스 부인에게도 향해 있지 않았다.

모든 것을 잃은 그녀의 눈동자는 한쪽 모퉁이를 향해 있었다. 그녀의 시선을 따라가자 그곳에는 팔짱을 낀 채 벽에 등을 기대고 있는 사내가 한 명 있었다.

어두운 그림자 때문에 얼굴은 보이지 않았지만, 몸의 윤곽은 드러나 있었다.

탄탄한 몸에 균형 잡힌 몸.

"누구냐?"

내 물음에 그가 꼬고 있던 다리를 풀고 한 걸음 앞으로 걸어나왔다.

키리엔스 부인이 입을 가리며 몸을 부들부들 떨었다.

"오오, 데비야스! 어미를 지켜주는 것이냐?"

금발의 가느다란 머리를 가진, 이마가 훤한 그는 날카로운 눈매에 얇은 턱이 조금은 간악해 보이는 외모의 사내였다. 고급 슈트를 입은 그는 얇은 검을 이리저리 휘두르며 여유로운 얼굴로 걸어나왔다.

"조금만 기다리십시오, 어머니. 당장 이 녀석을 요리해 어머니의 식탁에 올려 드릴 터이니."

그는 만면에 웃음을 머금고 나를 차갑게 노려보았다.

"네놈이 그 마법사라 불리는 녀석인가?"

대륙에서 마법사라는 것은 엄청난 희소성을 가지고 있다. 죽어라 마법 연구에 몸을 투신해도 2서클을 넘기가 힘든 것이 요즘 추세인 것이다.

마법공학이 한참 발달되었던 200년 전에 비하면 엄청나다고 할 정도로 마법사의 희소성은 높아졌으며, 그에 따라 지금처럼 마법사를 무시하는 종자들도 생겨나고 있는 것이다.

무에서 유를 창조하는 것은 마법사로서 가지는 최고의 영광.

그것을 그가 비웃고 있는 것이다.

"그 마법이라는 것, 한 번 본 적이 있는데 말이야, 얼마나 느린지 눈을 감고도 피하겠더라고. 그런데 방금 본 네놈의 마법은 꽤나 속도가 있더군."

"요점만 말해라."

점점 내게 가까이 걸어오며 그는 말을 질질 끌었다.

"그러니까… 내 요점이라는 것은 말이야…….."

삼류.

이 두 글자로 정의할 수 있다.

실력도 없으며 잔머리마저 하수인, 그야말로 검을 들어서는 안 되는 쓰레기.

내게 일정 거리를 다가온 그가 검을 찔러 들어왔다. 물론 배운 것이 있는지 검은 내 목을 정확하게 노렸다. 하지만 그뿐. 무게도 없고 속도도 없으며 변화도 없다. 귀족이라서 그런가? 너무 귀이 키운 것 같소이다, 키리엔스 부인.

나는 검은 손가락으로 튕겨내고 발검을 취했다. 검을 뽑는 즉시 그의 목을 베었다. 살이 베이고 검붉은 피가 폭포수처럼 쏟아졌다.

당황스러운 얼굴로 어찌할지 모르던 그는 뒷걸음질치다가 풀썩 주저앉았다. 두 손으로 목에서 흐르는 피를 막아봤지만 이미 얼굴은 창백해져 있었다.

나는 그에게 다가가 발로 얼굴을 밟았다. 그리고 목에 검을 쑤셔 넣은 뒤 한쪽 방향으로 무게를 실어 그었다.

취이익—

붉은 카펫이 피로 인해 짙게 물들었다.

나는 고개를 들었다. 내 검은 머리카락이 얼굴 위로 스르르 흘러내린다.

"이것이 현실입니다. 방금 전만 해도 숨 쉬고 있던 그가 지금은 싸늘하게 식어버린 것, 자기만의 이기심으로 상대방의 목숨은 아무렇지도 않게 앗아가는 것, 그래서 세상은 잔혹한 것이지만, 그 모든 출발은 인간에게 있다는 것을 아셔야 할 것입니다."

짜악—

알비아노가 내 뺨을 때렸다.

"네가 뭔데 우리 오빠를 죽여!"

"네 가족사에 끼어들 생각은 없었어. 그런데 네가 아는지 모르겠는데, 어느 날 이후로부터 냄새를 맡게 되었지. 특유의 냄새를 흔적으로 남기는 녀석들."

알비아노는 조금은 초점을 되찾은 눈빛으로 나를 올려다

봤다.

"……?"

"바로 브로크웨이다."

"무, 무슨 소리야?"

나는 검을 꽉 쥐고 키리엔스에게로 몸의 방향을 바꾸었다. 그리고 뚜벅뚜벅 걸어갔다. 커다란 거실에 내 발자국 소리가 웅장하게 울렸다.

"놈은 분명 이 저택 안에 있다. 나는 느낄 수 있어. 아마 타이밍을 재고 있는 모양인데, 나야 상관없어. 놈들을 자극시킬 수만 있다면… 무슨 짓인들 못할까. 어차피 삶의 방향이 완전히 극인 그들과 나, 이 문제에 있어선 나는 인간이 아니라고 해도 좋다."

"제, 제발!"

나는 걸음을 멈추고 뒤돌아봤다.

"왜 그런 알량한 선의심을 가지는 건가?! 저 여자는 네 계모다! 그리고 널 죽이려고 했고, 널 가족이라고는 조금도 생각하지 않았어!"

"상관없어!"

눈물을 줄줄 흘리는 그녀를 보며 나는 슬픈 웃음을 지었다.

"죽이지 않으면 네가 죽는다."

"차라리 내가 죽겠어. 모든 게 내 잘못이야."

"네 삶보다 내 삶이 더 중요하다. 그걸 인지해 줬으면 한다. 난 이기적이지만 적어도 내 삶에 대한 열망과 의욕은 있어. 이것이 그것을 반증하는 확실한 증거다.”

나는 키리엔스 부인의 주름진 목을 향해 검을 내려쳤다. 살을 베는 둔탁한 촉감 대신 차가운 금속제 소리가 내 감각을 대신했다.

카아아앙—

내 검을 치고 지나간 은빛의 다트.

벽에 꽂힌 소모용 다트를 날린 방향은 바로 내 뒤쪽 정문이다. 나는 시선을 돌렸다.

인간이라고는 볼 수 없는 거대한 근육과 지방을 가진 녀석 하나와 중후한 이미지를 가지고 있는 남자 하나. 콧수염이 있고 단단하게 생긴 외모다.

강대한 분위기가 가슴을 육중하게 때린다.

“이거 갈수록 새로운 놈들이 나타나는군. 그래, 내 심장을 기다리던 녀석들이 바로 네놈들이었느냐?”

“건방진 축생이로군.”

중년의 입에서 굵직한 목소리가 흘러나왔다.

그것은 절대적인 힘을 가진 지배자의 목소리였다.

나는 은연중 그렇게 느꼈다.

머리를 반듯하게 뒤로 올백으로 넘겼다. 온통 검다. 눈의 색깔이며 머리카락, 그리고 입고 있는 제복마저.

그가 지금 어떤 일을 하고 있는지 모르겠으나 어쩌면 그는 델 키오르가 아닐지도 모른다. 브로크웨이라는 것들은 간혹 인간의 몸을 빼앗기도 하니까.

"아, 아빠."

알비아노는 느린 걸음으로 걸어가다가 이내 비틀거리는 뜀박질로 델 키오르에게로 향했다. 하지만 감정이라는 것을 내던진 것으로 보이는 사내의 눈동자는 이미 가족이라는 단어는 가볍게 묵살하는, 그런 눈빛을 가지고 있었다.

그리고 내 예상은 틀리지 않았다.

순식간에 뽑혀진 검이 알비아노의 가슴을 꿰뚫었다. 내가 어떻게 손을 쓰기도 전에 차가운 검은 뜨거운 피를 뿜어내고 있는 알비아노의 몸을 무섭게 헤집었다.

절망적인 눈동자로 델 키오르의 모습을 눈에 담던 알비아노는 이내 추락하는 새처럼 처절하게 쓰러졌다.

나는 붉게 타오르는 눈동자로 그에게 질문했다.

"한 가지만 물어보자."

놈의 검은 눈동자가 천천히 올라와 내 얼굴을 훑는다. 그의 눈은 소름 끼치게 무거운 중압감을 소유하고 있었다. 그의 눈동자를 보면서 나는 뻐근한 목을 주물렀다. 긴장감 때문인지 근육이 굳어가는 듯한 느낌이다.

"마치 날 기다리고 있는 것 같은 얼굴인데, 내가 이곳으로 오게 되리라는 건 어떻게 알았지?"

그는 가볍게 웃음을 입가에 머금었다.

"글쎄… 잘 모르겠네."

그가 손을 들어올렸다.

신호탄.

엄청난 근육과 지방을 가진 거대한 체구의 사내가 쿵쿵 걸어나왔다. 그가 발자국을 옮길 때마다 바닥에 쓰러져 있던 사내들이 공중으로 살짝 떠오를 정도였다.

"이해가 되지 않아. 키리엔스 부인은 지켜주면서 어째서 딸인 알비아노는 죽인 거지?"

"딸을 가진 아버지로서의 마지막 배려였네."

나는 기도 차지 않는다는 얼굴로 되물었다.

"괴물이 된 것을 들키고 싶지 않았다?"

그는 씁쓸하게 웃었다.

그 얼굴이 너무 가식적인 가면처럼 느껴졌다.

나는 비꼬는 소리로 외쳤다.

"그것참, 드라마틱한 애정인데?!"

"말장난은 그쯤 하도록 하지."

세상은 인류를 만들어냈고, 그 인류는 모두 제각각의 감정과 모습을 가지고 있다. 지금처럼 저 비대한 인간을 보고 있자니 신에 대한 궁금증이 무럭무럭 피어난다.

각자의 장점과 매력이 있는 거겠지만 저건 심하다.

거대한 얼굴과 적어도 나의 일곱 배는 되어 보이는 몸. 거대한 지방과 근육이 뒤섞인 그의 모습은 충분히 위협적이었고, 또한 많은 살생을 저질러 온 눈빛이었다.

그러니 시시콜콜한 잡소리는 집어치우고 결론만 말하자면, 죽음을 모르는 것 같은 저 녀석들에게 내가 한 수 가르쳐 줘야겠다.

하얀빛이 번쩍이는 검신의 끝이 놈에게로 향했다.

"이름이나 알자. 뒤에 계신 놈은 아마 델 키오르라는 녀석일 테고, 덩치 큰 당신의 이름은?"

"무흐크."

녀석은 마치 막 지옥에서 기어나온 것 같은 목소리로 자신의 이름을 밝혔다. 그의 자색 눈동자가 점점 검게 변하는 걸 보면서 나는 입술을 달싹였다.

"특이한 이름이네."

"특이한 이름 아니다."

그의 눈동자가 분노로 일렁였다. 나는 놀리듯이 나긋나긋하게 말했다.

"특이해."

"특이한 이름 아니다!"

쿵쿵쿵!

육중한 몸을 이끌고 엄청난 속도로 뛰어온다.

174체계.

폭풍의 바람이 부나니, 그 혼돈의 흐름 속에서 나는 암흑의 빛을 흘리리라.

헤이스트로 몸의 반응력을 높이고, 스트렝스로 전체적인 힘의 균형을 높였다. 적어도 델 키오르의 부하로 보이는 이 녀석은 절대 브로크웨이가 아니었다.

그럼에도 놈의 공격력은 도저히 인간이라고는 볼 수 없을 정도로 강대했다. 그가 주먹을 날리고 난 후, 흔적이 남은 곳은 마치 폐허처럼 변했다.

깨지고 부서지고 흩어진다. 집 내부는 삽시간에 초토화가 되었다. 아이즈 마법으로 동체 시력이 높은 나는 그의 주먹을 피하고 막는 것에 급급해 공격 타이밍을 잘 잡지 못했다.

나는 기회를 노렸다.

그의 거대한 주먹이 내 뺨을 스치고 지나가는 순간, 나는 눈을 귀신처럼 번쩍였다. 기회를 잡은 내 눈이 살심으로 가득 차는 그 순간, 마법력이 마치 마법 증폭기의 힘을 받은 것처럼 반탄력을 가지고 마법체계의 힘을 쏟아냈다.

'파이어 블래스트.'

무서우리만큼 새빨갛게 타오르는 검은 무흐크의 가슴을 향해 쇄도해 들어갔다. 흔들림없이 강한 불길을 가진 검을 그는 손바닥으로 막아냈다.

검은 손을 찢고 관통했지만 그의 앞가슴까지 찌를 수는 없었다. 불길에 의해 손이 활활 타며 검게 타 들어감에도 녀석의 얼굴은 무표정했다. 마치 통증을 느끼지 못하는 인간처럼 그의 눈은 오로지 분노에 가득 차 있었다.

녀석도 베놈 과인가. 공격에만 미쳐 있는 처절한 전투 본능에 사로잡힌 것. 확실히 무서운 녀석들은 냉철한 판단력과 빠른 두뇌 회전을 가지고 있다. 그것은 싸움 중에서도 발휘가 되며, 나를 소름 끼치도록 절망스럽게 만들곤 하지.

그런 면에서 본다면, 델 키오르라는 자는 아마 상대하기가 엄청 까다로울지도 모른다. 감정이라는 것을 완전히 배제한, 얼음보다 차가운 눈을 가지고 있는 남자다.

나는 검을 빼고 뒤로 몇 발자국 물러나면서 검에 묻은 피를 떨어냈다.

"마법체계의 힘을 검에 투자한다라……. 나쁘지 않은 생각이군."

델 키오르는 어깨를 들썩이며 웃었다.

"왜 네놈 같은 녀석이 마법체계에 성공했을까."

"그거야 나는 재능이 있고 당신은 없고, 그 차이 아니겠는가?"

"글쎄……."

델 키오르가 손가락을 '딱' 하고 튕기자 무흐크가 고막을 찢을 듯한 엄청난 괴성을 질렀다. 그리고 그의 몸이 이상 변화를 나타내기 시작했다.

인간으로서는 절대 불가능한 인체 변화.

"뭐, 뭐야, 이건?"

델 키오르는 여전히 감정이 없는 눈동자로 나를 쳐다보고 있었다. 그의 지독하리만큼 메말라 있는 눈은 굉장히 가슴을 저미게 만드는 슬픈 아픔을 가지고 있었다. 하지만 그와 동시에 엄청난 파괴 본능이 회오리치고 있었다.

내면의 폭풍.

나는 그의 시선을 무시하며 무흐크에게로 방향을 틀었다. 놈은 이미 인간이 아니었다. 순식간에 온몸에 털이 수북하게 되었다. 게다가 손톱이 어마어마하게 길어졌으며, 얼굴은 마치 마이오크룬―거대 원숭이―과 같이 괴수의 모습을 닮았다.

나는 마른침을 꿀꺽 삼켰다.

이런 광경, 돈 주고도 못 볼 게 아닌가.

내가 검을 고쳐 잡고 한 발자국을 떼면서 인간으로 되돌아갈 수 없는 그들의 심정을 조금은 알 것 같은 기분이 들었다. 하지만 그들이 인간으로 되돌아간다고 해서 예전의 그 모습으로 돌아갈 수는 없을 것이다. 수많은 피를 손에 묻히고, 감정을 송두리째 흔들린 채로 평범한 인간이 되는 것은 지나친 망상일 뿐이다.

"단 한 가지만 일러주마. 네놈들에게 그 더러운 인생을 피할 방법이 있다면, 그것은 내 심장이 아니라 죽음이라는 것임을!"

"크워어엉!!"

커다란 포효를 내지른 무흐크가 지면을 차고 뛰어들었다. 육중한 몸을 공중으로 띄운 그가 나를 향해 떨어져 내리는 모습은 굉장했다. 뭐랄까. 마치 거대 동상이 생명을 가진 듯한 그런 섬뜩한 모습이었다.

시금껏 여러 몬스터들을 봐왔지만 인간적인 감정을 가진 이런 외관적 괴물과 싸워본 적이 없었다. 그는 지금 이성을 잃은 상태일까?

지나치게 순수할 정도로 깊고 검은 눈동자를 가진 무흐크의 눈동자는 내 몸을 뚫어지게 노려보고 있었다. 더 정확하게 말하자면 심장이겠지만.

'미안하지만 간단히 내어줄 수는 없어. 나 역시 이기적인 인간이기에.'

악마의 영혼마저 찢어버릴 듯한 그의 지나치게 날카로운 손톱이 내 목으로 향했다. 세 개의 발톱은 스치기만 해도 목이 바닥으로 굴러 떨어질 것 같은 예리함과 힘을 가지고 있었다.

내 검은 '파이어 블래스트'로 여전히 불타오르고 있었다. 나는 피하지 않고 맞섰다. 그의 손톱을 피하고 어깨에 검을 찔렀다. 두꺼운 피부에 검은 반쯤 들어가다가 멈췄다.

무지막지한 근육량 때문에 스트렝스 마법이 버프되었음에도 검이 피부를 완전히 뚫지 못하는 것이다. 대체 얼마나 단련을 해야 이런 육체를 가질 수 있게 되는 건가.

정상적인 방법으로?

내 눈이 의혹의 빛을 띠었을 때, 델 키오르가 친절하게 설명을 해주었다.

"과다한 약물 투여와 마법사의 연구 과정을 거치다 보면 저런 상태가 되어버리기도 한다. 약간의 부작용이 있긴 한데, 흠이라면 저런 외관과 갑작스런 이상 적응, 그 정도뿐이지."

눈을 감고 벽에 기대어 있는 그의 모습은 마치 그림자 같았다. 오로지 검은 색깔만을 가지고 있는.

나는 검을 꺼내며 뒤로 몇 발자국 물러났다. 극소량의 피를 흘려내는 그는 침을 뚝뚝 흘리며 한 걸음 한 걸음 내게 다가온다. 발자국이 옮겨질 때마다 바닥이 흔들린다. 못해도 0.3테르는 가볍게 넘어서는 무게를 가지고 있는 듯했다.

9체계.

신의 몸에서 찬란한 영광이 빛나리니, 그 영광의 순간을 지금 함께하려 하나이다. 그 성스러운 순간을 잠시 빌리나니.

빛의 성하!

손바닥을 땅에 밀착시켰다. 거대한 빛의 기둥이 솟아올랐다. 그것은 단숨에 무흐크를 집어삼킬 듯했다. 흔적조차 남기지 않은 만큼 거대한 마나의 유동이 느껴졌다.

몸에 흐르는 피가 이젠 붉은 피가 아니라 푸른색으로 느껴질 정도다. 요즘 들어 수련은 없었고, 피 튀기는 실전만이 있었다. 강행군이었다. 피로도가 중첩되고, 마법을 쓰는 순간 그 지친 육체는 여김없이 하락세를 나타냈다.

뿌연 먼지가 사라지고, 그림자가 입체화되었다. 피부 전체가 하얗게 일어났다. 마치 상아처럼 그의 몸은 하얗게 변색되었다.

그럼에도 전투력은 여전한 듯 보인다.

근육이 다친 게 아니라 오직 피부만이 상처를 입은 것 같아 나는 놀람을 금할 수 없었다. 마법 방어에도 능력이 강하다는 것인가. 그것도 피하지 않은 정면 상태에서.

뿌드득뿌드득.

무흐크의 이마에 굵은 뿔이 생겨났다.

"진정 괴물이로군."

나는 고개를 설레설레 저었다. 저것은 절대 인간이 아니었다. 아니, 인간이라 불러서는 안 되는 완전한 변이 상태.

나는 타오르는 검의 불을 소거했다. 그리고 얼음보다 차가운 냉기 어린 기운을 검에 흘렸다. 아이스 웨폰으로 인해 주위 공기마저 순식간에 얼어붙는다. 입김이 하얗게 나왔다. 언제나 상대는 강하기 마련이고, 나는 늘 그 고지를 넘어야 한다.

지독한 반복. 쓰러뜨려도 쓰러뜨려도 높은 벽은 여김없이 나타난다. 하지만 깨부숴야지. 내 목표를 이루기 위해선 그 어떠한 고통과 시련도 감내한다.

지금처럼 단지 몬스터일 뿐인 녀석을 상대함에 있어 마음이 약해져선 안 된다.

늘 지금과 같은 마음으로 정상에 오르리라.

검을 들고 달렸다. 헤이스트 덕분에 내 몸은 엄청난 속도로 반응했고, 검은 마치 섬광처럼 무흐크의 목을 훑었다. 녀석의 목 절반을 베었을 때, 놈은 극한의 반사 신경으로 내 몸통을 후려쳤다. 나는 무지막지하게 나가떨어졌다. 바닥은 내 몸이 긁힌 흔적으로 난장판이 되었다.

나는 얼른 몸을 일으켰다. 어느새 내 앞으로 다가온 무흐크의 거대한 발이 내 얼굴 위로 떨어졌기 때문이다. 나는 옆으로 피하며 마법을 발현했다.

극음의 냉기 마법.

20체계.

"얼음의 송곳."

마력을 일으키는 즉시 바닥에서 엄청난 크기의 날카로운 얼음 끝이 무흐크의 몸을 관통했다. 그의 등 뒤로 검은 피가 종이 위에 물감이 펼쳐지듯 화려하게 뿌려졌다. 그는 주먹으로 자신의 복부를 뚫은 얼음을 깨어버렸다. 그리고 철철 흐르는 피를 조금도 생각지 않고 연이어 공격을 시작했다.

그의 주먹이 지나간 자리는 마치 폭풍이 지나간 것 같았다.

깨지고 부서지며, 돌 조각은 모래처럼 흩날린다. 광기에 사로잡힌 그의 눈동자는 점점 처절하게 변해가고 있었다.

거칠어지는 호흡. 나는 내 몸의 밸런스가 천천히 유지되어가고 있음을 느꼈다. 그는 커다란 동작으로 유효하지 않은 주먹을 난사하고 있다.

나는 마음을 기볍게 먹었다. 숨을 잠깐 멈추고, 그의 목에 방어 태세가 열리는 순간 뛰어들었다. 욕 나올 정도로 차가운 검끝이 정확하게 무흐크의 목을 꿰뚫었다. 단숨에 목이 얼어붙어 나간다. 입술을 비집고 검은 피가 검면을 타고 흘렀다.

450체계. 음지의 파괴력이 하늘의 신성을 받아 폭발의 신을 만나고자 한다.

다이레스 제2체계의 반대적 공식으로 마나를 유동하며, 마나의 흐름을 차단한다. 그리고 그 순간, 검신의 형태는 유지되되 폭발력을 가진다.

콰아아앙—

검에서 하얀 빛이 일렁였다. 무겁게 폭발하며 내 전신 앞쪽은 모두 검은 피로 뒤덮였다. 상체가 완전히 날아간 무흐크가 그때가 돼서야 무릎을 꿇고 풀썩 쓰러졌다.

400체계가 넘어가니 눈빛이 흔들린다. 붕괴되는 밸런스.

서 있기조차 힘들다. 힐을 시전했다. 체력적 보안과 함께 나는 조용히 브로크웨이 델 키오르를 노려보았다.

처절한 마인드가 뇌를 찌른다.

'오늘 여기서 죽을지도 모른다. 기껏 체계의 마법사가 되었더니만 난 정말 인복 더럽게 없는 모양이군.'

뚜벅뚜벅 걸어온다. 그의 검은 구두 소리가 내 귀와 심장, 그리고 가슴을 짓누른다. 편안하고 여유로운 죽음을 가지러 오는 사신이다.

"무흐크는 본래 인간이었지."

그는 걸어오며 이야기를 시작했다.

그것도 굉장히 슬픈 눈동자로.

마치 금방이라도 눈물 한 방울을 툭 하고 떨어뜨릴 것처럼 보였다. 너무 급격한 표정의 변화여서 내가 당황하는 사이에도 그는 계속해서 말을 잇고 있었다.

"아주 어렸을 적에 병에 걸렸다. 전쟁 중이라 조금만 다쳐도 그 상처가 병균을 흡수하지. 그리고 그 병은 아주 특이했다. 만 이천 명 중 하나가 걸린다는 에스크로브―근육이 뒤틀리고 몸에서 이상 적응이 일어나며, 마치 돌연변이처럼 서서히 변하기 시작한다. 그리고 결국엔 흡사 괴물처럼 변한다―에 걸려 버렸다. 녀석은 언제나 죽고 싶어했어. 하지만 그건 생각처럼 쉽지 않았지. 죽음이라는 것은 아주 절대적인 용기를 필요로 하니까."

"동생인가?"

그는 무겁게 고개를 끄덕였다.

"그럼, 나로 인해 그가 죽었으니 내게 고맙다는 말이라도 하고 싶은 것인가?"

"반쯤은. 하지만 공과 사는 구분해야 하니 우선 고맙다는 말은 하겠네. 그러나 자네의 그 심장, 이제 그만 수거하겠어."

"나는 그런 더러운 말을 입에 담는 네놈의 입을 먼저 도려 내야겠다."

"크흐흐!"

그는 중후하게 웃었다. 그 웃음마저도 내 몸에 흐르고 있는 피를 역류하게 만들 만큼 위협적이었다. 풍기는 분위기 자체가 주위 공기를 엄청난 무게로 변화시키고, 숨조차 쉬기 어려울 정도로 강대한 힘의 파동을 뿜어내고 있다. 그 증거로 인테리어로 걸려 있는 물건들이 하나같이 그 힘을 못 이기고 부서지거나 찌그러졌다.

마치 땅에서 아지랑이가 피어오르는 것 같은 착각을 일으키게 만든다. 아니, 그건 착각이 아닐 것이다. 그의 힘으로 인해 대지마저 뜨거운 김을 모락모락 피워 올리고 있었다.

나는 검을 천천히 들어올렸다. 이젠 검을 들고 있는 것마저 부담스러웠다.

'꼼짝없이 죽게 생겼군.'

나는 허망하게 웃었다.

"마지막으로 하고 싶은 말은?"

"그런 연극 같은 대사 따윈 지껄이고 싶지 않다. 할 수 있을지 없을지 모르겠지만, 우선 네놈의 그 방정맞은 입을 도려내야겠어."

"나이 40에 그런 방정맞은 입이라……."

"주책이지."

그는 눈을 뜨고 숨을 깊게 들이마셨다. 그리고 천천히 뜨거운 입김을 입 밖으로 흘려낸다. 체내에 힘을 모으는 거다. 그 힘이 응집되어 폭발력을 가지는 순간, 그의 검은 생명을 가지게 된다.

"당신은 애초부터 강했던 사람 같군."

"그랬지. 뭐, 지금만큼은 아니지만."

관자놀이를 눌렀다. 능력치를 계산해 보면 머리가 지끈지끈해져 온다.

"열일곱 배의 신체적 능력이라……. 소름 끼치는군."

"나 역시 내 자신이 그렇게 느껴질 때가 있다."

"잡담이 길다. 최후가 될지도 모르는 싸움에서 추잡해지긴 싫어. 그만 검을 꺼내라."

그의 입가에 주름이 진다.

가느다란 미소.

토할 것 같다.

죽음을 앞둔 심정은 눈에서 피가 흐를 것같이 느껴지며 심장은 구멍이 난 것처럼 시큰하다. 그래서 지금처럼 내가 처연한 척하는 것은 남자여서가 아니라 인간이기에 나타내는 가장 본능적인 행동인 것이다.

나는 아랫입술을 지그시 깨물고 숨을 토해내며 달려들었다.

"하아압!!"

세상을 터뜨릴 듯한 용맹한 외침이 입에서 퍼져 나왔다. 나는 마치 세상에 품고 있는 불만을 모조리 태워 버릴 것처럼 지나치게 감정적으로 변한 눈으로 그의 모습을 눈에 담았다.

석상처럼 멈춰 있던 그가 눈을 떴다.

"너무 싱겁지 않나?"

검을 흘리며 몸을 옆으로 돌린다. 몸통을 회전해 바깥쪽으로 돌아간 델 키오르의 검이 내 목을 향했다. 차갑게 반짝이는 검끝은 목 언저리에서 멈췄다. 흔들림없이 생명을 앗아가기 직전, 그가 검을 멈춘 것이다.

"가지고 놀 셈이냐?"

입술을 깨물었다. 피가 진하게 배어 나온다. 짓밟히는 자존심. 그가 발로 내 옆구리를 눌러 찼다. 꼴사납게 바닥에 쓰러진 나는 검을 지지대 삼아 일어났다.

어금니를 꽉 물었다.

"체계의 마법은 이토록 보잘것없는 것인데, 왜들 그리 탐을 내는 건가? 단지 인간이 될 수 있다는 이유 하나로? 인간이 된다면 네놈들의 육체적 능력은 감소될 텐데?"

"네놈의 재능이 부족한 것이다."

나는 비소를 흘렸다.

"그렇게 재능 높으신 분이 왜 브로크웨이가 되셨을까나."

변함없이 평온함을 유지하던 델 키오르의 눈동자가 짐짓 흔들렸다. 그리고 지옥의 악귀 같은 눈빛으로 나를 노려봤다. 지금껏 드래곤을 만난 적도 드래곤 피어에 대해 자세한 설명도 들어보지 못했지만, 아마 비슷하지 않을까라고 생각될 정도로 그의 눈빛은 소름 끼쳤다.

"브로크웨이도 적지만 소량의 감정은 가지고 있는 것 같군."

"살아 있는 모든 것은 감정을 가지고 있다. 제어의 차이일 뿐."

"그런가?"

나는 지면을 차고 뛰어올랐다. 검에 극음의 마력을 담은 상태였다. 검기와 비슷한 그 빛의 섬광은 쾌속한 속도로 델 키오르에게로 날아갔다.

급습.

그러나 그는 검으로 가볍게 튕겨냈다. 그의 검에 푸르스름한 무언가가 맺혀 있다. 이야기로만 들어왔던 것.

"…소드 마스터?"

내가 그 말을 내뱉었을 때, 그의 주먹이 내 가슴을 강타했다. 난 약 10피르 정도 날아갔다. 벽에 부딪쳐 바닥으로 떨어진 나는 어두운 색의 피를 토해냈다. 속이 부글부글 끓었다.

마치 독약을 마신 것처럼 내장이 꼬이는 듯한 통증이었다.

지독한 고통에 몸무림치는 내게 다가온 델 키오르가 내 긴 머리카락을 잡아 올렸다.

힘과 행동의 치욕적인 수치.

이빨 사이로 흘러나오는 피가 앞가슴을 완전히 적셨다. 그는 검은 가죽장갑을 벗고 내 목을 움켜쥐었다.

"한 가지 물어볼 게 있다."

나는 대답하지 않고 그를 차갑게 노려봤다.

"이클레이드는 어디 있는가?"

그가 손에 힘을 약간 풀었을 때, 나는 기침을 터뜨리며 말했다. 말을 하는 와중에도 피가 계속해서 튀었다.

"글쎄, 워낙 신출귀몰하신 분이라 나도 만나기가 하늘에 별 따기라 말이지. 쿨럭!"

"교과서적인 답변이군."

그는 실망스런 얼굴로 손을 내렸다. 그리고는 검을 집어넣은 후 검집으로 내 머리를 때렸다. 후끈한 통증이 머리 뒤쪽에서 일었다.

시야가 흐릿해진다. 그의 발이 잔상을 남기며 날아온다. 턱을 때리자 이빨이 흔들리고 피가 물컥물컥 흘러 비릿한 냄새가 코를 강하게 찔렀다. 그리고 잠시 후 후각은 정지되었다. 너무 강한 냄새 때문에 마비된 것이다.

그가 날리는 주먹은 마치 한때 스승님이었던 이클레이드

가 때리는 고통과 흡사했다. 아픈 곳을 기가 막히게 찾는다. 나는 엄살이 심한 편이 아니다. 고통의 신음이 맞는 즉시 흘러나온다.

비음의 고통 소리를 그는 즐기는 것 같았다.

턱을 때리자 내 몸은 공중으로 떴고, 그가 스르륵 올린 발 뒤꿈치가 내 복부를 찍어 내렸다. 바닥에 떨어지는 즉시 뿌연 흙먼지가 내 몸을 뒤덮었다.

그의 발이 내 목을 눌렀다.

"내가 아는 정보로는 이클레이드가 무슨 일을 꾸미고 있는 것이 틀림없다. 알고 있는 걸 모조리 토해내. 그렇지 않으면 살지도 죽지도 못하게 만들어주겠다."

나는 눈을 감았다.

양 손바닥을 땅에 완전히 맞닿은 후 주문을 외웠다.

모이쿠스 삼각 마나 유전 흐름. 45%의 마나 합성률로 57% 공기 합성. 모든 피부를 차단하는 동시에 마력의 순간적인 증강으로 폭발체를 만들어낸다.

333체계.

화염의 폭발.

가라앉은 가래 섞인 목소리로 나는 캐스팅했다. 더럽게 멋없는 마법 발현이었다.

"파이어 익스플로션(Fire Explosion)!"

내 전신 피부가 하얗고 투명한 막으로 둘러싸였다. 그리고 내 주위로 마법과 공기의 합성으로 창조되는 불의 폭발이 일어났다.

콰앙! 콰앙! 콰아앙—!

엄청난 폭발음이 터졌다. 보통의 인간이라면 단번에 고막이 찢어졌을 것이다. 나 역시 프로텍션 쉴드가 아니었다면 내 몸 대부분이 불에 그을리고 타버리는 손상을 입었을 것이다.

무려 300대의 마법체계인지라 몸의 충격이 이만저만이 아니었다.

나는 천천히 몸을 일으켰다. 검은 연기는 무슨 이유에선지 빠르게 사라지고 있었다. 검은 연기가 사라지며 보이는 하나의 검은 그림자. 그것은 빛이 스며들어 오면서부터 나를 절망의 구렁텅이로 밀어 넣었다.

검게 변한 제복.

그러나 렐 키오르는 멀쩡했다.

아니, 오히려 입가에 미소까지 머금고 있었다.

"장난은 여기까지 하도록 하지. 귀찮군."

눈이 차분하게 가라앉았다. 빙하의 색깔을 가졌다. 생명을 앗아가는 눈동자가 확연하게 드러난다. 심장이 빠르게 뛴다. 뜨겁고 열정적으로, 그리고 희망차게 뛰는 이 심장을 가져가려 한다.

나는 극도의 불안함과 초조함에 시달렸다.

집 내부에는 단 하나의 불씨도 남아 있지 않았다.

델 키오르가 들고 있는 검에서 검명이 났다. 검이 울고 있다는 것. 그는 소드 마스터이다. 오러 블레이드로 화염의 불꽃을 모두 잠재웠다는 소리인가.

온몸에 힘이 쭉 빠진다.

욕이 나올 수밖에 없다. 미치도록 강하다. 내가 체계의 마법을 배운 게 한스러울 정도로.

"그렇게 상심할 필요 없어. 차이가 날 수밖에 없다. 나는 브로크웨이가 된 이후에도 수련을 멈추지 않았다. 아니, 오히려 더 열심이었지. 인간이 되기 위한 열망은 내 실력이 되었다."

나는 바닥에 검을 내던졌다.

뜨거운 열기를 가지고 있는 대리석 위로 차가웠던 검이 떨어졌다. 쇳소리는 내 패배를 시인하는 사인이었다. 나는 양팔을 벌리고 눈을 감았다.

"가져가라. 주인은 아마도 네놈인가 보군."

보이지 않음에도 알 수 있다. 녀석이 얼마나 희열에 찬 표정을 짓고 있는지. 그토록 염원했던 그 심장이 코앞에 있으니 얼마나 기쁘겠는가.

보잘것없는 내 인생은 이렇게 짧게 끝나는 듯싶었다.

"가져가마."

어두운 흑음의 기운. 영혼이 빨려 들어가는 것 같은 느낌이

온몸을 스치고 지나간다. 몸에 나 있는 작은 솜털까지 먼지가
되어 사라지는 느낌이다.

지독히도 외롭고 잔인한 감각. 그의 검과 손이 가까이 오는
그 순간, 나는 내 죽음을 예감했다.

까아아앙—

귀가 시리다. 섬과 섬이 부딪쳤으나 그 소리는 절대적으로
마찰음으로는 날 수 없는 것이었다.

나는 눈을 떴다.

그리고 코웃음을 쳤다.

"미치겠군."

내 심장으로 향한 델 키오르의 칼날은 한 사내의 방해로 인
해 차단되었다.

갸름하고 새하얀 얼굴에, 섬뜩한 기분에 사로잡히게 만드
는 붉은 입술, 길고 날카로운 콧날.

브로크웨이 피에로의 가느다란 검이 델 키오르의 육중한
무게가 실린 검을 막았다.

2

"웬 놈이냐?"

델 키오르의 짜증 섞인 말에 피에로는 그저 가늘게 웃을 뿐

이었다. 그 기분 나쁜 미소를 본 델 키오르는 험악한 인상으로 그를 노려보았다.

그 어떠한 시선에도 웃음을 잃지 않는 페이스의 소유자다.

"나 역시 브로크웨이랍니다."

온몸에 두드러기가 나게 만드는 그의 실처럼 얇은 목소리는 생각보다 꽤 강하게 델 키오르의 신경을 건드린 듯했다. 기운이 급변했다.

차가운 공기와 무거운 공기의 접촉.

"공동의 목표를 가졌기에 내 행동을 이해할 거라고 보는데, 아닌가요?"

피에로의 말인즉슨, 델 키에로에게 내 심장을 넘겨줄 수 없다는 소리였다.

피에로는 뒤로 몇 발자국 물러나면서 힘을 끌어올렸다. 스멀스멀 땅바닥 위로 인형들이 올라왔다. 델 키오르는 그것을 보고 가볍게 피식 웃었다.

"건방진 놈, 남의 먹이를 빼앗는 게 얼마나 후회할 일인지 깨닫게 해주마."

"글쎄, 지나친 자만은 아니신지. 후훗!"

델 키오르의 속도가 폭발을 터뜨렸다. 내게 보였던 움직임과는 차원이 다른, 극대화된 스피드. 보이지 않을 정도로 빠르게 다가간 델 키오르는 검을 휘둘렀다. 검에서 오러 블레이드가 두텁게 일렁였다. 거대한 기운이 피에로의 앞가슴을 향해 쇄도했다.

푸른 오러가 자신의 가슴을 향해 날아옴에도 피에로는 눈 하나 깜짝이지 않았다. 블레이드는 피에로의 몸을 이등분시킨 후, 그 뒤의 벽에 들어박혔다.

쿠구궁!

벽이 여지없이 깨져 버렸다. 델 키오르는 싱겁다는 표정을 지었다. 그러다 뿌연 흙먼지를 뚫고 나타난 피에로의 검에 놀라운 표정을 감추지 못했다.

뱀처럼 요사스럽게 날아드는 검은 예리하게 델 키오르의 허점을 찾기 위해 노력했다. 하지만 이미 불혹의 나이에 들어선 델 키오르는 연륜을 과시라도 하는 것처럼 여유롭게 막아 냈다.

검의 기운이 부딪치는 것만으로도 주위는 삽시간에 엉망이 되었다. 보통의 눈으로는 잡아낼 수 없는 속도로 검을 마주치는 둘의 공방은 내게 상당한 무게가 되었다.

하늘이 내 어깨를 짓누르고 있는 것만 같아 나는 씁쓸한 미소를 입에 걸었다.

이토록 강한 자들이 내 심장을 노리고 있다. 우선은 이곳을 벗어나 체력을 복구한 뒤 힘을 길러야 한다. 내 머릿속에서 그 계산이 빠르고 획일적으로 정리되었다.

우선 그들이 싸운 후 지친 틈을 타 탈출로를 찾아야겠다.

지친 눈으로 이리저리 계산을 하고 있을 때, 귀찮은 놈들이 나타났다. 아마 폭발성을 듣고 달려온 듯했다.

문 앞에 모인 것들은 모두 하드 갑주를 입고 있었다. 도시를 관찰하는 경비대 같았다.

그들은 모두 피에로와 델 키오르의 신위에 놀라 눈만 끔뻑거리고 있었다. 저것들은 지금의 모습을 본 것만으로도 전의를 상실한 듯했다.

체계적인 훈련을 받고 정신적인 트레이닝까지 받았더라도 지금과 같은 상황에서 선뜻 나서서 상황을 정리할 만한 실력자가 있을 리 없다.

오러 블레이드가 델 키오르의 집 내부를 휘젓고 있는 상황에서 그들이 무엇을 할 수 있을까. 어쩌면 지금 이 순간 한시라도 빨리 도망가는 것이 살 수 있는 희망을 가지는 최적의 타이밍이다.

아마 시간을 끌다 녀석들의 눈에 걸리기라도 한다면 꼼짝없이 그곳이 자신들의 무덤이 될 터이다. 그리고 언제나 이런 어두운 예감은 기분 나쁘게 적중되어 버린다.

델 키오르가 순간 흐릿해졌다. 잔상을 남기며 이동한 그가 어느새 문 입구로 이동했다. 검을 한번 휘두를 때, 십여 구의 시체가 바닥으로 나뒹굴어 떨어졌다.

팔이며 다리가 두부 잘리듯이 잘렸다. 검과 하나가 된 델 키오르의 검술은 그들을 완전하게 묶었다.

40여 명의 병사들은 비명 한번 제대로 질러보지 못한 채 피를 뽑고 생명을 빼앗겼다.

오러 블레이드의 힘은 소름 끼치도록 강력했다. 방패로써 최고의 입지를 자랑하는 엄청난 강도로 만들어진 방패마저도 델 키오르 앞에서는 무용지물이었다.

"으아악!!"

델 키오르는 다리가 잘려 바닥에 엎어진 병사의 머리를 밟았다. 육체적 능력이 극한으로 발달되었기에 다리 근육 역시 상상을 초월한다. 애초에 인간의 경계선을 넘어버린 존재.

박살난 머리를 저벅저벅 지나 무감정한 얼굴로 살아 있는 병사들을 도륙한다.

시선을 돌렸다.

피에로는 그 장면을 흥미롭게 지켜보고 있었다. 더불어 지친 호흡을 가다듬고 있는 것 같았는데, 피에로에게도 델 키오르는 꽤나 까다로운 상대인 듯했다.

얼굴에 곤혹스러운 표정이 가득 담겨져 있다. 생각보다 엄청난 실력에 놀란 표정이었으며, 검의 손잡이를 꽉 쥐고 있는 그에게서 자존심이 느껴졌다.

브로크웨이들끼리의 싸움은 내게 큰 거리감을 주기도 했지만, 이상한 감정의 소용돌이가 휘몰아치기도 했다.

마지막 병사의 머리를 델 키오르의 검이 관통하는 순간, 바로 몸을 회전시킨다. 브로크웨이 피에로의 붉은 기운이 델 키오르의 등으로 향했기 때문이다.

오러 블레이드와 비슷한 성질로 보이는 그의 붉은 기는 피를 단 한순간에 태워 버릴 것 같았다. 붉은색과 어두운 흑색의 대결. 나에겐 별로 흥미롭지가 못해. 우선은 내가 살아야 하거든.

그들의 공방이 길어지자 나는 주위를 둘러보았다. 이젠 그들과 어느 정도의 거리가 생겼다. 나는 눈을 감고 심장이 뛰는 소리를 들었다.

그 불규칙적인 소리는 점점 안정을 찾아 일정한 맥박으로 유지되었다. 가장 최적의 마나 유동을 일으킬 수 있는 컨디션을 찾아야 했다.

마나를 느꼈다. 대기 중에 흐르는 마나를 느끼기 위해 나는 안간힘을 다 썼다. 마력을 마지막 한 방울까지 있는 대로 끌어올렸다.

내 몸 안에 흐르는 마나의 양은 거대하나 그것을 모조리 뱉어내기엔 아직 내 실력이 모자랐다.

나는 독하게 마음먹었다. 그리고 목표를 정했다. 내 안에 갈무리된 마나를 완전한 내 것으로 만들기 위해 연습에 연습, 그리고 연구를 게을리 하지 않겠다고.

살아남는다면 강해지기 위해 거의 대부분의 시간을 마법 연구로 보낼 것이다. 이토록 녀석들이 강하다는 것을 진작에 알았다면 조금이라도 더 마법 공부를 열심히 하는 것이었는데.

'빌어먹을.'

이클레이드가 말했다. 마법체계의 발현은 가슴으로 하는 게 아니라 냉철한 머리로 하는 것이라고. 나는 최대한 냉정을 찾았다. 그리고 마법 공식을 머릿속에서 떠올렸다.

너무나도 차가운 글자들이 머릿속에 입력되었다. 찍혀 나가듯이 머릿속에 하얗게 뜨는 마법체계는 지금껏 단 한 번도 시도해 본 적이 없는 500체계의 마법이었다.

극대화적인 마력을 끌어올리느라 벌써부터 입술이 파랗게 변했다. 볼이 얇아지고 살이 쭉 빠지는 느낌이었다.

'다이어트로는 혁신적인 기술이군' 같은 잡소리는 당장 집어치워야 했다.

몸이 고장난 것처럼 부들부들 떨린다. 동공이 흔들리고, 거대한 마력의 흐름에 피가 역류하는 듯한 느낌이었다.

나는 너희들처럼 실패한 브로크웨이가 아니라 선택된, 그리고 가능성을 가진 마법체계의 주인공 로크다.

무려 30개의 공식이 모두 머릿속에서 정립되고, 계산된 과정을 거친 후에야 마나가 유동되기 시작했다. 거대한 체계의 흐름은 순식간에 머리를 거쳐 온몸으로 반응되기 시작했고, 나는 천천히 마나의 흐름을 계산된 공식에 맞추어 이끌어 나가기 시작했다.

500체계.

창조의 세계, 그 깊고 깊은 곳에서 작은 불씨를 발견하였다. 그 불씨는 거대한 불덩이로 점차 불어나며 이내 세상을 덮어버리는 태양으로 변모했으니, 그 힘을 받아 내 것으로 만드는 과정을 가진다. 나는 그 이름을 미티어 스트라이크라 부르겠다.

퍼어엉! 퍼어엉! 퍼엉!

여기저기서 불꽃이 터지고 화염이 폭풍처럼 들이닥쳤다. 집이 무너지기 시작했다. 키리엔스 부인이 양손으로 얼굴을 감싸 쥐며 비명을 질렀다.

나는 점점 강대해지는 마력에 긴장하면서 마지막 마력을 터뜨렸다.

"흐아아아아!!"

마치 푸른 하늘 위에 떠오른 태양이 대지로 떨어지는 것처럼 보였다. 거대하고 강한 미티어 스트라이크가 브로크웨이들을 향해 내리꽂혔다.

피할 수 없는 면적에, 눈 깜짝할 사이에 떨어진 그 대마법은 마치 지독한 운명의 굴레처럼 다가왔다. 그들은 느닷없는 마법에 당황했다.

미티어 스트라이크가 직격하기 직전, 나는 텔레포트를 시전했다.

Chapter 14

길드 마스터의 성지

1

눈을 제대로 뜰 수가 없었다.

벽을 붙잡고 걷고 있었는데, 연신 속이 썩어버린 것 같은 통증 때문에 피를 토해내고 괴로움에 몸서리쳤다.

벽에 등을 기대고 주저앉은 나는 완전한 마력의 고갈로 마치 폐허의 구덩이 속에서 헤엄치고 있는 듯한 느낌이었다.

돌이켜 보니 끔찍한 마법이었다.

반경 30피르 내를 완전히 쑥대밭으로 만들어 버렸다. 이유 없이 죽음을 당한 민간인들이 있을 것이다.

그에 반해 비겁하게 살아남은 나는 지금처럼 이렇게 쩔뚝거리며 살기 위해 방법을 모색하고 있다. 내 자신에 대한 치욕적인 수치에 숨을 쉴 수가 없다.

강했더라면, 내가 그들을 제압할 수 있을 정도의 실력만 가지고 있었더라면 지금 같은 상황은 벌어지지 않았을 텐데.

또다시 내 자신의 무력함에 어깨가 무거워졌다.

"우웨엑!"

시커먼 피를 한 움큼 토해내고 나서 창백해진 얼굴로 하늘을 올려다보았다. 골목길 안에서 이런 폐인의 몸뚱어리로 하늘을 올려다보는 내 자신이 문득 형편없다고 생각되었다. 게다가 이젠 손가락 하나 까딱거릴 힘도 없어서 나무늘보가 되어버렸다. 쏟아지는 잠 때문에 눈꺼풀이 심하게 무거웠다. 이대로 잠들어 버리면 곤란하다.

힐을 쓸 마력도 없었기에 몸 여기저기는 상처투성이였고, 피는 계속해서 흐르고 있었는데 지혈이 제대로 채 안 되었기 때문이다.

이대로 둔다면 나는 개죽음을 당하는 것이다.

인적이 드문 골목.

제발 누군가라도 좋으니 나타나 달라고 염원했다. 아니, 브로크웨이는 제외하고 말이다.

내 소원을 하늘이 들어주신 것일까. 발소리가 들렸다. 소리가 난 곳으로 고개를 돌렸다.

허리까지 내려오는 나와 같이 검은 흑발에 뚜렷한 이목구비를 가진 여자였다. 타이트한 검은색 가죽 바지를 입고 있어

다리의 굴곡이 그대로 드러났다. 상의는 하얀색 블라우스.

마치 한 마리의 암고양이를 보는 것 같았다.

묘한 분위기를 풍기며 굽이 높은 구두를 신은 그녀가 내게 천천히 다가오고 있었다.

뭔가 모를 불길한 느낌에 나는 정신이 번쩍 들었다.

"누, 누구냐?"

그녀는 내 얼굴과 몸 이곳저곳을 살펴보더니 고개를 끄덕였다.

"데려가자."

그녀의 말에 어리둥절해 있던 나는 갑자기 '후두둑' 거리는 소리와 함께 등장한 흑색 망토의 사내들 때문에 심장이 멈춰 버릴 정도로 놀랐다.

그들 중 한 명이 나를 들쳐 업었고, 주사기 하나가 내 팔에 꽂혔다. 약이 투여되는 즉시 온몸이 급격하게 통제되었다. 나는 쏟아지는 잠을 더 이상 참을 수 없어 그만 눈을 감았다. 내 몸이 누군가에 의해 어디론가 이동되고 있다는 사실을 느끼면서 나는 서서히 잠에 빠져들었다.

*   *   *

장미 향이 났다.

콧속으로 스며들어 오는 꽃향기는 달콤했다. 그 좋은 냄새에 취한 얼굴로 눈을 떴다. 지나치게 사치스러워 보이는 침대 위였다. 그리고 그 분위기와는 완전히 동떨어진 사내 둘이 나를 내려다보고 있었다.

엄청난 장신의 두 사내는 검은색 로브를 머리 위까지 덮어쓰고 있었다. 신비한 느낌이 나는 그들의 두 눈은 야광석을 박은 것처럼 번쩍였다.

조금은 어두운 분위기의 방 안이었다.

그들은 내가 눈을 뜨자 기다렸다는 듯이 입을 열었다.

"일어날 수 있겠소?"

그들의 가벼운 말에 나는 약간 굳은 얼굴로 대답했다.

"여긴 어디냐?"

"길드 탑."

"설명을 해줘야 알 거 아냐."

내 말에 기분이 상한 것인지 한 사내가 앞으로 걸어나오려 했다. 그것을 옆에 있는 사내가 어깨를 잡아 만류했다.

"해가 가는 일은 없을 것이오. 그대의 몸을 치유한 것도 우리고, 당신이 살아남을 수 있는 방법도 우리가 찾아줄 것이오."

"무슨 소린지……."

"일단 따라와 보면 알 것이오."

"흥! 그래, 날 보자는 사람이 얼마나 대단한 녀석인지 낯짝이나 한번 보자."

나는 괜히 과장된 몸동작과 언성으로 말하며 주위를 남몰
래 살폈다. 굉장히 고급스럽다. 물건 하나하나가 최고급으로
이루어져 있다. 바닥에 깔린 융단과 인테리어 장식은 약간 어
두운 분위기가 많이 풍기지만 엄청난 고풍스러움을 풍기고
있었다.

'대체 여기는 어디인가……'

이곳의 위치와 배경에 대해 궁금증이 강렬하게 머릿속에
서 줄기줄기 뻗어져 나갔다. 잠시 후 내가 만나게 될 사람은
누구인지, 또한 내가 어떠한 경로를 선택해야 하는지 고민했
다. 앞서 걸어가는 이 두 사람을 처리하고 벗어날 것인가, 나
를 만나고자 한 사람과 대면할 것인가에 대해서 말이다.

나는 원래 고민을 오랜 시간 동안 하는 편이 아니다. 마음
이 이끌리는 대로 결정하는 스타일이었지만, 지금만큼은 갈
등되지 않을 수가 없었다.

다 죽어가는 나를 살린 사람들이다.

어떤 식으로 해석해야 할까.

'아뿔사!'

고민이 길어지는 사이, 어느새 도착한 듯했다. 두 사내가
나무로 장식된 커다란 문을 열었다. 방 안에는 창문 밖을 바
라보고 있는 한 여자가 서 있었다.

찰싹 붙는 가죽 바지에 앞가슴이 훤히 드러나는 가죽 조끼
를 입었다. 팜므파탈적인 향기가 시큰할 정도로 전해지는 느

낌의 여성이다.

뒷모습을 보는 순간 머릿속에 떠오르는 게 있다.

바로 내가 골목길에서 휴식을 취하던 그 순간 나를 데려간 여자.

대체 무슨 이유로 나를 이곳으로 데려온 것일까.

그녀가 천천히 내게로 고개를 돌렸고, 그 순간 문이 닫혔다.

쿠웅—

"어서 오세요, 로크님."

그녀의 맑은 목소리가 내 귓속으로 파고들었다.

2

이곳은 도심의 가장 끝 자락에 위치해 있는 곳이었다. 흔히 길드 마스터의 성지라 불리고 있는 이곳은 한마디로 설명하자면 정보국이다.

전 대륙에 길드원이 퍼져 있으며, 모든 정보는 이곳을 중심으로 집결된다고 한다. 모르는 것이 없다는 말이 떠도는 이유도 그것이다. 엄청난 인적 자원과 막대한 자금을 소유하고 있는 거대 암흑 집단.

아무튼 자세히는 알 수 없지만 대충 아는 바로는 그런 심각하게 수상한 곳이었다.

게다가 어울리지 않게 여자 주제에 파이프 담배를 꼬나물고 있는 그녀는 굉장히 퇴폐적인 시선으로 나를 위아래로 훑어보더니 자리에 앉혔고, 이내 자신의 길드에 대해서 장황하게 설명하기 시작했다.

그길 이유없이 멍하니 듣고 있던 나는 도저히 참을 수가 없어서 그녀의 말을 끊었다.

"그러니까, 자꾸 이상한 소리 하지 말고 나를 이곳으로 데려온 이유나 설명하시란 말입니다."

그녀는 하얀 이를 드러내며 웃었다.

인형보다 더 조각 같은 외모는 굉장히 중성적이기도 했고, 섹시한 이미지가 부각되는 외양이었다. 하지만 꽤 지적으로 생긴 그녀의 입에서 흘러나오는 말은 굉장히 터프했다.

"일단 닥치고 계속 들어주세요."

은혜를 입은 마당에, '그따위 소리는 네 부하에게나 실컷 떠벌려!' 라고는 할 수 없는 노릇이라서 굉장히 난처했다.

지루하고 흥미도 없는 이야기를 계속해서 듣는 건 내 성질이 문제가 아니라 어느 그 누구도 짜증이 날 수밖에 없는 문제가 아닌가.

"아, 제 이름을 말하지 않았네요. 전 길드의 총책임을 맡고 있는 마스터 클린느 비아스테스입니다."

"당신의 이름 따위는 별로 흥미없습니다."

"음, 그렇군요. 그럼 하던 이야기로 돌아가죠. 일단 우리 길드는 정보에 대한 모든 것들을 꿰뚫고 있다고 보셔도 됩니다. 모르는 것이 없다고 해도 과언이 아닐 정도죠. 하지만 근래에 들어 새로운 정보를 받았는데, 그게 참 흥미로운 이야기더군요. 바로 이클레이드와 당신의 심장, 그리고 브로크웨이에 대해서 말입니다."

나는 눈을 감았다. 깍지를 끼고 양손 엄지로 미간을 꾹 눌렀다. 저 여자의 말을 종합해 보자면 내 사적인 정보를 캐내기 위해 이렇게 붙잡고 있다는 소린데.

"당신에게 내 개인적인 이야기를 지껄일 생각은 눈곱만큼도 없습니다. 그만 보내주시겠습니까?"

"목숨을 빚진 사람치곤 너무 매정하군요."

그녀는 슬픈 표정으로 나를 보고 있었다. 뭔가 누군가에게 빚진다는 것 자체가 내게는 굉장히 소름 끼치게 기분 나쁜 거라서 지금까지 자리를 박차고 나가지 못한 것이었다.

"빚은 언제고 반드시 갚겠습니다. 내 개인적인 정보에 대해서는 알아서들 만들든지 볶든지 하고, 난 이만 나가보겠습니다."

나는 그렇게 간단히 마무리하고는 일어서서 옷매무새를 가다듬었다. 그러고 보니 옷이 바뀌어져 있다. 누군가가 갈아입힌 것이다. 조금 불쾌한 기분이 들었지만 깨끗한 옷을 입고 있는 느낌이 괜찮았기에 크게 신경 쓰지는 않았다.

"거래를 하는 건 어때요?"

"거래?"

"네. 아주아주 공정한 거래."

그녀의 붉은 입술을 보면서 나는 왠지 모를 함정에 빠질 것 같은 느낌이 들었다. 전혀 신용되지 않는 그녀의 모습에 나는 두 번 생각하지 않고 거절했다.

"지금 내 머릿속에 들어 있는 것만으로도 머리가 터져 버릴 것 같은데, 당신과 복잡한 거래까지 하고 싶지는 않습니다."

"이건 당신에게 있어서 굉장히 중차대한……."

콰장창!

유리가 산산이 조각나는 시끄러운 음향이 그녀의 뒤편에서 났다. 그곳에는 창문을 깨고 들어온 한 사내가 있었다.

온몸이 피투성이였고, 여기저기가 찢어져 있으며, 왼쪽 팔은 거의 너덜너덜한 상태였다. 그럼에도 입가에 머금고 있는 미소는 심장을 터지게끔 만드는 무서운 중압감의 태풍을 만들어내고 있었다.

자신의 이름을 클린느 비아스테스라고 밝혔던 저 노출증 환자처럼 보이는 여자는 미간을 찌푸린 얼굴로 불만을 토로했다.

"그 유리가 얼마나 비싼 건데 깨부수다니! 당장 변상하세요!"

브로크웨이인 델 키오르의 기세를 못 느끼는 건가?

살인적인 충동을 온몸으로 풍겨내는 델 키오르는 그야말로 분노가 극에 차오른 완전한 살인마였다. 그런 사람을 앞에 두고도 한 치의 흔들림도 없이 유리창의 변상을 고집하는 저 여자.

'길드 마스터라고 했던가?'

그녀는 나를 돌아보면서 말했다.

"거래는 다음 기회에 하기로 하죠. 오늘은 때 아닌 불청객 때문에 어쩔 수가 없네요."

그 말을 마치는 즉시 그녀의 손에서 회색의 회오리가 몰아쳤다. 그것은 지옥의 경계선에서 부는 바람과도 같은, 절대적인 어둠의 성질.

비아스테스와 델 키오르가 접촉하는 그 순간, 나는 곧장 길드 탑을 벗어나기 시작했다. 난 지금 비록 몸은 치유되었더라도 마력은 완전한 고갈 상태.

힘을 되찾을 때까지 그들에게 적발되어선 안 된다. 내 반드시 지금까지의 치욕은 죽어서도 잊지 않으리라!

허탈감이 무섭게 들이닥쳤다.

패배하고, 도망가고, 무너지고…….

그 반복의 고리는 나를 절망 그 이상의 깊이에서 수영하게 만들었다.

마법 공부를 시작한다고 해도 어떤 식으로 어떤 공부를 중심적으로 해야 할지도 모른다. 그야말로 눈앞이 까마득한 절벽 아래를 내려다보고 있는 느낌이었다.

함부로 마법체계에 손을 댔다가는 브로크웨이가 될 수도 있으며, 몸이 망가질 수도 있다. 아무리 큰 도서관이라고 해노 마법체계에 대한 서석은 없을 터.

잠시 생각을 정리하던 나는 고개를 끄덕였다.

'이클레이드에게 편지를 보내야겠다.'

나는 어수선한 마을을 돌아다니며 편지를 쓸 수 있는 상점을 찾아보았다. 워낙 사람의 눈에 안 띄게 돌아다니려고 하다 보니 등에 진땀이 났다.

문구 상점은 한참을 걸어다닌 후에야 찾을 수 있었다.

내 마법 때문인지 도시는 혼란에 휩싸여 있었다. 저마다 불안한 얼굴로 허둥지둥 어디론가 향했고, 거리에는 거의 사람이 없었다.

아마도 모두 집에서 몸을 사리는 모양이었다.

쿵쿵쿵─

문을 가볍게 세 번 두드렸다. 꽤 오랫동안 기다렸는데도 반응이 없다. 창문이 보여 안쪽을 들여다보았는데, 안은 어두컴컴했다.

시간을 지체할 수 없었다. 다른 곳을 찾아볼까 하다가 홧김에 문고리를 확 잡아당겼는데, 퍼석거리는 소리와 함께 문이

열렸다.

'내가 이렇게 힘이 셌나?' 하는 생각과 동시에 나는 본능적으로 안으로 들어갔다. 그것은 편지를 보내야 하는 의무와 호기심이 혼합된 것이었다.

완전한 저녁은 아닌지라 창문으로 들어오는 빛 때문에 어느 정도는 눈으로 집 안 내부 구조를 살펴볼 수 있었다. 청소를 떠나 아주 오래된 집 같았다. 낡았다는 표현이 맞을 것이다.

이곳에는 여러 가지 잡다한 물건들이 많았고, 그 물건들 가운데서 편지지를 찾는 건 꽤나 신경 쓰이는 일이었다.

약간 어둡기도 한 데다가 얼마나 물건 정리를 험하게 해놓았는지 화가 날 지경이다.

머리를 북북 긁으며 편지지를 찾던 순간, 갑자기 무언가가 내 머리를 강력하게 후려쳤다.

퍽!

"아악!"

머리를 쓸며 뒤로 몇 발자국 물러났다.

"뭐, 뭐야?!"

작은 체구의 한 늙은 노파가 나를 노려보고 있었다, 손에 빗자루를 든 채로.

"이 도둑놈! 훔칠 것이 없어 이런 소상인의 물건을 훔치려 하는 게냐!"

"그, 그게 아니라……."

"시끄럽다, 이놈!"

뭐라 딱히 변명을 할 수 없었던 나는 그녀를 설득할 수 있는 방법이 무엇일까 생각해 봤다. 딱히 방법이 떠오르지 않았던 나는 내 몸에 아주 작은 양의 마력이 돌아옴을 느꼈다.

"라이트(Light)!"

캐스팅과 동시에 주위가 대낮처럼 환하게 밝아졌다. 내가 마법을 부렸다는 것을 알게 된 노파는 마치 당장에라도 심장 마비가 걸릴 것 같은 얼굴이 되었다.

"해치지 않습니다. 진정하세요."

양손 손바닥을 보이며 공격할 의사가 없음을 표현했음에도 불구하고 그녀는 가슴을 움켜쥐고 캑캑거렸다. 뭔가 선량한 노인에게 굉장히 실례를 한 것 같아 마음 한쪽이 찜찜했다.

"부탁이 하나 있습니다."

그녀는 입술을 바들바들 떨며 대답했다.

"마, 말씀하… 세… 세요, 마, 마법사… 님."

몸을 얼마나 웅크리는지 조금만 더 무리한다면 두 번 다시 등을 펼 수 없을 것만 같은 불안한 자세였다.

"편지지를 구하고 있습니다. 깨끗한 종이로 하나 부탁드립니다."

"아, 알겠습니… 다."

"제가 당신을 지켜 드리면 지켜 드렸지, 해칠 생각은 추호도 없어요. 그러니 마음을 편하게 먹으세요."

"저… 정말인가요?"

"물론입니다. 적어도 전 아직 마도사는 아니니까요."

"아직?"

잠깐 생각하는 표정을 짓다 나는 머쓱하게 웃으며 말했다.

"하하, 아닙니다. 어서 편지지를 구해주세요. 급한 것이라. 아, 펜도 하나 있으면 부탁드립니다."

"잠시만 기다리세요."

그녀는 아직 내게 거리감을 풀지 못하는 듯 여전히 긴장한 채로 물건을 가지러 안으로 들어갔다. 그녀는 작은 방에 들어가 오랜 시간이 지나지 않아 나왔다.

그녀의 손에는 하얀 편지지 하나와 펜, 그리고 잉크가 들려 있었다. 손이 미약하게 떨리는 걸 보니 정말 놀란 모양이다.

"감사합니다."

편지지를 받아 든 나는 근처 테이블로 걸어가 내용을 적었다. 그런데 글을 쓰면서 불쑥 떠오른 생각은 그에게 어떻게 이 편지를 전하는가 하는 것이었다.

턱을 괴고 생각에 잠겼다.

'어떡한담?'

딱히 방법이 떠오르지 않아 괴로운 얼굴로 머리를 긁던 나를 노파가 신기한 눈빛으로 바라본다.

"혹시 전서구를 구할 수 있을까요?"

"전서구요?"

"네, 전서구."

"전서구라면 그 편지를 배달할 새를 말씀하시는 건가요?"

"그렇습니다."

그녀는 골똘히 생각하는 표정을 짓더니 고개를 끄덕였다.

"여기서 잠시만 기다리세요. 제가 다녀올게요. 그쪽으로 아는 사람이 하나 있어서."

"아, 그래 주시겠어요? 정말 감사합니다."

"아닙니다. 잠시만 기다리세요."

그녀는 가벼운 외투 하나를 걸치고 바깥으로 총총히 뛰어나갔다. 그녀가 멀어지는 모습을 잠깐 바라보다가 우선 편지지에 내용을 적기로 했다.

To. 스승님께.

안녕하십니까.

제자 로크입니다.

스승님의 심부름으로 바이슨 왕국으로 향하는 도중 저는 몇 번이나 죽다 살아나는 귀중한 경험을 했습니다. 이놈의 브로크웨이들이 얼마나 강한지 저를 숨도 제대로 못 쉬게 만드는군요. 그래서 부족한 마법체계의 힘을 더 상승시키기 위해 힘이 필요합니다. 제 몸 안에는 거대한 마력이 들어 있습니다. 바로 스승님이 전해주신 것과 마력석의 마나 덕분이지요.

하지만 제자 실력이 미숙하여 그 거대한 마나를 완전한 제 것으로 만들지 못했습니다. 이 마나를 제 것으로 만들 수 있는 방법과 보다 강력한 마법체계를 쓸 수 있는 길을 가르쳐 주십시오. 600체계에는 감히 눈조차 못 돌리고 있습니다.

상승 체계로 한 걸음 다가갈 수 있는 가르침을 베풀어 주십시오.

하나뿐인 제자 로크 올림.

하나뿐이라는 말을 강조시키며 편지를 마무리 지었다. 흡족한 얼굴로 편지 내용을 다시 훑어본 후 나는 종이를 접어 하얀 봉투에 넣었다. 이제 전달만 하면 되는데, 그 방법이 참으로 까다롭다.

어디에 있는지도 모르는 스승님에게 편지를 전달하는 게 말이다. 그때, 머리를 스치고 지나가는 영상이 있었다.

"길드."

의뢰를 하기에는 내가 가진 자금이 너무 부족하다. 아니, 부족하다는 개념 자체가 아니라 완전히 빈털터리가 아닌가. 지금 내 뱃속에서 나는 천둥소리도 해결하지 못하는 상황이었다.

머리를 박박 긁으며 의자에 앉았다.

철컹—

문을 열고 상점 주인이 헐레벌떡 뛰어왔다. 몸도 별로 안 좋으신 분이 왜 그렇게 뛰어오신 겁니까?

"여기 있습니다."

그녀는 작은 철창을 하나 내밀었다. 철창 안에는 전서구 한 마리가 고개를 갸웃거리며 나를 쳐다보고 있다. 이제야 깨달은 사실인데, 편지지와 전서구를 살 만한 돈이 나에게는 없었다.

거의 무너져 내리는 이 상점 주인에게 대가없이 물건을 가져간다는 것은 도저히 양심이 허락하지 않았다.

"제가 지금 사정상 돈이 없습니다. 이것 참, 어떻게 값을 치러야 할지."

내가 난감해하는 얼굴이 되자 그녀는 주름진 얼굴로 활짝 웃으며 말했다.

"마법사님, 저는 마법을 본 것만으로도 그 값이 충분히 된답니다. 다소 놀라긴 했지만 정말 신비했어요. 그런 환상적인 순간을 보게 되었으니까요."

"하지만……."

"보통 힘이나 권력이 있는 사람들은 으스대기 마련입니다. 하물며 마법을 쓰시는 이런 고귀한 분께서 제게 이렇게 예의를 갖추시고 진심으로 다가오신 것은 물건의 가격 그 이상의 대가였답니다."

나는 쓴웃음을 지었다.

"고귀하다라……. 절대 그렇지 않습니다. 고귀함으로 친다면 제가 할머니를 따라갈 수가 없을 것 같군요. 그 넓은 마음, 진심으로 감사드립니다."

그녀는 말없이 웃으며 고개를 끄덕였다.

가슴이 왠지 따뜻해져 눈물이 왈칵 쏟아질 것만 같다. 이런 감정은 내게 있어 굉장히 낯선 것이어서, 아주 작은 느낌만으로도 마음속에 큰 파장을 일으켰다.

나는 그녀에게 정중하게 끝인사를 전하고 쓸쓸한 걸음으로 상점을 나왔다.

내게도 부모라는 것은 있을 테지. 비록 나를 버렸을지라도 존재는 하겠지.

무엇을 하며 살고 계십니까, 아니면 혹은 먼저 하늘나라로 가신 건 아닌지…….

나는 눈에 맺힌 작은 눈물을 손등으로 닦아냈다.

"약해지지 않는다. 나 혼자서도 충분히 성공할 수 있어. 높은 자리에 오를 수 있다고."

나는 말꼬리를 흐리며 걸었다.

마음을 굳게 먹었음에도 눈물이 앞을 가려 보이지가 않았다.

"쓸쓸한 밤이군."

이젠 해가 떨어졌다.

어두운 거리. 나는 가로등불 아래를 혼자 거닐었다.

주위는 무서울 정도로 적막했다.

3

집집마다 켜진 불들을 보며 걷던 나는 씁쓸한 표정을 지을 수밖에 없었다. 신은 왜 이렇게 불공평한가. 나는 가족들과 함께 부유하진 않지만 평범하게 사는 것이 소원이었다. 이런 내 염원과는 달리 나는 힘을 얻게 되었고, 불완전한 삶을 살아가고 있는 것만 같은 느낌이었다.

때문에 늘 부정적이다. 그것이 내게 있어 큰 악재가 됨을 알고 있음에도 그런 악감정은 좀처럼 사라지지 않았다.

바닥에 박혀 있는 돌을 툭툭 차내며 걷던 중 낯선 목소리가 들렸다.

"젊은 놈이 왜 항상 죽상으로 다니는 게냐?"

온몸을 섬은 천으로 눌눌 말았다. 키가 작고 주름이 많다. 익숙한 얼굴. 입을 천으로 가려 잠시 알 수 없었다가, 그의 눈웃음을 보고 눈치를 챘다.

"키르젠프!"

"홀홀, 이 위대한 도둑의 성함을 잊지 않고 있었구먼. 기특해, 기특해."

"망할 영감탱이, 내 돈을 돌려줘!"

"에잉! 도둑이 훔쳐 간 돈을 돌려주는 경우가 어디 있어? 이 젊은이, 아직 세상 물정을 모르는구먼."

바로 공격을 개시하려던 내게 그가 손사래를 쳤다.

"마력도 없는 녀석이 무슨 힘으로 날 상대하려 하느냐. 재미있는 녀석일세. 헐헐헐, 이것이 무슨 포커도 아니고 어디서 뻥카를 내밀어!"

그의 장난스런 얼굴을 보면서 나는 주먹을 강하게 말아 쥐었다.

"…용건이 뭡니까?"

그를 붙잡을 만한 능력도 힘도 없다.

그는 아마 대륙에서 빠르기로는 둘째가라면 서러워할 사람이다. 적어도 이 순간만큼은 이미 그와 나 사이에는 커다란 벽이 생긴 셈이었다.

"자리를 좀 옮겼으면 하는데……."

얼굴은 웃고 있으나 장난기는 사라졌다.

항상 입가에 웃음을 머금고 있는 남자는 바보거나 위험한 존재다. 머릿속에서 계산을 하고 있던 내게 키르젠프가 고개를 저었다.

"이야기를 듣다가 흥미가 없다면 바로 가도 돼. 그리고 내 이야기를 끝까지 들어준다면 내가 훔친 돈의 절반을 돌려주지."

나쁜 조건이 아니다. 내게 도움이 될 수 있는 정보를 줄 수
도 있고, 가장 필요한 자금을 해결해 줄 수도 있다. 하지만 나
는 그에게 있어 원수다.

내 얼굴에서 감정을 읽은 것일까. 그가 웃으며 말했다.

"니는 원한에 얽매이는 사람이 아니다. 이미 그 문제에 있
어서는 얼마 전에 끝을 보지 않았느냐."

확실치 않은 사람은 믿지 않는다. 적어도 절대 긴장을 놓지
않는다는, 내 자신에 대한 감정에 못 박은 후에야 고개를 끄
덕였다.

"어디로 가는 겁니까?"

"조용히 따라오기만 하면 되네."

그는 가벼운 몸으로 통통 튀듯이 나아갔다. 그것은 내게 있
어서 상당히 빠른 속도였다. 얼마 따라가지도 않아서 숨이 거
칠어졌다.

"좀 천천히 가란 말입니다!"

배려없이 독단적으로 걸어가는 그에게 씹어 먹듯이 속으
로 오박씨를 까며 힘들게 뒤쫓았다.

'사악한 노인네. 속도 좀 늦춰주면 발이 썩나!'

온몸이 땀으로 범벅이 됐다.

팔짱을 낀 채로 멀리서 나를 기다리고 있는 저 영감은 호흡
도 흐트러지지 않은 상태로 꾸벅꾸벅 졸고 있었다. 그에 반해

나는 마력이 없으니 몸의 기본적인 체력까지 없어진 듯했다.

마법사는 마나의 생명체.

마나가 없으니 몸의 면역력이 급격하게 떨어진 것이다.

거칠게 숨을 몰아쉬며 그의 앞으로 도착한 나는 당장이라도 그의 얼굴을 걷어차 버릴 기세로 말했다.

"아직 멀었습니까?"

키르젠프는 하품을 길게 하며 일어났다. 그리고 입술을 삐죽였다.

"감정을 다스릴 줄 모르면 자신을 다스릴 수 없다. 반드시 기억하게."

그는 그렇게 말하고는 바로 옆 낡은 나무 문을 열고 아래로 뚜벅뚜벅 걸어 내려갔다. 나는 멍한 상태로 그가 걸어 내려간 자리를 뚫어져라 보았다.

틀린 말이 아니다.

감정을 다스릴 수 없는데 무슨 마법의 체계를 실현한단 말인가. 누누이 들었던 말로 가슴으로 하는 게 아니라 이론과 냉철한 머리로 하는 것이 바로 마법체계였다.

감정의 컨트롤.

뭔가 머릿속에 막혀 있던 벽이 하나 뚫리는 느낌이다. 왠지 모를 시원한 기분이었다.

나는 하늘을 올려다보며 호흡을 가다듬었다. 복잡하고 답답했던 가슴이 조금씩 열리는 것을 느꼈다.

시원한 바람이 가슴을 스치고 지나간다.

감았던 눈을 떴다.

조금은 시야가 맑아진 듯한 착각이 들었다.

나는 얼굴에 흐르는 땀을 닦아낸 뒤, 키르젠프가 들어간 문을 열고 안으로 들어갔다. 안은 좁고 긴 계단으로 되어 있었다. 나는 친친히 발을 내디뎠다.

내가 보기엔 떠돌이 도둑 같은데, 이런 은신처는 대체 언제 구한 걸까. 반지하인 이곳엔 굉장히 많은 물건이 나열되어 있었다. 그것도 굉장히 깨끗하고 반듯하게.

그리고 내 생각인데, 아마도 키르젠프는 결벽증 환자 같았다. 오래된 책상도 언제 닦아놓은 것인지 먼지 하나 없이 깨끗했고, 물건들에는 모두 이름표가 붙어 있었다. 그리고 말할 것도 없이 이름 순으로 정렬이 되어 있고, 이름이 다른 것들은 모두 다른 색깔이 칠해져 있어 구분이 쉬웠다.

이런 가공할 만한 정리를 하는 모습은 굉장히 의외였다.

"근데 혹시 이 집이랑 안에 인테리어되어 있는 것들도 훔친 섭니까?"

"아니."

그의 짧은 대답을 들으며 나는 그가 확실히 결벽증이 있음을 알 수 있었다. 이것저것을 기웃거리며 구경하던 나는 하얀 병을 발견하고는 의문의 눈초리로 그것을 살폈다.

자세히 보니 하얀 액체에 무언가가 들어 있다. 그걸 빤히 보고 있던 내게 키르젠프가 껄껄 웃으면서 말했다.

"뱀술이라네. 한잔할 텐가?"

나는 창백해진 얼굴로 고개를 저었다.

"절대 사양입니다."

"술을 싫어하나 보군."

"먹긴 먹습니다만 이런 건 안 먹습니다."

"진정한 술꾼이 아니라서 그렇다네."

"별로 진정한 술꾼이 되고 싶진 않군요."

키르젠프는 키득거리면서 와인을 하나 꺼내왔다. 그것은 대륙력 140년산으로써 엄청나게 오래된 와인이었다. 그 가격이 성 하나에 필적할 정도로 상상을 초월하는 와인을 아무렇지도 않게 꺼내와 테이블에 위에 얹어놓았다. 그리고 나를 의자에 앉힌 그는 가볍게 와인 뚜껑을 따고 전문 웨이터 뺨칠 정도로 멋지게 와인을 따랐다.

내 시선을 느낀 것일까. 그가 히죽 웃었다.

"누군가와 깊은 대화를 나눌 때, 이 정도는 그다지 아까운 게 아니지."

나는 와인에 대해 환상을 품고 있었다.

어릴 적 고급 와인을 먹는 귀족들을 보면 과연 어떤 맛일까, 저런 멋진 빛깔이 목구멍으로 넘어갈 때의 감각은 어떤 것일까 하며 연신 침을 흘리며 환상을 품었던 것으로 기억한다. 지금까지는 싸구려 와인밖에 입에 대어보지 못한 나다. 그래서일까. 굉장히 긴장한 상태로 와인 잔을 들었다.

쨍—

잔을 부딪친 후, 천천히 와인을 입으로 가져갔다. 잔을 살짝 흔들었다. 연한 장밋빛 색깔의 액체가 멋지게 출렁였다. 냄새를 맡았다. 고급스러운 냄새가 감미롭게 코 안으로 들어와 감돌았다. 나는 기분 좋은 얼굴로 맛을 천천히 음미한 후에 삼켰다.

그리고 자동적으로 튀어나오는 감탄사.

"죽이는군!"

오래된 와인이 좋은 것은 다 이유가 있다.

와인은 발효가 끝난 후, 점점 숙성되면서 원숙한 맛을 유지하다가 어느 정도 기간이 지나면 점점 맛이 노화되고 마지막엔 부패된다.

여기서 와인의 수명, 포도 품종, 양조 기술에 따라 차이가 있다. 고급 와인은 충분한 숙성 기간을 거친 다음 병에 넣게 되고, 병 속에서도 미세한 변화로 원숙한 맛으로 개선된다.

고급 레드 와인은 10년 정도 지나야 제 맛을 느낄 수 있다. 좋은 수확 년도의 오래된 고급 와인은 갈수록 그 특유의 맛이 살아나고, 또한 경제적 가치도 높아지게 되는 것이다.

그럼 오래된 와인이 비싼 이유는 오직 맛 때문일까?

당연히 아니다.

오래돼서 그 개수가 얼마 되지 않으니 희소성을 가지는 것이다. 그렇기 때문에 키르젠프가 가져온 이 와인은 돈으로 환산하자면 그 가치를 따지기조차 불가능하다. 이 물건은 거의 고대에 가까울 정도로 오래된 와인이었으니까.

나는 와인의 맛을 충분히 음미한 후에야 키르젠프가 내 앞에 있다는 사실을 깨달았다. 그만큼 맛은 훌륭했다.

"와인 중독자가 되어버릴지도 모르겠습니다."

"껄껄껄, 이런 와인을 마실 기회는 거의 없다고 봐도 될 걸세. 지금 이 순간을 즐기라고."

"그럼, 슬슬 본론을 꺼내보도록 하시는 게 어떻겠습니까."

"자네는 왜 그렇게 성격이 급해."

나는 히죽 웃었다.

"만취가 된 상태로는 제대로 된 거래를 할 수 없지 않겠습니까."

"끌끌, 그렇지."

그는 잔에 남은 와인을 마지막 한 방울까지 마신 후, 조금은 붉어진 얼굴로 이야기를 꺼내기 시작했다.

"우선은 자네가 마력이 고갈되었다는 것을 알고 있어. 그래서 나는 마력을 회복할 수 있는 은신처를 제공해 주겠네."

"거래라는 것은 주는 게 있다면 받는 게 있어야겠죠. 뭘 원하는 겁니까?"

"그것은 뒤로하고 일단 자네가 브로크웨이라는 정체불명

의 녀석들에게 쫓기고 있다는 정보도 입수했네. 그것은 자네에게 있어 굉장히 큰 무게가 되는 것이지. 그렇지 않나?"

나는 말없이 그의 눈을 보았다.

"게다가 더 충격적인 사실은, 길드에서도 자네를 노린다는 점이야. 그게 어떤 이유인지는 모르겠지만 충분히 육체적으로 위협이 될 수도 있어."

나는 손으로 관자놀이를 눌렀다.

머리가 부서질 것만 같았다.

"게다가 네크로맨서까지 관여될 것 같네."

나는 고개를 쑥 들었다.

"네크로맨서?"

"그래, 네크로맨서."

"그 녀석들이 왜 내게?"

"실험에 미친 놈들이 바로 네크로맨서라는 것은 알지? 놈들이라고 세상 흘러가는 물정을 모를까. 실험 도구에 대해서는 놈들이 가장 빠삭하다고 해도 과언이 아니야. 그만큼 자네의 심장은 높은 희소성과 가치를 가지고 있다는 말이지. 그럼 자네는 총 세 개의 세력에서 압박을 받고 있다는 소리네."

나는 침체된 얼굴로 침묵했다.

"그럼, 우선적으로 살아남을 수 있는 방법은 네가 녀석들의 공격이나 습격 따위는 아무렇지도 않게 막을 만큼 강해지든가, 아니면 왕궁의 보호를 받을 수 있게 한시라도 빨리 바이슨에 도착하는 것이지."

"그럼······."

"그래. 내가 자네를 바이슨에 도착할 수 있도록 도와주겠네. 놈들의 시선도 끌고, 여러 가지 함정도 쳐주겠다는 소리야."

"다시 묻겠습니다. 원하는 게 무엇입니까?"

그는 능글능글하게 웃었다.

"별거없어. 네크로맨서 하나가 자네에게 접근하게 될 걸세. 시발점이지. 녀석이 가지고 있는 물건 하나를 내게 좀 넘겨줬으면 하네."

"어떤 물건이죠?"

"그건 차차 이야기하도록 하고, 잘 들어. 조건은 하나 더 있다."

"말씀하시죠."

"내가 너와 거래를 하게 되면 너는 두 가지를 보장받는다. 지속적인 정보의 제공과 시간을 벌어준다는 점. 그 대신 넌 내게 하나를 약속해야만 해."

"약속?"

"내가 원하는 것 하나를 들어주겠다는 약속 말이네."

"너무 거래 조건이 크잖아!"

"우선은 살아남는 게 가장 필요한 시점이 아닌가? 마력도 없는 주제에 내가 여기서 네놈 위치를 떠벌리면 어떻게 될 것

같아?'

나는 주먹으로 책상을 내려쳤다.

"젠장!"

"심한 요구 따윈 하지 않을 테니 곰곰이 생각해 봐."

"물론 그것은 거래가 결성된 뒤 차후에 말하겠죠?"

"그렇네."

"계약은 어떻게 이루어집니까?"

"종이지."

"난 또 흑마법 따위로 하지 않을까 했는데 그 정도는 아니었군."

그는 상황에 어울리지 않게 유쾌하게 웃었다.

"난 흑마법을 쓸 줄 몰라서 말이야. 헐헐!"

나는 한참을 생각했다.

머릿속에 시뮬레이션을 그리는 거다. 내게 어떤 상황이 닥칠지에 대한. 그리고 내게 있어 지금 키르젠프는 그 무엇보다 위험한 남자. 거래를 거절하는 것보다 승낙하는 것이 더 높은 가치를 가진다. 인정하기 싫었지만 지금 상황에서는 계약만이 살길이었다.

"계약서 가져오십쇼."

"탁월한 선택이네!"

그가 테이블을 양손으로 '타앙!' 치며 일어났다.

4

휘갈겨 쓰듯 계약서를 마무리했다. 그렇다고 해서 계약서 내용을 꼼꼼히 훑어보지 않은 것은 아니다. 어떤 비리를 적어 놓았을지 모르기에 작은 글씨 하나하나까지 확인하는 것을 잊지 않았다. 계약 조건에 있어, 원하는 부탁 하나를 들어주는 조항 말고는 문제될 것은 거의 없다고 봐도 무방했다.

깔끔히 테이블을 정리하고 난 뒤, 그는 약속했던 대로 훔쳐갔던 돈의 절반을 내어주었다. 절반이라고는 해도 그게 사실 엄청난 액수여서 이것만 해도 평생 먹고 자는 데는 무리가 없을 듯했다.

그것은 내게 있어 굉장히 큰 의미를 주는 것이었다.

여기서 바이슨까지의 거리는 멀다면 멀고 가깝다면 가깝다. 정확한 위치 계산이 안 되기에 그동안의 식사와 자는 것에 있어서는 민감해질 수밖에 없는 문제였는데, 우선적으로 그게 해결되었으니 굉장히 만족스러웠다.

브로크웨이고 뭐고 간에 다 귀찮다.

그냥 편안하게 쉬고 싶었다.

"길드에서는 스승님의 위치를 알 수 있을까요?"

"글쎄… 보통 사람이 아니니까. 확신할 수 없어. 웬만한 거라면 단연코 '그렇다'라고 할 수 있지만 그 인간에 대해서는 뭐라 확신할 수 없군. 워낙 위대한 존재가 아닌가? 헐헐헐."

"다시 길드 탑으로 돌아가는 건 찜찜한데, 큰일이군."

"무슨 일로 가려는 겐가?"

"스승님께 편지를 하나 전달하려 하는데, 위치를 모릅니다."

"흠, 그것참 난감한 상황이로구먼."

"길드에서 의뢰를 받는 건 보통 가격이 어떻게 되죠?"

"아무리 방금 내어준 돈이 일반 시장에선 높은 축에 든다고는 하나 어림도 없을 걸세. 이클레이드는 거물이고, 그에 관련된 것이라면 장난이 아닐 테지."

머리를 굴리던 나는 도저히 방법이 없어 최후의 선택을 할 수밖에 없었다. 답장까지 받아 보려면 엄청난 시간을 요할 것이다. 그사이 나는 브로크웨이에게 죽을 수도, 혹은 몬스터에게 죽임을 당할 수도 있다.

하지만 이 방법밖에 없을 듯하다. 길드 놈들도 나를 노린다고 했으니 완전히 믿을 수가 없다. 정보에 환장한 녀석들이니 편지의 내용을 뜯어볼 수도 있으며, 여러 가지로 불편한 문제가 많다.

'편지는 바이슨으로 날린다.'

나는 작은 철창 안에 들어 있는 새를 꺼냈다. 그리고 마법을 걸었다.

마법력으로 인해 기억의 구조를 변환시키려 한다, 세상에 흐르는 마나로 새로운 방향을 제시하나니.

세뇌 마법,

43.5체계.

"영혼의 뇌."

이 정도의 마법을 작은 새에게 거는 것은 크게 어렵지 않았다. 지능지수가 낮기 때문에 인간에 비해서는 월등히 간단하다.

귀소본능을 가지고 있는 전서구의 기억을 바이슨으로 좌표를 바꾸었다. 나는 편지지를 하얗고 작은 전서구의 다리에 묶었다.

"빨리 도착하거라."

창문 밖으로 전서구를 날려 보냈다. 팔팔한 날갯짓을 보이며 빠르게 날아갔다. 녀석이 보이지 않게 됐을 때 나는 키르젠프에게로 시선을 돌렸다.

"이곳에서 나가고 난 뒤 가장 가까운 도시가 어디죠?"

그는 몇 시간을 연구해도 도저히 알아볼 수 없는 물건을 만지작거리면서 대답했다.

"왜?"

"은신처를 이곳에서 구할 수는 없지 않습니까. 다음 도시에다 만들어주시지요. 이곳은 위험합니다."

그는 고개를 저었다.

"자네는 항상 모든 일에 있어 너무 계산적이야."

나는 반론을 제시하고 싶어졌다.

"그게 문제가 되나요?"

"자네의 계산이 함정을 만들 수가 있네. 그리고 그건 사랑에 있어서도 문제를 만들지."

나는 피식 웃었다.

"사랑?"

"자네는 누구를 좋아해 본 적이 없나?"

"아직은."

그는 눈이 튀어나올 것 같은 얼굴이 되었다. 마치 세상에 단 하나뿐인 천연기념물을 본 것 같은 그런 표정이다.

"저, 정말?"

"네."

"혹시 호모?"

나는 눈을 지그시 감고 입술을 깨물었다.

"그럴 리 없지 않습니까."

"그럼 말이 안 되지 않나!"

"호감은 몰라도 사랑이라는 감정은 모르겠습니다. 산속에 처박혀 있다 내려와서 그런지 몰라도 말입니다."

그는 감탄 섞인 얼굴로 고개를 끄덕였다.

"그것참, 동화 같은 이야기로군."

나는 피식 웃었다.

"그렇습니까?"

그는 진지하게 턱을 괸 채로 말했다.

"방금 하던 이야기로 돌아가겠네. 잘 새겨들어. 누군가를 좋아하게 되면 사랑의 감정이 싹트게 되지. 그걸 공략하는 것, 자네가 마법을 파고드는 것처럼 이론이나 머리로 하는 게 아니야."

"뭐죠, 그럼?"

그는 유쾌하게 웃었다.

"바로 가슴으로 하는 거지."

"가슴?"

"뭐, 변태적인 상상 같은 건 하지 말고."

"…안 했습니다만……."

그는 머쓱한 얼굴로 손을 깍지 끼며 말했다.

"뭐, 어쨌든 간에 누군가를 좋아하게 되었을 때, 머리로 그녀를 사로잡을 생각은 때려치우는 게 좋아. 어느 정도의 계산은 기술이지만, 지나치게 되면 그건 점점 그녀에게서 멀어지게 되는 지름길이지."

"뭔지 잘 모르겠지만 기억하겠습니다."

내가 사랑에 대한 강의를 듣게 될 줄은 꿈에도 몰랐다. 예전 같았으면 그런 이야기가 나오는 중간에 잘라먹었을 텐데 에아르웬이 걸린다.

내가 지금 그녀를 생각하는 게 호감인지 사랑인지 헷갈린다. 적어도 로맨스적인 서적에는 근처도 안 가봤으니까. 지금

와서 생각해 보면 병적으로 마법 이론에 미쳐 있었던 것 같다.

생존 본능, 그리고 그런 감정에 있어서 사치를 부릴 수 없었던 거지.

"이쪽으로 나가면 후문이 있을 걸세. 후문으로 나가서 산 하나를 넘으면 평원이 하나 나오네. 그걸 지나면 센트럴 키퍼라는 거대 도시를 볼 수 있을 걸세."

"지도는 없나요?"

"없어. 그리고 지도 보는 버릇 따위 집어치워. 방향 감각을 잃어버리거든."

"알겠습니다. 그런데 어떻게 연락하죠?"

"음, 일주일 후 센트럴 키퍼 분수대에서 보도록 하지."

"분수대라고 하면 제가……."

"하나밖에 없어. 무지막지하게 커다랗거든."

나는 고개를 끄덕였다.

"그럼 그만 가보게. 나는 여기서 남은 일을 간단히 마치고 나서 슬슬 브로크웨이들에게 덫을 놓아야겠군. 자네는 놈들과 마주치지 않도록 각별히 신경 쓰게."

지금 이 상태로 바깥에 나갔다가 녀석들과 조우하는 순간 내 목숨은 끝이다.

"마력을 회복하기에 좋은 장소 없습니까?"

"단 1분이라도 빨리 이 도시에서 벗어나는 게 좋을 거야.

그 문제는 그 다음에 생각해도 늦지 않지. 그리고 자네 정말 마법사 맞나? 가장 기본적인 지식이다. 자연이 곧 마나. 특별한 장소라고 해서 별것없어. 대자연의 마나를 흡수하게."

나는 고개를 끄덕였다.

그는 손을 저었다.

"그만 가봐."

"그럼……."

나는 손을 들어 가볍게 인사했다.

완전히 믿지 않기에 내 감정을 올인하지 않는다.

아주 작은 부분만 내어주었을 뿐이다.

딱 거래를 할 수 있는 만큼만.

철컹—

문고리를 잡아 열고 계단 위로 올라갔다. 그 순간 나는 문득 떠오른 게 있어서 조용히 되뇌었다.

'네크로맨서…….'

뭔가 묘하게 기분이 나쁘다.

마치 영원히 씻을 수 없는 냄새가 몸에 배인 것만 같은 그런 착잡한 기분이었다. 잘 알지도 못한 놈들의 갑작스런 출현 때문인지 머릿속이 더 복잡해진다.

'우선 도시 탈출부터 생각해 보자.'

도시는 언제 그랬냐는 듯 다시 활기를 되찾았다. 바쁘게 움직이는 사람들로 빽빽했다. 옷가게에서 얼굴을 들키지 않도록 깊숙이 쓸 수 있는 모자를 하나 샀다.

최대한 주위를 경계하며 걸었다. 지금의 내 마력으로는 베놈과도 승부를 장담할 수 없는 상태다.

모던 프레이시스.

대륙에서 가장 유명한 동상이 위치해 있는 곳이다.

제왕의 자리에 오른 역사적 인물인 키오 3세 모던 프레이시스. 그 동상 아래에서 나는 고민하고 있었다.

동료들을 찾아 나서야 하는지, 아니면 나 홀로 바이슨으로 향해야 하는지 말이다. 어디까지나 궁극으로 지켜야 하는 것은 내 안전이다.

일단은 최대한 내가 가질 수 있는 시간을 할애하여 도시를 둘러보며 동료들을 찾아보기로 했다. 우선은 에아르웬이 있었던 여관.

기억이 안 난다.

일어나자마자 창문 밖으로 뛰어내려서 미처 뒤를 돌아보지 못했다. 기억나는 건 알비아노가 묶여 있었던 그 장소. 그러나 여관을 찾는 건 거의 무리수에 가깝다.

내가 주위를 둘러보며 길을 찾던 도중 누군가가 내 어깨를 잡았다. 나는 바로 몸을 회전하며 손목으로 상대의 팔을 쳐냈다. 그리곤 곧장 주먹을 내뻗었다.

베놈과의 수련으로 인한 본능적인 방어.

주먹은 코끝에서 멈췄다.

나는 크게 확장된 눈으로 멍하니 그를 보았다.

"…장 얀느."

그는 아무런 감정도 없는 그 특유의 표정과 눈빛으로 나를 보며 말했다.

"대체 어디 계셨습니까?"

나는 손으로 이마를 짚었다.

이마가 차갑다.

손이 식은땀으로 축축이 젖었다. 나는 인지하지 못했지만 심리적으로 상당히 긴장 상태였다는 소리다.

"다른 동료들은 어디 있나?"

"모두 후문 입구에서 기다리고 있습니다."

"전부?"

"예."

"다행이군. 내 말 잘 들어. 지금부터 후문까지 가는 데 있어서 경계를 늦추지 마라. 세 군데의 세력이 나를 노리고 있어."

"세 군데씩이나 말입니까?"

"여기서 긴말할 것 없어. 우선 나가자. 후문으로 먼저 안내해."

그는 고개를 끄덕이곤 먼저 걸어가기 시작했다. 나는 날카로운 눈빛으로 주위를 둘러보면서 장 얀느를 뒤따랐다.

앞서 걸어가고 있던 장 안느가 걷는 속도를 늦췄다. 그리곤 내가 가까워졌을 때쯤 태연하게 입을 열었다.

"말씀드릴 게 있습니다."

나는 여전히 주위를 둘러보면서 대답했다.

"뭔가?"

"확실하지는 않습니다만, 말씀은 드려야 할 것 같아서 말입니다."

"알았으니까 말해봐."

"추측입니다만, 에아르웬이 브로크웨이로 추정됩니다."

나는 우뚝 멈춰 섰다.

앞서 걸어가는 그의 뒷모습만 보이고 나머지는 모두 정지해 버린 것 같은 착각이 들었다. 마치 세상이 멈춘 듯한.

그가 나를 돌아보면서 물었다.

"그녀와는 어떻게 만나게 되었죠?"

에아르웬을 처음 만났을 때를 떠올렸다. 변을 당할 뻔한 그녀를 베놈이 데리고 왔다. 그것도 인적이 드문 길.

만나기 힘든 곳에서의 어색한 만남.

내가 장 안느에게 그녀와의 만남을 설명했을 때 그의 미간의 골이 깊게 패었다.

"만약 그녀가 브로크웨이가 맞다면 로크님과의 만남은 사실상 조금 이상한 점이 있습니다."

"이상한 점?"

"바보도 아니고, 그런 식의 접근을 할 리가 없지 않습니까."

"그렇지. 좀 더 계획적으로 다가왔어야 했겠지."

"확실하지 않습니다. 제 추측이니까 너무 깊게 생각지는 마십시오."

나는 재촉하듯 물었다.

"그 추측은 무슨 근거로 도출된 것인가?"

"아, 그게……."

어서 말해라, 어서.

"그게 브로크웨이만의 공통점인지는 모르겠습니다만, 일전 피에로 녀석이 우리 다한 마을을 치지 않았습니까?"

나는 그때의 기억을 떠올리며 대답했다.

"그랬지."

"그때, 피에로 녀석의 혀에 문양이 새겨져 있더군요. 그것은 제가 공부한 바에 의하면 악마를 숭배하는 문양이었습니다. 약간의 변형이 있긴 합니다만 거의 흡사했죠."

나는 바람 빠진 웃음소리를 내었다.

"그게 에아르웬에게도 있었다?"

"그렇습니다."

"그걸 난 왜 몰랐을까."

"제가 관찰력이 남다릅니다. 그리고 보통 사람이 이야기할 때 혀를 본다는 게, 그것도 혀 안의 문양을 본다는 게 쉽지는 않을 것입니다."

나는 눈을 차갑게 빛냈다.

"다른 근거는?"

"없습니다."

나는 고개를 저었다.

"하지만 말이 안 돼."

"네?"

"그녀가 나를 죽일 수 있는 기회는 수도 없이 많았다. 그럼 그건 어떻게 설명되지?"

"이유야 있을 수 있겠죠. 예를 들면, 당신의 심장으로 어떻게 브로크웨이를 탈출할 수 있는지 그 과정을 모를 수도 있는 거고……."

"그만."

머리가 어지러웠다.

"네 말대로 브로크웨이인지의 가능성을 확인해 보겠어. 하지만 네가 먼저 섣불리 나서는 행동은 하지 마라."

"제 복수의 대상은 피에로입니다."

"어쨌든."

나는 짙게 그늘이 진 얼굴로 장 얀느를 앞질렀다.

멀리 후문에서 우리를 기다리고 있는 동료들이 보이기 시작했다.

Chapter 15
정체불명

1

　가을이다.

　올해 여름은 이상하리만큼 짧았다. 아침저녁으로 쌀쌀한
날씨. 날이 어두워진 지금은 서늘한 바람이 몸을 훑고 지나간
다. 멀리서 우리를 기다리고 있는 그들을 보면서 나는 씁쓸하
게 웃었다.

　언제나 마음을 독하게 먹고도 약해질 때가 있다.

　그럴 때일수록 자신의 처지를 입각하고 본래의 마음가짐
으로 되돌아와야 한다.

　그런데,

　'브로크웨이와 에아르웬이라……'

절대적으로 매치가 되지 않지만 의외성이라는 것은 언제나 아주 낯설게 다가온다.

이클레이드가 이종족에게 실험을 하지 않았을 리 없다. 당연히 시도했을 것이다. 인간의 실패는 다른 희망을 가져왔을 테고, 그것이 바로 이종족이었을 것이다.

복잡한 눈빛으로 반, 에아르웬, 베놈을 보았다. 에아르웬은 내게 물어보고 싶은 게 많아 보였고, 반은 나를 보자 반가워 연신 '컹컹!' 거렸다.

그리고 베놈은…….

"무일푼 대장 오셨군."

항상 이런 식이다.

나는 피식 웃었다.

언제나 내게 편안함과 웃음, 그리고 여유를 주는 충직한 녀석.

만약 놈이 후일 내게 칼을 들이민다면 내 마음속에 남아 있는 작은 감정의 공간마저도 사라지게 될 것이다.

적어도, 정말 적어도 베놈만큼은 내 편이었으면 좋겠다는 생각을 나는 간절히 하고 있는지도 모른다.

처음부터 지금까지 말이다.

입술을 비죽 내밀며 자신의 신세를 한탄하는 듯한 인간형 둔갑 오크 베놈을 보면서 나는 던지듯이 내뱉었다.

"이젠 빈털터리가 아니야."

나는 보석을 한 움큼 쥐어 보여주었다.

당연 베놈의 눈이 튀어나올 것처럼 변한 것은 두말할 필요가 없었다.

"뭐, 뭡니까?!"

"뭐긴, 돈이지."

"아니, 어떻게 구한 겁니까?"

"키르젠프를 만났다."

베놈이 주먹을 꽉 쥐고 흥분했다.

초록색 얼굴이 붉게 변했다.

"뺏어냈군요?!"

"아니."

나는 보석 주머니를 품속에 넣으며 베놈을 지나쳤다.

"거래를 했지."

베놈이 쫓아와 물었다.

"어떤 거래 말입니까?"

"내가 살 수 있는 길."

"그게 무슨……?"

"설명하자면 길다. 밥들은 먹었느냐?"

"돈이 없다는 거 잘 알지 않습니까. 엘프인 에아르웬은 근처에 널린 약초들을 잘도 먹더군요. 하지만 장 얀느나 저, 그리고 반까지도 물 한 모금 먹지 못했습니다."

"그래서 그렇게 얼굴이 푸르죽죽한 거냐?"

"얼굴이야 원래 그렇습니다."

나는 싱긋 웃으며 뒤를 돌아보았다.

후문 근처에 큰 술집이 하나 있었다.

도시까지 단번에 건널 생각이다. 그러려면 식량도 있어야 하고 배도 든든해야 한다. 지금까지 고생 좀 시켰으니 보답을 해야지.

"먹고 가자."

장 얀느가 걱정스러운 얼굴로 물었다.

"위험하지 않겠습니까?"

"빈 배로 무리하게 출발하는 것보다 위험한 게 있을까?"

장 얀느는 군말없이 고개를 끄덕였다. 자신은 배가 별로 고 프지 않은 듯했지만 동료 중 하나라도 처진다면 속도는 심각 하게 떨어진다.

그것을 인지한 거다.

"알겠습니다."

나는 동료들을 이끌고 술집 안으로 들어갔다.

은은하게 어두운 조명이었다. 상당히 넓은 곳이었고, 후문 이라 그런 것인지, 이곳의 음식 솜씨가 없는 것인지, 늦은 시 각이라 그런 것인지 사람이 하나도 없었다.

우리는 창가에 앉았다.

잠시 후, 하얀 치마를 두른 한 중년의 사내가 나와 주문을 받았다. 나는 목이 칼칼해져서 맥주 하나와 멧돼지 고기를 시켰다. 각자 음식을 시켰고, 네모난 테이블에 빙 둘러앉은 우리는 모두 침묵했다.

특별한 이유는 없다.

피곤한 일정에 무리를 했으니 피곤한 거다. 그럼에도 밥을 먹고 곧바로 떠나야 하는 게 미안했다.

"베놈, 나를 따라나선 설 후회하진 않느냐?"

"후회라고요?"

"그래."

베놈은 맥주를 벌컥벌컥 마셨다. 잔을 소리나게 탁 내려놓으면서 나를 빤히 쳐다본다.

"오크 주제에 이렇게 황홀한 생활을 하는 놈이 저 말고 또 누가 있겠습니까? 언제나 감사하고 있습니다."

"오크 족은 술을 먹기가 힘든 모양이군."

"있긴 합니다만 그 수준이……."

베놈은 말꼬리를 흐렸다. 상상만 해도 구역질이 난다는 얼굴이었다.

나는 고개를 끄덕였다.

"그렇구나."

나는 작은 얼음을 하나 만들어 내 맥주 잔에 넣었다. 맥주 잔을 흔들어 맥주를 차갑게 식힌 후 마셨다.

목이 얼어붙을 정도로 시린 맥주를 마시던 그 순간, 문을 열고 두 명의 남녀가 들어왔다.

표정과 행동이 범상치 않았는데, 여자는 어깨까지 내려오는 금발에 상당히 타이트한 가죽 패션의 옷차림이었다. 반면 남자는 거의 몸을 다 드러내는 수준의 찢어진 옷을 입고 있었다.

그것은 옷이 오래되거나 사고로 인한 것이 아니라 일부러 저렇게 만들어진 것 같았는데, 도저히 이해할 수 없는 복장이었다. 아무튼 그 둘은 상당히 껄렁껄렁한 걸음걸이로 들어와 앉았다.

여자가 발을 테이블 위에 턱 소리나게 올렸다.

나와 눈이 마주쳤는데, 그녀는 나를 마치 벌레 보듯이 하며 다시 시선을 돌렸다.

약간 기분이 불쾌했지만, 그 정도로 시비를 걸고 싶지는 않았다. 창문 밖, 혹시 모를 브로크웨이의 동태를 살피는 차에 안주가 마저 나왔다.

멧돼지 고기가 알맞게 익어 좋은 냄새가 풀풀 났다.

우리는 기분 좋은 얼굴로, 아니, 에아르웬만 빼고 즐겁게 식사를 시작하려 했다. 하지만 처음부터 인상이 좋지 않았던 방해꾼이 결국은 분위기를 모두 깨버리고 말았다.

"아빠, 여기 술 좀 갖다줘!"

"왔구나, 세미야!"

세미라 불린 소녀에 가까운 외모의 그녀는 신경질적으로 테이블 위에 놓여져 있던 유리 재떨이를 집어 던졌다. 그것은 주인장의 머리를 아주 미세하게 스치고 지나간 뒤에 벽에 부딪쳤다. 깨진 유리가 바닥에 와르르 쏟아졌다.

주인장은 늘상 있는 일인지 크게 동요치 않았다.

"술 가져오라는데 무슨 말이 그렇게 많아! 죽고 싶어?!"

부모에게 저런 말을 서슴없이 하는 그녀를 보면서 나는 놀랍다기보다 신기했다.

적어도 사람은 인격이라는 것을 가진다.

아주 기본적으로.

나 역시 다른 사람에 비해 불우한 어린 시절을 보냈다는 것에 지지 않을 정도로 참혹하게 살아왔다. 무엇이 그녀를 그렇게 사납게 만들었을까.

나는 가슴속 깊숙한 곳에서부터 화가 치밀어 올랐지만 참았다. 가정 문제에 참견할 만큼 내 오지랖은 넓지 않았다.

"알았다. 잠시만 기다리렴."

힘없이 어깨를 축 늘어뜨린 주인장은 터덜터덜 주방으로 걸어갔다. 세미라는 여자 옆에서 낄낄거리던 남자는 그녀의 어깨를 주물럭거리면서 에아르웬을 흘끔흘끔 쳐다봤다.

남다른 외모다. 남자라면 침을 흘릴 만한 외모였기에 그 사내 역시 눈을 뗄 수 없는 모양이다. 그것을 보고 세미라는 소녀가 머리를 후려쳤다.

"뭘 쳐다보는 거야! 저게 나보다 예뻐?"

사내는 능글맞은 얼굴로 그녀의 귀에 속삭였다. 별로 듣고 싶진 않았지만 적어도 이 도시에 있어서만큼은 예민해져 있는 상태였기에 부득이하게 듣고 말았다.

"그대보다 아름다운 레이디가 이 대륙에 어디 있겠어? 잠시 저 여인과 너의 아름다움을 비교해 보았는데 역시 너에겐 어림없군."

버터로 목욕하는 느낌이 들었다.

당장 걸어가 깨어진 유리 조각으로 입을 헤집어내고 싶었다.

'대체 저런 말을 어떻게 하는 거지?' 라고 중얼거리면서 나는 멧돼지 고기를 찢어 먹었다.

잠시 후, 술을 가지고 나온 주인장이 맥주 두 잔을 테이블 위에 올려놓았다.

그것을 받아 벌컥벌컥 마신 세미는 아주 당연하다는 듯이 말했다.

"오늘이 돈 받기로 한 날이지? 그래, 돈 좀 벌었어?"

"이젠 이 가게 문을 닫아야 할 형편이야. 이제 그만 정신 차리고 집으로 돌아와. 어떻게 나한테 이럴 수……."

"시끄러워, 이 영감탱이야!"

흰머리가 군데군데 난 주인장은 확실히 늙어 보이긴 했지만 자식에게 그런 소리를 들을 만큼 비인간적으로 보이지는 않았다. 오히려 건실하고 열심히 살려는 의지가 아주 조금이지만 남아 있어 보였다.

"세미야."

"내 이름 부르지 마. 재수없으니까."

"제발……."

주인장은 간곡한 표정으로 말했지만 전혀 소용이 없었다. 그녀는 잔뜩 흥분한 얼굴로 소리를 빽 질렀다.

"돈이나 내놓으라고!"

"정말 돈이 다 떨어졌단다. 이젠 이 술집을 운영하기도 힘들어졌어."

"언제나 말로 해선 못 알아먹는군. 렌토르."

소녀의 말이 떨어지자 옆에 앉은 렌토르라는 사내가 천천히 일어났다. 그리고 주머니에서 검은 장갑을 꺼내 손에 꼈다.

주인장은 두려움에 질린 얼굴로 뒤로 주춤주춤 물러났다.

"에헤이, 그러니까 진작에 돈 주고 깔끔하게 끝내면 좋잖아. 왜 항상 저를 이렇게 피곤하게 만드십니까, 아버님?"

"저, 정말 돈이 없다네. 제발 이러지 마."

"뭐, 그러시겠죠."

마약을 복용한 듯한 얼굴로 렌토르는 주인장의 배에 주먹을 꽂아 넣었다.

퍼억!

"우욱!"

주인장이 붉게 변한 얼굴로 거친 기침을 토해내며 무릎을 끓었다. 렌토르는 발로 주인장의 뒷머리를 지그시 누르며 입을 열었다.

"이제 벌어놓은 돈을 어디다 숨겨놨는지 좀 기억이 나십니까?"

장 얀느가 불쑥 일어나려는 것을 베놈이 손목을 잡아 아래로 당겼다.

"말려야 하지 않습니까?"

베놈은 턱짓으로 나를 가리켰다. 장 얀느의 시선이 느껴졌다. 나는 담담히 말했다.

"앉아 있어."

마지못해 앉은 장 얀느는 찌푸린 얼굴로 그만 시선을 돌렸다.

나는 물 한 모금을 마신 후 마력을 살짝 실어 말했다.

"참견하는 건 아닙니다만 조금 조용히 해주시겠습니까?"

내 목소리를 들은 사내는 미간을 찌푸리며 나를 쳐다보더니 이내 피식 웃는다. 그리고 허리춤에서 쇠사슬을 꺼내 '횡횡' 돌리며 내게로 걸어왔다.

"내가 왜?"

나는 그의 눈을 똑바로 쳐다보며 아주 또박또박하게 말했다.

"적어도 우리는 돈을 내고 이곳에서 식사를 하고 있습니다. 그럼 그것은 우리가 이곳의 장소와 음식, 그리고 분위기를 산 것입니다. 그러니 저희가 식사가 끝나고 나가게 되면 그때 집안 싸움을 하시든 뭐를 하시든 하란 말입니다."

나는 얼마 전부터 깨달았다.

남의 일에 참견하는 것이 얼마나 바보 같고 무책임한 행동 인지를. 적어도 내 자신에 대한 에티켓을 지키는 것만이 가장 좋은 방법이라는 것을 알았다는 소리다.

내가 개입되면 항상 안 좋은 일이 일어난다. 알비아노의 일 만 해도 그렇고, 예전부터 쭉 생각했던 것이지만 몸이 따라주 지 않았던 것뿐이다.

마음을 차갑게 다스릴 필요가 있었다.

지금은 굳이 참견하고 싶은 생각은 없었으나 내가 방금 한 말대로 우리는 돈을 주고 이곳을 이용하는 것이다. 그것을 방 해했으니 따지는 것뿐 그 이상도 그 이하도 아니었다.

그러니 이것은 정확히 '참견'이라고 할 수는 없는 일이었 다.

"방금 뭐라고 지껄였냐? 아직 솜털도 덜 자란 애새끼가 어 딜 끼어들어! 이 세상 가볍게 하직하고 싶어?!"

눈을 부리부리하게 붉히며 그는 괜히 자신의 옆에 있는 잘 못 없는 의자를 걷어찼다. 분위기가 점점 피할 수 없는 국면 으로 짙어지는 것 같아 나는 내 스스로 물러나기로 결심했다.

힘이라는 것은 필요할 때 쓰는 것이지 이런 작은 일에 쓸 이유가 없었다.

나는 앞으로 최대한 싸우지 않고 바이슨으로 향할 것이다. 적어도 바이슨에 도착할 때까지만이라도 말이다.

"그만 나가지."

내가 동료들에게 말하고 일어나려는 순간, 사내가 허리에 두른 은색 체인을 휘둘렀다. 그것은 테이블을 쳤고, 무너진 테이블 때문에 그릇은 깨어지고 음식은 사방으로 튀었다.

나는 눈을 지그시 감았다.

"어딜 도망가, 이 지저분한 새끼야! 잘못을 했으면 사과를 해야지 꽁무니를 쳐? 그것도 남자새끼가 말이야! 일어서 봐!"

베놈은 내 눈치를 살피고 있었다.

내가 직접 움직일 게 아니라면 단번에 사내를 패 죽일 요량인 듯 보였다. 하지만 나도 인간적인 감정이라는 게 있고, 화가 나기도 한다.

주인장이 후닥닥 달려와 사내를 잡아끌었다.

"그, 그만 하게. 내가 잘못했어. 돈을 줄 테니 그만 나가주게. 손님들에게 이러면 어떻⋯⋯."

"어딜 만져, 이 미친 노인네야!"

퍼억!

발로 복부를 차자 주인장은 몇 바퀴나 뒤로 데굴데굴 굴렀다. 입에서 피까지 토해내고 있었는데, 딸이라는 것은 무표정한 얼굴로 그것을 쳐다보며 입에 비릿한 미소까지 짓고 있다.

이미 갈 데까지 갔다.

나는 천천히 눈을 떴다.

"베놈아, 문 걸어라."

2

철컹—

문이 잠기고 베놈은 이어 커튼을 쳤다. 약간은 밝은 느낌도
있었지만, 커튼을 치자 거의 어두워졌다.

"홍, 주제에 덤비시려고?"

체인을 횡횡 휘두르며 그는 나를 제법 매섭게 노려본다. 쓰
레기 냄새에 찌들어 있는 눈빛. 나도 아주 예전엔 저런 눈빛
을 가졌을 때가 있었지.

몸에 묻은 음식물을 툭툭 떨어냈다.

그리고 고개를 들었을 때, 체인이 내 머리를 향해 날아오고
있었다. 나는 살짝 고개를 숙여 피한 뒤, 앞으로 할 발자국 큰
보폭으로 걸었다. 그리고 체인을 잡았다.

안쪽으로 낭기년서 몸을 회전시켰다. 발로 놈의 다리를 건
다음 빠르게 일어나 순식간에 바닥에 쓰러진 녀석의 턱을 걸
어찼다.

퍼어억—

"우아악!"

이빨이 바닥에 후두두 떨어졌다. 그것을 발로 쳐낸 뒤 의자를 들어 그대로 녀석의 등에 내려쳤다.

콰앙!

의자가 산산조각으로 부서지며 흩어졌다. 그는 고통스러운 얼굴로 몸을 비틀었다. 내가 사내의 체인을 주워 들 때, 세미가 내게로 달려들었다.

나는 그 누구에게도 내게 도움이 되지 않거나 필요없는 대상은 적으로 간주한다.

머리를 향해 날아온 주먹을 손으로 쳐내고 발을 거두어 쓰러진 소녀의 발목을 밟았다. 그다지 세게 밟은 건 아니고, 인대가 어긋날 정도로만이었다.

"꺄아아아악!"

엄살이 심했다.

소리를 지르는 소녀를 베놈이 입을 막고 뒤로 잡아끌었다.

나는 사내를 일으켜 주방 쪽에 위치해 있는 기둥에 체인으로 손목과 함께 묶었다. 그리고 그를 차가운 눈으로 직시했다.

사내는 이미 공포에 절어 제정신이 아니었다.

"별로 이런 식을 안 좋아하지만 너도 경험해 봐야지? 무턱대고 아무나 건드렸다간 어떻게 되는지를 말야. 크게 한번 데어야 다시는 나쁜 짓을 못하거든. 예로써, 아주 예전에 말야, 도둑 한 놈이 찾아왔기에 한쪽 다리를 잘라낸 적이 있어."

사내는 울먹였다.

"사, 살려주, 주십시오."

나는 뒷머리를 긁적였다.

"그리고는 아주 귀찮은 영감 하나가 나타났지. 너도 배후 세력이란 게 있나?"

"어, 없습니다."

나는 빙긋 웃었다.

"잘됐군."

나는 걸려 있는 가위 하나를 꺼낸 뒤 녀석의 턱을 잡았다. 그리곤 이빨이 빠진 왼쪽 어금니 쪽의 잇몸에 가위 끝을 박아 넣었다.

"크아아악!"

전기에 감전된 것마냥 몸을 부들부들 떨었다. 입에서 피가 물컥물컥 흘렀다. 상처를 좀 낸 뒤 주먹으로 턱을 갈겼다.

콰앙—

몸이 축 늘어졌다. 머리카락을 잡아채 올리자 녀석의 눈이 거의 풀려 있다.

"아프지?"

그는 꺽꺽거리며 무언가 대답하려 했지만 언어 전달이 확실히 되지 않았다.

"저 주인장의 가슴은 더 아플 거다. 네가 마음이 아프다는 게 얼마나 괴로운 건지 알 수는 없겠지만 지금 이 순간 조금이나마 실감해 봐. 육체적인 고통으로 심적 고통을 어느 정도 이해할 수 있을지도 모르니까."

눈이 거의 뒤집어지려고 한다. 마치 나를 악마를 대하는 듯한 얼굴이어서 뭔가 조금 죄의식이 들었다. 하지만 내 성격상 어쩔 수가 없다.

잘못된 인간은 내 손에 걸린 이상 바로 잡아야 한다.

그 방법이 조금 잔인할 뿐.

욕해도 상관없다. 악마라고, 지독하다고.

뭐라 해도 상관없다.

나는 내 방식대로 살아왔다.

'그리고 그것은 앞으로도 변하지 않아.'

사내가 끼고 있는 장갑을 벗겨 내 손에 맞추었다. 조금 더 고통을 가르쳐 주려는 찰나, 유리창이 깨지며 무언가가 안으로 들어왔다.

그것은 종이가 묶여 있는 돌멩이였다.

베놈이 종이를 가져왔다.

그것을 펼치는 순간, 소름이 돋았다.

도망쳐!

종이 아래에 쓰인 from은 키르젠프.

뒤를 돌아봤을 때 사람은 없었다. 세미라는 여자도, 그리고 체인에 묶어놓았던 사내도 없다.

돌이 유리창을 깰 때 시선은 분산됐고, 사라졌다면 그때 사라진 거다.

장 얀느가 주방으로 달려갔다. 그리고 나왔을 때, 장 얀느의 표정은 우리를 순식간에 섬뜩하게 만들었다.

"없습니다."

덩그러니 걸려 있는 체인 아래에는 모래가 한 줌 쌓여 있다.

어떻게 된 걸까.

나는 잠가놓은 문을 열고 밖을 쳐다보았다. 적막한 밤 공기만이 코로 스며들어 온다. 인적이라고는 찾아볼 수 없다. 막연한 흐름.

"나가자. 위험해."

베놈이 머리를 북북 긁으며 신경질을 냈다.

"젠장! 뭐가 어떻게 돌아가는 거야!"

"큰 소리 내지 마라. 발소리도 죽여. 우선 다음 도시로 향한다. 길은 내가 앞장서지."

저벅저벅 앞서 걸어가던 나는 문득 이상한 느낌에 하늘을 올려다보았다.

적월(赤月).

붉은 달이 떴다.

적월은 불길한 징조다.

저것은 안 좋은 앞날을 예견하기로 유명하다.

'왜 하필 이럴 때에······.'

미신을 믿는 것은 아니지만 적월의 전설은 상당히 유명하다.

사람들은 적월을 보고 죽음을 앗아가는 사신이라 부르기도 한다.

무서우리만큼 저주를 퍼붓는 거대한 명성을 가지고 있는 적월은 결코 무시할 수 있는 수준이 아니었다.

미신이라기엔 너무 정확하고 큰 저주다.

나는 걷는 속도를 올렸다.

그러다 문득 그를 보았다.

'장 얀느.'

주위를 살피며 입으로 무언가 오물오물거리는 것이 보인다.

치밀하고 계산적이며, 시각에 잡히는 작은 것 하나하나까지 놓치지 않는 세밀함.

전쟁터에서 만난다면 가장 두려워해야 할 대상이다. 군대를 지휘하는 것은 군주지만 승리를 이끄는 주역은 장 얀느 같은 책사다.

그런 만큼 이론적 계산이 늦어지거나 뒤처지는 순간 목숨을 빼앗기는 것이다. 육체적으로 강하기만 해서는 살아남을 수가 없다.

머리와 몸.

그 두 가지를 수족처럼 자유자재로 사용할 수 있어야 한다.

나는 호흡을 골랐다.

다행히 뒤를 밟는 느낌은 없었다.

내 느낌만으로는 추적은 없는 상태였다.

혹시 키르센프 영감이 시산을 벌어주는 것인가?

나는 제발 이번 계약이 성공적으로 이루어지기를 꿈꿨다. 내 바람은 언제나 빗나가곤 했지만, 언제나 완전한 절망감은 주지 않았다.

하늘이 무너져도 빠져나갈 구멍은 반드시 있기 마련.

어떠한 상황에 처하더라도 침착해야 한다.

머리는 끊임없이 회전하고 동작은 신속해야 하며 결단력이 있어야 한다.

그리고 때로는 과감하게.

나는 손가락으로 검 손잡이를 만지작거리면서 오감을 극대화시키고 있었다. 언제 어느 순간에 내 목을 노릴지 모른다. 키르젠프가 힘을 실어준다고는 해도 그 나름대로의 한계가 있다.

내가 메워야 할 부분이 있다면 빈틈없이 메워야 한다.

그보다 주점 안에 있던 놈들은 누구란 말인가.

아무리 감각을 세워봐도 인기척은 느껴지지 않았다.

감쪽같이 사라졌다.

'피에로의 짓인가?'

돌을 던진 건 누구란 말인가, 그럼?

궁금증이 폭발력을 가진다.

나는 주위를 살피며 최대한 서둘러 도시를 벗어나기 위해 걷는 속도를 올렸다. 도시의 출구 통로인 후문엔 두 명의 경비병이 서 있었다.

철모자를 깊게 눌러쓰고 꾸벅꾸벅 졸고 있다.

시끄러워지면 곤란하다. 동료들과 상의한 후 그들이 잠에서 깨지 않게 조용히 나가기로 결정했다.

먼저 나를 필두로 발소리를 죽이며 걸었다.

후문을 지나려는 순간, 철모자를 깊이 눌러쓴 경비병의 창이 스르륵 올라왔다.

그것은 가슴께에서 멈추었다.

그리고 철모 아래에서 목소리가 스산하게 흘러나왔다.

"나갈 수 없소이다."

경비병이 철모자를 들었고, 그의 얼굴을 보는 순간 나는 반사적으로 뒤로 몇 발자국 물러났다.

"…너희들, 정체가 뭐냐?"

"글쎄, 우리가 누구일까? 크크큭!"

비릿하게 올라간 입꼬리.

그는 방금 전 우리를 맞았던 술집 주인이었다. 인자하고 자상했던 외모와는 완전하게 다른 이중적인 모습이었다. 그의 눈빛은 살인 충동에 찌들어 있는 미치광이였다.

"이상하지 않아? 후문에 사람이 이렇게 없는 것도 그렇고, 내 정체에 대해서도 말이지."

"충분히 이상하다고 생각하고 있다. 단지 유추해 내기가 힘들 뿐."

"간단히 마법신을 쳐놨지. 아무도 내가 만들어놓은 마법진 안으로 들어서 있는 우리를 볼 수 없어. 한마디로 우린 투명 인간이 되어버린 거야. 마법으로 치자면 인비지빌리티 정도랄까? 어때? 설명이 좀 돼?"

장 얀느가 내게 가까이 다가와 귓속말을 했다.

"제가 알기론 마법진을 만들어낸 사람을 죽이면 마법진은 자동 파괴되는 것으로 알고 있습니다."

나는 고개를 끄덕였다.

브로크웨이적 냄새는 없다.

냄새로만 따지자면 에아르웬도 없다. 그녀는 너무 맑아서 부담스러울 정도다. 확실치가 않다. 브로크웨이에게서는 감각으로 느낄 수 있는, 그리고 불쾌한 냄새가 나지만, 모든 브로크웨이가 다 그렇다고 정의할 수는 없다.

그들에 대해서는 모르는 것투성이다. 그래서 더 위험한 것이다. 정보가 필요했다. 그것은 차후, 키르젠프에게 부탁하도록 하고 우선은 내 앞을 가로막는 자들부터 상대해야겠지.

"나를 찾아온 이유가 무엇인가?"

내 물음에 그는 의미심장한 미소를 지었다.

"글쎄, 우리가 누구일까?"

완벽할 정도로 그들의 이중적인 모습은 나를 혼란케 하고 있었다.

"어차피 목표가 우리였다면 주점에서의 연기는 왜 한 건가?

"이곳에 마법진을 그릴 시간이 필요했거든."

"나를 이길 수 있다고 생각하느냐?"

"당연하지. 너 같은 녀석 하나 처리하는 건 장난거리도 안 된다고."

"브로크웨이의 하수인?"

그는 이마를 좁혔다.

"브로크웨이? 그건 뭐지?"

"끝까지 정체를 밝히기 싫다 이건가?"

"내가 물론 하수인은 맞지만 브로크웨이라는 건 잘 모르겠군."

"그럼 긴말하고 싶지 않다. 끝내자."

나는 검을 스르릉 꺼냈다.

체내에 아주 소량의 마력이 느껴진다. 이 정도로는 순식간에 바닥나 버리는 양. 순수 검술만으로 제압해야 한다.

"베놈, 내가 불리하다 싶으면 바로 합세해라."

"처음부터……."

"됐어. 나도 자존심이란 게 있다."

베놈은 입을 꾹 다물었다.

나는 앞으로 한 발자국 걸어나가면서 입가에 웃음을 잔뜩 머금었다.

"잘 들어라. 네놈들의 정체가 무엇인지는 모르겠으나 한 가지만은 기억해. 내가 가는 길을 막은 것은 네놈들의 가장 큰 실수라는 것을. 결국은 내 손에서 파멸의 끝을 보게 될 것이다."

"잡소리 집어치우고 덤벼나 보셔."

무료한 얼굴로 하품을 한다. 그리고 코를 훌쩍이며 경비병의 복장에 어울리지 않는 거대한 식칼을 낡은 자루에서 꺼내 들었다.

"내가 인육 요리를 조금 좋아하지."

나는 빠른 걸음으로 놈에게 걸어갔다.

"미안하지만 네놈이 먹을 기회는 없어."

걸어가던 내 발이 우뚝 멈추었다.

옆쪽에서 고개를 숙이고 있던 경비병이 손으로 철모자를 툭 쳐 올렸다. 바닥으로 '쿵' 하고 떨어진 철모자를 발로 밟았다.

주인장의 딸로 기억한다.

세미.

그녀는 표정이 없는 포커페이스로 나를 쳐다본다. 그녀의 뒤로 신발을 질질 끌며 축 늘어진 채로 걸어오는 사내.

입에서는 피가 계속 흐르고 있다.

내게 혼이 났던 렌토르다.

하얗고 창백한 얼굴의 렌토르는 마치 시체 같았다. 웃으며 걸어오는 두 명을 보면서 나는 이를 꽉 깨물었다.

"별 시답잖은 것들이."

남은 마력을 모두 끌어올렸다. 온몸에서 마력이 뿜어져 나왔다. 푸르스름한 마력이 검을 이슬처럼 얇은 막으로 덮었다. 차가운 한기가 공기를 잠식해 나갔다. 그 때문에 마법진 공간 안에서만큼은 한겨울보다 추운 날씨를 만들어 버리고 말았다.

시리도록 차가운 공기.

나는 저벅저벅 걸었다.

차가운 공기를 가르며 검을 휘젓는다.

세미의 가슴을 대각으로 가르고, 발로 무릎을 때렸다. 무릎 뼈가 꺾이고, 주저앉은 세미의 뒷덜미에 검을 꽂아 넣었다.

푸부북―

피가 분수처럼 튀어 내 앞 전신을 적셨다.

내 얼굴에서 튀어진 피가 뚝뚝 떨어졌다.

검을 쑥 뽑자 피가 강을 이루듯 넓게 번졌다. 렌토르는 그 모습을 멍하니 바라보고 있었다.

"이런 식의 결과를 원한다면 사양치 않겠다. 질릴 때까지 쓰러뜨려 주마. 브로크웨이든, 길드든, 네크로맨서든 그 어떠한 놈들이라도 모두 쓰러뜨려 주겠어."

289체계.

벌을 받아야 한다.

그 죄를 거스르지 않기 위해 신의 분노는 불꽃이 되리라.

"타오르는 육신."

렌토르의 발밑에서 화염이 회오리치듯 올라와 단숨에 그의 몸을 휘감았다. 불은 무서운 속도로 렌토르를 집어삼켰다.

그리고 난 기다리지 않고 곧장 달려가 그의 배에 검을 깊숙이 박아 넣었다. 연이어 검을 꺼내 횡으로 가슴을 그은 뒤 발로 그의 복부를 찼다. 온몸이 활활 타오르는 채 뒤로 물러나는 그에게 온 힘을 다 실어 검을 날렸다.

궤적은 수평을 그린다.

촤아악!

머리끝부터 발끝까지 두 조각으로 나뉘어졌다.

그가 죽은 후에도 불은 꺼지지 않았다. 영혼마저 태워 버리려는 듯 불은 꺼지지 않으며 끝없이 활활 타올랐다.

"놀라운 실력이군."

주인장이 싱글벙글 웃는 얼굴로 나를 칭찬했다. 그는 칼등으로 손바닥을 툭툭 치며 내게 거만한 미소를 지었다.

"저런 쓰레기들이랑 나를 같은 급이라고 판단하면 곤란해."

아마 내가 마력을 소실한 것을 알아챘거나, 내 정체를 아예 모르는 하수인이거나 둘 중 하나다.

그렇다곤 해도 대체 저런 쓰레기들을 보낸 사람은 누구인가.

이젠 더 이상 대화할 가치도 못 느낀다.

그냥 태워 버려야겠다.

마력이 조금 아슬아슬하긴 하지만 충분히 상대할 수 있다.

그가 입을 열려고 하는 순간 나는 바로 마법을 시전했다.

300체계.

"딜리트 에어(Delete Air)!"

그의 코와 입 주변의 공기가 완전히 소거되었다.

마나의 흐름으로 인해 사라진 공기는 내 주변으로 모여들었다. 때문에 숨을 쉬지 못하는 그는 붉게 상기된 얼굴로 목을 움켜쥐었다. 그가 더 이상 참지 못하고 내게로 달려들었다.

마풍(魔風).

악귀의 바람을 창조하는 마신의 입김.

"딤 윈드!"

공기가 압축된 충격파가 주인장의 가슴을 때렸다. 그것을 맞고 멀리 날아간 주인장은 자신의 주점 입구에 처박혔다.

콰과광!

비틀거리며 일어나 살기 어린 눈빛으로 노려본다.

딜리트 에어는 심각한 마력 고갈을 만들어낸다. 나는 마법을 해제했고, 그가 호흡을 가다듬기 전에 공략해야 했다. 공중으로 뛰어올랐다. 한번의 도약으로 주인장의 머리 위로 떨어져 내렸다.

머리 위로 날아오는 검을 굉장한 힘으로 튕겨내고, 이어서 그의 식칼에서 검풍이 일어났다. 마나의 폭풍이 내 몸을 향해 무자비하게 날아왔다.

쉴드로 방어막을 쳤지만 그것은 간단하게 깨어졌다.

나는 몸을 비틀어 피한 뒤 곧장 텔레포트를 시전했다.

순식간에 거리가 벌어졌다. 검풍이 스쳐 어깨에서 출혈이 일고 있었지만, 마법을 발현하는 데 크게 문제가 되진 않을 것이다.

제발 부탁인데, 나를 얕보지 마라, 이 조무래기들아.

450체계를 넘어간다.

몸에 오는 무리가 적지 않지만 마법체계는 쓰면 쓸수록 내 마력의 컨트롤이 강해진다는 것을 깨달았다. 마법을 발현하는 능력이 업그레이드되어 있다.

보다 적은 마력으로 강력한 마법 공격이 가능해진다.

그 결과가 가르쳐 주는 것은 단순하다.

높은 체계를 쓸수록 상승체계로 가까워진다는 말이다.

아낄 필요가 없다.

배운 것을 모조리 써먹는 것.

그것이 길이다.

붉고 붉은 검붉은 피여,
내 이름을 걸고 맹세하나니,
빛을 줄 터이니 나에게 어둠에 밀접한 명계의 암흑을 내어
다오.
기억하겠다.
그대의 거대하고 위대한 힘을.

내 양손 끝으로 검은 에너지가 압축되어 모여들기 시작했
다. 엄청난 암흑 에너지의 파동이 온 대륙을 찢어발길 듯이
크게 출렁였다.

458체계 블랙홀!

검은색의 커다란 구는 엄청난 속도로 날아가 주인장의 가
슴을 격타했다. 그 검은 구는 주인장의 몸에 닿는 즉시 흡수
되었다. 그는 어리둥절한 얼굴로 자신의 몸을 살폈다.

아무런 피해도 없는 것을 알아차리고는 히쭉 웃었다.

"무슨 수를 쓴 건진 모르겠지만 실패한 것 같군. 클클클,
역시 이클레이드의 제자라는 것은 허명이었어."

"…시끄럽다."

나는 검을 들고 저벅저벅 걸어갔다.

사내가 소리쳤다.

"단숨에 고깃덩어리로 만들어주마! 흐아아압!"

달려드는 그의 얼굴은 이미 시커멓게 변해 있었다. 라이트 마법으로 그의 시야를 가리고 명치를 깊숙이 찌른 다음 빠르게 빼내었다.

단 한 줄기의 피도 흐르지 않았다.

상내의 상처를 기준으로 블랙홀이 창조되며 육신은 그 안으로 빨려들어 간다.

"끄, 끄어어억!!"

흉측하게 뼈가 일그러진다. 살은 터지며, 검이 찌른 명치쪽으로 몸이 빨려 들어가기 시작했다. 그리고 그는 흔적도 없이 사라져 버렸다.

상당한 마력과 체력 소모 때문에 나는 창백해진 얼굴로 쓰러진 두 명을 살펴보았다. 소지품을 뒤지다가 물건 하나를 발견했다.

그것은 하나의 짙은 갈색의 나무로 된 패였다.

'길드' 라는 글자가 새겨진 나무 패.

길드 마스터의 접근이다.

'키, 키르젠프의 말이 거짓이 아니었다. 놈들이 왜?'

내가 놀란 얼굴로 그것을 빤히 쳐다보고 있을 때, 장 얀느가 내 손목을 잡았다.

"어서 가셔야 합니다. 마법진은 파괴되었고, 언제 또 다른 놈들이 찾아올지 모릅니다. 여기서 손 놓고 앉아 계실 생각이십니까?"

나는 고개를 끄덕였다. 후방 출구를 통과하려는 찰나 나는 고개를 갸웃거렸다.

"쿤은 어디 있지?"

"쿤이 누굽니까?"

"그 나무 인형 말이야!"

"글쎄, 잘 모르겠습니다."

나는 아쉬운 얼굴로 주위를 살펴보았다. 하지만 지금 이 순간 내 눈에 보일 리 없었다.

"어디로 간 거야? 젠장!"

딱히 애정이 있거나 꼭 필요한 존재는 아니었지만, 나를 따르는 녀석이다. 목표로 향하고 있는 나를 따라와 주는 사람을 간단하게 버리는 것은 생각처럼 쉬운 일이 아니다.

나는 이를 악물고 돌아섰다.

지나간 일에 미련을 남기는 것은 바보 같은 짓이다.

로브를 머리 위까지 덮어쓰고 뛰었다.

"서둘러. 한시라도 빨리 센트럴 시에 도착한다."

"예!"

우리는 빠른 속도로 후문 출구를 지나 다음 도시로 향하기 시작했다. 모두 각각 비장한 얼굴이었다.

우리를 쫓는 세력은 모두 세 군데.

하나같이 무시할 수 없는 엄청난 군단급의 존재들이다.

바이슨까지 목숨을 건 행군을 우리는 최대한 빠르게 좁혀
나가기 시작했다.

3

산 중턱을 조금 넘어 우리는 노숙을 결정했다.

모두들 말이 없었다.

에아르웬은 처음 술집에 들어갔을 때부터 입에 자물쇠를
걸었다. 타닥타닥 타오르는 모닥불에 원형으로 모두 모여서
불을 쬐었다.

가을밤, 그것도 산중은 굉장히 차가운 바람을 가지고 있었
다. 베놈은 탄탄한 가죽으로 둘러싸인 피부임에도 추운 듯 몸
을 웅크렸다.

장 얀느는 '서둘러 주무십시오. 피곤이 축적되면 산을 넘
는 데 무리가 따릅니다'라는 말을 남기고는 바로 픽 쓰러져
서 잤다.

나는 베놈에게 내가 보초를 설 테니 먼저 자라고 일러두었
다. 베놈은 거의 감긴 눈으로 다른 때와 달리 먼저 잠이 들었
다. 무슨 일이 있었는지 굉장히 피곤해 보였다.

에아르웬은 모포를 꺼내 어깨 위로 덮어쓰고 초연한 눈동
자로 타오르는 불씨만을 응시하고 있었다. 나는 반의 머리를

쓱쓱 쓰다듬으면서 에아르웬의 행동을 살폈다.

그녀의 눈빛, 움직이는 행동 하나하나가 다르게 보이기 시작했다. 그리고 그것이 내게 아주 낯설게 느껴진다는 사실이 소름 끼치게 싫었다.

언제나 웃어줄 것만 같은 여자였는데 브로크웨이라니……

나는 눈을 질끈 감았다가 떴다.

머릿속에서는 두 가지 생각이 싸움을 하고 있다.

지금까지 지켜봐 온 에아르웬과 또 다른 이면을 가지고 있을 에아르웬의 존재.

그녀를 가만히 지켜보다가 눈이 마주쳤다. 나는 자연스럽게 고개를 돌렸다.

에아르웬이 그때 드디어 입을 열었다.

"묻고 싶은 게 있어요."

나는 그녀와 눈을 마주쳤다.

그녀의 황금색 눈동자가 아른하게 번쩍였다. 온몸이 녹아 버릴 정도로 아름다운 색깔의 눈이었다. 온몸이 황금빛에 물들어 버리는 착각을 하게 만든다.

"뭐죠?"

"키르젠프님과 어떤 대화를 나누셨나요?"

나는 고민했다.

그녀에게 어떤 말을 둘러대야 할지.

진실을 내뱉어야 하는 것인가, 아니면 다른 말을 꾸며내야
하는 것인가에 대해 고민했다.

나는 계약 조건을 제외하고는 모두 제대로 말하기로 했다.

지금 이 상황에 그녀의 의심을 살 수는 없었다.

"여러 가지 이야기를 했습니다. 음, 먼저 그는 제게 꽤 흥
미를 가지고 있는 모양입니다. 제게 여러 가지 정보를 가르쳐
주더군요."

그녀가 미간을 살짝 좁혔다.

"…왜……?"

"글쎄, 그건 저도 잘 모르겠습니다. 네크로맨서와 길드, 그
리고 브로크웨이가 절 노리고 있다고 하더군요. 뭐, 완전히
믿는 것은 아닙니다만……."

그녀가 단호하게 말했다.

"키르젠프를 멀리하세요."

나는 고개를 갸웃거렸다.

"제가 로크님이 없을 때 몇 가지 들은 게 있어요. 그중 키
르젠프라는 사람은 완전히 인간이 아니라 능구렁이였어요.
로크님도 도둑이 선량한 목적으로 접근한다고는 생각하지 않
으시겠죠?"

"알고 있습니다. 최대한 조심하면서 그와의 만남을 유지할
생각입니다. 덫을 걸더라도 오히려 제 쪽에서 만들 테니 걱정
하지 마세요."

그녀는 여전히 불안한 얼굴로 무릎에 얼굴을 파묻었다.

"그만 잠을 자도록 하세요. 제가 불침번을 서도록 하겠습니다. 오늘 잠을 자지 않으시면 내일 산을 넘는 데 지장이 있으니 잠이 안 오더라도 눈을 좀 붙이세요."

그녀는 깍듯하게 고개를 끄덕이며 대답했다. 그리고 나무에 등을 기대어 조용히 눈을 감았다.

'키르젠프의 접근이라……. 그럴 수도 있지.'

어떤 꿍꿍이인지는 나도 확실하게 알 수 없다. 얼마나 대단한 영감인지도, 얼마나 치밀하게 나를 옥죄일지도 알 수 없는 상대다.

하지만 나는 그때 계약할 수밖에 없었던 상황.

더 이상 휘둘리지 않도록 철저하게 행동해야 한다.

지금의 상황을 장 얀느에게 털어놓고 대처법을 들어보고 싶지만 솔직히 말해서 장 얀느를 신용할 수 없다.

사람이 뒤통수를 맞는 순간은 후회하기엔 너무 늦은 타이밍이다. 장 얀느의 마음을 파고들 무언가가 필요한데…….

에아르웬과 장 얀느.

이 두 명을 어떻게 해야 하는가.

젠장!

나는 머리카락을 쥐어뜯었다.

부엉이가 울었다.

나는 약간 한기가 스며드는 것을 느끼곤 모포를 끌어당겼다.

적월은 아직까지도 하늘에 뚜렷하게 떠 있었다.

4

시끄럽게 울던 벌레 소리가 숨어들었다.

공기가 무거워졌다는 것을 몸이 반사적으로 인지했다.

나는 근처에 있는 에아르웬을 살짝 흔들어 깨웠다.

그녀가 눈을 비비며 일어났다.

나는 보초를 서고 있었다.

정체를 알 수 없는 무언가가 우리 주위를 돌고 있음을 느꼈다. 그리고 그 수하로 보이는 덩치 큰 녀석들의 발자국과 입에서 흘러나오는 괴기스런 소리를 들었다.

습격이다.

나는 에아르웬의 귀에 작게 말했다.

"동료들을 깨워."

그녀는 내 말의 의미를 빠르게 알아차렸다.

잠이 확 깨는지 얼른 일어서서 천천히 동료들을 깨우기 시작했다. 동료들은 모두 일어나 군말없이 공격에 대해 대비를 하기 시작했다.

베놈은 검을 꺼내고, 장 얀느는 이리저리 살펴보며 루트를 계산한다. 에아르웬은 활을 꺼내 들었다. 나는 내 몸에 흐르는 마력의 양을 체크했다.

역시나 생각처럼 많지는 않지만, 150체계 두어 번 정도는 가능했다. 나머지는 검과 합병해야 하는데, 상대가 브로크웨이라면 어림도 없다.

운에 맡겨보는 수밖에.

나는 눈을 예리하게 반짝이며 녀석들의 움직임을 최대한 느끼기 위해 애썼다. 어디로 어떤 방향으로 치고 들어올지를 온몸의 전투 감각으로 느끼는 것이다.

한 그림자가 등 뒤로 지나가는 것을 느꼈다.

재빨리 그곳으로 시선을 돌렸을 때는 이미 눈에 보이지 않았다. 녀석은 키르젠프 급은 아니지만 상당한 속도를 자랑하고 있었다.

숲 중간중간 번쩍이는 두 눈동자는 마치 우리를 놀리는 듯한 시선이었다. 베놈이 숲 안으로 들어가려는 것을 장 얀느가 말렸다.

"함부로 들어가시는 것은 곤란합니다. 녀석들은 우리가 흩어지는 것을 노릴 것입니다."

"쳇!"

베놈은 바닥에 침을 탁 뱉고는 나에게로 조금씩 돌아왔다. 오크의 본능적인 감각은 상당히 높은 수준이라고 할 수 있다. 더불어 수련을 한 베놈은 그 차이가 월등할 터.

"어떤 것 같냐, 베놈?"

"수하로 보이는 놈들은 트롤쯤 되는 것 같습니다. 그런데 그것을 이끄는 녀석의 정체는 저도……."

"트롤이라면 재생 능력이 있는 인간형 몬스터잖아? 녀석들이 명령을 따른다라……. 어떻게 된 거지?"

장 얀느가 낙관적인 대사를 던졌다.

"네크로맨서라면 가능성은 희박합니다. 로크님의 마력 상태가 좋지 않다는 것은 저도 압니다."

"어떻게 알았어?"

"마력이 풍부했다면 길드 녀석들을 만났을 때 시간을 끄는 짓은 하지 않으셨겠지요. 가장 위험하고 위력있는 마법으로 쓸어야 했습니다. 하지만 어김없이 검을 뽑아 들으셨죠. 그것은, 즉 얼마 남지 않은 마력을 쓰기에는 무리가 있었다, 이런 추측이었습니다. 아닌가요?"

"확실히 그런 쓰레기들에게 마법을 쓸 마력 따윈 아깝긴 했지."

"그러니 큰일이라는 겁니다. 네크로맨서의 힘은 생각보다 엄청납니다."

"쏙 만나본 적이 있는 것처럼 이야기하는군."

"책은 간접적 경험을 만들어냅니다."

나는 가늘게 웃었다.

"그렇지."

"시간을 끄는 동안 제가 이곳에 마법진을 그리겠습니다.

공격성 마력을 증폭시키는 마법진입니다."

"알았어. 그런데 너, 아무리 책을 많이 읽었다고는 해도 어떻게 그렇게 많은 마법진을 알고 있는 거지?"

"집에서 놈팽이 소리 듣는 이유가 따로 있는 게 아니었죠. 전 드워프 아닌 드워프였으니까."

베놈이 수긍했다.

"그래, 인간의 피가 섞였으니 꼴통이었을 수도 있겠지."

장 얀느의 날카로운 시선을 회피하며 베놈이 한 걸음 앞으로 나아갔다.

"뭘 그렇게 노리고 있는 거야! 귀찮게 굴지 말고 당장 이리 나와 한판 붙자!"

어둠 속 수풀 안에서 징그럽고 기괴한 웃음소리가 퍼져 나왔다. 등골이 서늘해지는 웃음이었다. 하지만 베놈의 말은 효과가 있었다.

그들이 드디어 모습을 드러낸 것이다.

하지만 조종자는 보이지 않았다.

모두 트롤.

녹색과 분홍색의 각각의 피부를 화려하게 가지고 있는 트롤이 기다란 이빨을 뽐내며 저벅저벅 걸어왔다. 큰 키에 강한 재생력을 가진 꽤 상위 먹이사슬에 위치해 있는 놈들이다.

얕봐선 곤란했다.

게다가 대략 숫자를 짐작해 보니 약 스물에 가깝다. 실로 엄청난 숫자. 손에 절로 땀이 배었다.

"서둘러!"

내 지시에 동료들의 움직임이 바빠졌다.

피이잉—

에아르웬의 화살이 트롤의 머리를 정확하게 꿰뚫었다. 머리가 뚫렸음에도 녀석들의 끈질긴 생명력은 우리를 당혹케했다. 이러저리 휘두르는 도끼가 자신의 동료를 때렸다. 그만큼 그들의 공격력은 지나치다는 것.

공포를 모른다는 것은 굉장히 까다로운 상대다.

언제나 흐르는 물과도 같은 바람을 꿈꿨으니,

내 그 유영하는 부드러운 바람을 언제라도 내 곁에 두고자한다.

자크레노 신의 바람 공식.

"133체계. 윈드 토네이도(Wind Tornado)!"

내 주위로 돌개바람이 솟구쳐 올랐다.

세상 모는 것을 다 쓸어버릴 것 같은 바람의 폭풍이 트롤을 휩쓸기 시작했다. 분명히 마법체계는 강력했고, 단지 내 자신이 약해 보였던 것은 터무니없이 강한 브로크웨이들 때문이다.

그렇다고 해서 자만하는 것은 아니다.

브로크웨이들을 뛰어넘기 위해서, 그리고 내 자신을 지켜

내기 위해서 나는 끝없이 강해져야 한다.

윈드 토네이도를 시전함과 동시에 검을 휘둘렀다.

냉기 어린 아이스 마법이 걸려 있는 검에서 서슬 퍼런 검의
에너지가 방출되었다.

그 에너지는 화려하게 피를 머금기 시작했다. 마치 춤을 추
듯 휘저어 나가는 내 검에 그들은 떨어지는 낙엽처럼 우수수
쓰러져 가기 시작했다.

베놈의 활약도 눈부셨다.

다시금 성장을 한 것인지 검을 휘두름에 군더더기가 없다.
더불어 눈빛도 달라졌다. 냉철한 판단과 함께 검과 한 몸이
되어 거부감없이 원하는 방향으로 검이 날아간다.

그 결과는 우리들의 확실한 승리를 장담하고 있었다.

에아르웬의 지원과 베놈의 검!

그리고 장 얀느가 이내 마법진을 끝마쳤다.

"모두 물러서!"

내 외침에 동료들이 일제히 마법진이 그려져 있는 곳에서
뒤로 물러났다. 대부분이 상처 입고 쓰러져 있었다. 그리고
계획대로 움직인 탓에 모두 마법진 안에 모여 있었다.

한 번에 날린다.

나는 놈들을 쓸어 버릴 생각에 격렬한 감각에 사로잡혔다.

울부짖는 대지여,

얼음같이 냉혹한 달빛이여,
내 그대에게 영원한 구속이 될 터이니!

"311체계. 거대한 얼음 기둥[Big ice column]!"
콰아아앙!

양손을 땅바닥에 짚는 순간 마법진 아래에서 형용할 수 없는 빛이 하늘을 향해 쏘아졌다. 그것은 점점 얼음의 투명한 흰빛으로 변해갔으며, 이내 마법진 범위 안에 있던 존재들은 모두 얼음 속에 갇혀 버리고 말았다.

나는 아찔할 정도로 높이 솟아난 얼음 기둥을 보면서 흡족한 미소를 지었다. 장 얀느의 마법진이 아니었다면 300체계는 아직 무리였을 것이다.

덕분에 가볍게 해결을 본 것 같아 기분이 좋았다.

하지만 아직 모두 물리친 것은 아니다. 몬스터를 조종했던 녀석이 남아 있다. 나는 녀석들이 습격을 감행하리라고 생각했었다. 하지만 놈은 생각보다 쉽게 자신의 위치를 드러냈다.

"반갑구나, 이클레이드의 제자."

베놈이 실실 웃으며 말했다.

"아주 유명 스타가 되셨군요."

"시끄러워!"

나는 이를 바드득 갈았다. 도무지 나를 노리는 녀석들이 끝이 없다. 대체 어디서부터 어디까지냐. 치워내고 도망쳐도 막

막할 정도로 많은 녀석들이 내 앞을 막아선다. 그것도 하루에 세 명 이상이.

나는 그 지긋지긋한 놈들의 출현 때문에 화가 머리끝까지 차올랐다. 이마에 혈관이 투두둑 튀어나왔다.

나는 녀석을 증오에 타오르는 눈빛으로 죽일 듯이 노려봤다.

이젠 정체를 묻고 싶지도 않다.

그냥 길을 막으면 그것 하나로 죄를 묻겠다.

내 길을 막는 자는 쓸어낼 테다.

하나하나 계산하기도, 추측하기도 싫다.

어차피 좋은 목적은 아닐 터. 생긴 것만 봐도 그렇다.

붉은 뿔이 돋아나 있고, 말랐지만 커다란 키, 마치 피에 물들어 있는 것 같은 붉은색의 눈. 오크보다 더 흉측하고 징그럽게 생긴 외관은 암흑의 오오라를 강력하게 뿜어내고 있었다.

홍염의 몸뚱이를 가지고 있는 녀석이 너무나 신기해 보고 있는데 내게 장 얀느가 황급히 달려와 말했다.

"저 녀석의 가슴에 있는 문장은 바로 하급마족의 표시입니다."

"하, 하급마족?"

"마족이라면 엄청 강하잖아?"

"글쎄요. 제가 알기로는 중급마족이 아닌 이상은 거의 마족이 아니라 그저 고위급 몬스터 정도라고 하던데, 실제로는 어느 정돈지 모르겠습니다."

나는 고개를 끄덕이곤 자신감을 가졌다.

"그럼 상대할 만하다는 거군."

장 얀느가 어울리지 않게 말꼬리를 흐렸다. 그렇다는 것은 충분히 심각한 위협이 된다는 소리. 식은땀이 턱 끝으로 떨어져 내렸다.

그렇다고 마냥 손 놓고 죽음을 기다릴 수도 없잖아? 어차피 싸우는 거, 자신감있게 밀어붙인다.

"크크큭, 어리석은 인간. 그냥 곱게 그 심장을 내어주는 게 좋을 텐데?"

녀석의 말은 나를 다시금 궁금증의 세계로 끌어들였다.

"대체 하급마족이 내 심장에 왜 관심을 갖는 거야?!"

돌아버릴 지경이다.

이러다간 드래곤마저 내 심장을 원한다고 나서는 건 아닌지 걱정되었다.

"마족이 중간계의 일에 관여하다니, 넌 정녕 소멸되고 싶은 게냐?"

"하급마족은 네크로맨서에 의해 소환되는 존재. 나는 네크로맨서 마이네스님에 의해 중간계에 나타나게 되었다. 즉, 나는 네 심장을 가지로 온 그의 대리인이라 할 수 있지."

"그런 거군."

나는 싱긋 웃으며 눈꼬리를 가늘게 말았다.

눈웃음과 함께 나는 양손에 마력을 끌어올렸다.

"그럼 넌 쫄따구란 소리네?"

"크큭, 아무렇게나 생각해도 좋다. 어차피 죽게 될 몸, 지금이라도 실컷 그 입을 놀려놓거라. 크하하하하!"

나는 심드렁하게 비웃었다.

"꼭 약해 빠진 악당들이 그런 소리를 늘어놓곤 하지."

"흥, 아무렇게나 지껄여라! 다크 볼(Dark Ball)!"

검은 기류는 나를 집어삼키기 위해 스르륵 날아왔다. 나는 즉시 헤이스트 마법을 시전해 빠르게 그 자리에서 멀어졌다. 그 검은 기류는 멈추지 않고 땅을 스치며 재차 내게로 향했다.

"크크큭! 유도 마법이지! 그런 얄량한 몸짓으로 내 마법을 막아낼 수 있을 것 같더냐! 크하하하!"

"37체계. 라이팅 쉴드(Lighting Shield)!"

하얀 빛의 방패가 생겨났다.

파아아아!

"이, 이럴 수가!"

하급마족의 비명이 튀어나왔다.

놈이 발현한 검은 기류는 내 라이팅 쉴드에 허무하게 막혀 버렸다. 너무도 간단하게 막힌 터라 하급마족은 말문이 막혀 버렸다. 그럴 만도 할 것이다. 아무리 하급이라고는 하지만 마족은 마족.

그런 자신이 쓴 암흑 마법이 이리도 간단히 무산되었으니 어찌 기가 차지 않을까.

하지만 이클레이드라는 대마법사를 한낱 네놈 같은 하급 마족에 비하겠어?

"대, 대체 어떻게 된 것이냐!"

"속성이라는 것이다. 마족의 힘 중 어둠 계열은 빛과 가장 동떨어진 존재지. 거기에 내 마법체계 중 어둠의 마법을 역방향으로 회전시키는 방어 마법이 있지. 그것이 바로 라이팅 쉴드다."

적절한 방어였고, 반전의 공격이었다.

"그렇다는 것은……."

놈의 목소리가 작아질 때즘, 하급마족의 머리 위에서 검은 기류가 쏟아졌다. 그것을 직격으로 맞은 그는 대지가 떠들썩할 정도로 크게 비명을 질러댔다.

참혹한 비명과 함께 온몸이 검은 기류에 휩싸인 그는 마력을 높여 '디센블 아킬리어!' 라고 외쳤다. 아무래도 마족어인 듯했는데, 그가 시동어를 외치는 순간 검은 기류가 고체가 되어 바닥으로 퍽퍽 떨어졌다.

검은 기류는 마치 고무처럼 질겨 보이는 것으로 변했다. 그 것을 쳐다보던 하급마족의 눈빛이 분노한 악마의 얼굴로 변했다.

오금이 저릴 정도로 흉악하고 무서운 외모.

뭐, 그렇다곤 해도 그것은 보통 인간의 느낌이고, 나는 좀 다르다. 어릴 때부터 몬스터들을 보아왔고, 그것으로 면역력을 키웠다.

외관만 보고 절대 나는 심리적으로 위축되지 않는다.

오히려 그때의 기억이 되살아나 몬스터 학살 본능이 몸에서 꿈틀꿈틀 솟아오르는 것만 같았다. 나는 눈을 부릅떴다. 파괴 본능이 서서히 꼬리뼈를 타고 온몸을 잠식해 나가는 것을 느꼈다.

나는 냉철하게 머리로 마법 공식을 외워 나가고, 몸으로는 철저하게 익숙한 마력을 끌어올렸다. 하급마족의 얼굴이 질식할 것처럼 변했다.

"기억해! 내 길을 막아서는 놈은 어떻게 되는지!"

피이잉! 핑! 피잉!

방심한 사이 좌측에서 쏜 에아르웬의 마법 화살이 마족의 몸을 관통했다. 그 충격을 못 이기고 통증을 호소했고, 그 덕분에 나는 마법 캐스팅을 할 시간을 벌었다.

이 세상을 만든 창조자여,
내 작은 조각으로 그대의 힘에 목매나니,
작은 금속에 명예를 부여해 주시오소서.

"빛의 검, 라이팅 스워드(Lighting Sword)!"

검에서 무한한 빛이 세상을 덮어버릴 듯이 쏟아져 나왔다. 그것은 굉장한 풍압을 만들어냈고, 이내 폭발을 준비했다. 어서 봉인된 힘을 터뜨려 달라고 굉음을 내는 것만 같았다.

검의 울음.

지금 너의 분노를 터뜨린다.

'너의 갈증을 해소하라!'

한 치도 흔들림없는 동작으로 검을 가로로 휘둘렀다.

검이 흡사 몇천 테르(t)가 되는 무게처럼 느껴졌다. 온몸의 뼈와 신경이 어긋나는 듯한 통증을 견디며 검을 휘둘렀다. 그리고 검을 휘두르는 순간, 가공할 만한 마나 에너지가 방출되었다. 거대한 크기의 마나는 소드 마스터들이 뿜어내는 검기보다 훨씬 두텁고 강렬해 보였다.

"젠장, 내가 이런 어설픈 마법을 못 막을쏘냐?! 크아아!"

양팔을 하늘 위로 치켜든 하급마족이 주문을 외우기 시작했다. 그리고 주문을 끝내고 영창을 하려는 순간, 그에게는 아쉽게도 이미 내 마법이 그의 몸을 훑고 지나간 후였다.

영혼이 찢어지는 듯한 소리와 그의 비명이 고막을 찢을 듯 터져 나왔다.

몸이 갈라지고, 그는 소멸이 되는 것인지 몸이 스르륵 먼지가 되어 휘날리기 시작했다.

죽어가는 와중에도 그에게서 음성이 흘러나와 나를 꽤 섬뜩하게 만들었다.

"마, 마계였다면… 네, 네놈은… 한주먹 거리도 안 되… 었을 것을……. 부, 분하다."

그가 사라지고 난 후 나는 가볍게 웃었다.

"마계에 갈 일 따위 없어, 이 멍청한 놈아."

길게 안도의 한숨을 내쉬고 검을 집어넣었다. 나는 뒤를 돌아보며 빙긋 웃었다.

"잠은 다 깬 모양이군. 그냥 지금 바로 출발하지."

베놈이 걱정스럽게 주위를 살폈다.

"새벽이라 길을 찾기 힘들 텐데요?"

나는 에아르웬을 보며 말했다.

"부탁드립니다. 엘프는 어두운 곳도 잘 보는 눈을 가지고 있다고 들었습니다."

그녀는 고개를 끄덕였다.

"앞장서겠습니다."

나는 하급마족이 소멸되어 간 장소를 잠깐 뒤돌아보다가 에아르웬을 뒤따르기 시작했다.

격전이 꽤 무서웠던지 반이 내게 찰싹 붙어 머리를 비볐다.

'센트럴 시… 거기서도 과연 브로크웨이가 나타날 것인가.'

나는 긴장감이 빳빳하게 당겨지는 걸 느끼면서 서둘러 산을 내려가기 시작했다.

산 중턱을 넘어 한참을 걸으니 멀리 평원이 보인다.
키르젠프가 말한 대로다.
저 평원을 넘으면 바로 센트럴 키퍼.
점점 우리는 바이슨 왕국에 가까워지고 있다.

Chapter 16
센트럴 왕실

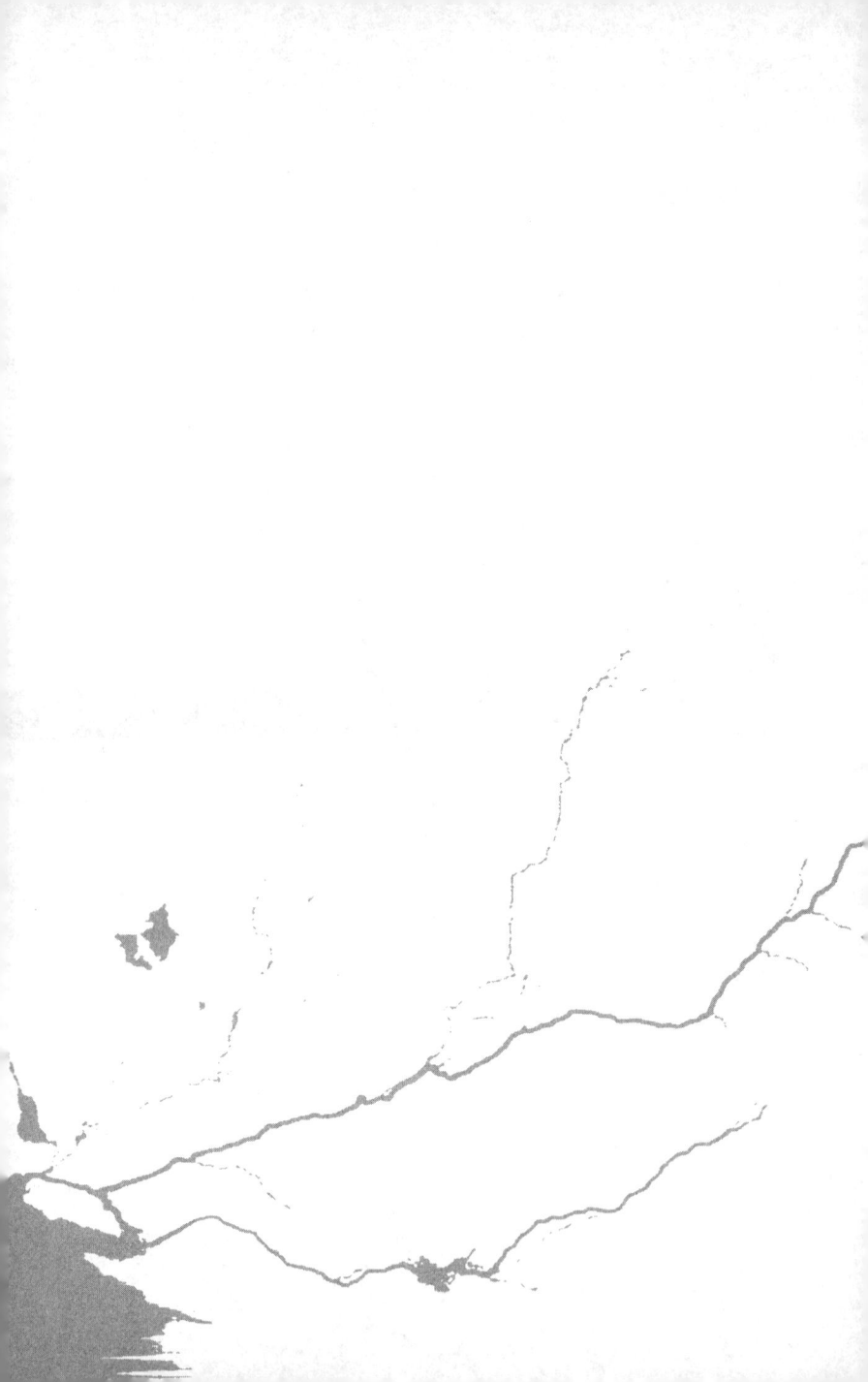

바람이 불고, 갈대 숲의 수풀이 흔들렸다.

아침이 되자 강렬한 햇빛이 서서히 비추기 시작했고, 우리는 빠르게 평원을 가로지르고 있었다.

그런데 모두 얼굴이 창백했다.

주점에서 음식을 챙겨오지 못해 비상 식량이 바닥난 상태였다. 그래서인지 눈동자의 초점이 풀리고, 얼굴은 마치 뱀에 물리기라도 한 것마냥 창백하기 이를 데 없었다.

육신도 피곤하다. 녀석들은 잠을 잤음에도 모두 꾸벅꾸벅 졸고 있었다. 적월 때문인지 그들은 쉽사리 피곤함을 벗어던지질 못했다.

적월은 불길한 징조도 만들지만, 사람을 지치게 만들기도 한다. 정신적인 문제로, 일종의 환각과 감각을 무디게 만드는 그런 역할을 했다.

적월은 지금이 아침인지라 사라진 상태지만 어제의 후유증이 지금부터 발생하기 시작하는 것이다. 나는 그것을 알고 마법으로 몸에 방어막을 쳐두었다.

때문에 크게 피곤하진 않았지만, 몸이 약간 무거운 것 같은 느낌이 들었다.

허리까지 올라오는 수풀을 지나던 때에 여느 때보다 지친 상태에서 우리는 적을 만났다. 요즘 들어 적을 만나는 게 밥 먹는 것보다 익숙해지는구나 하고 생각하던 나였다.

하지만 다행히 상대는 브로크웨이도 아니며, 그 정도 실력이 되어 보이진 않는다.

붉게 충혈된 눈빛, 흉측한 외모, 아무렇게나 주워 입은 갑옷에 손에는 글레이브를 하나씩 들고 있다.

베놈의 눈빛이 변했다.

상대는 오크 무리로 보였다.

숫자는 약 40여 마리.

원형으로 우리를 둘러싸고 가까이 다가오기 시작했다.

그런데 오크이긴 한데 생김새가 이상하다.

"저놈들, 왜 너랑 다르게 생겼어?"

분홍빛 피부에 붉은 눈동자, 그리고 이빨이 베놈보다 훨씬 길다. 게다가 키도 더 크며 근육도 선천적으로 굉장히 발달되어 있는 녀석들이었다.

베놈은 검을 '스르릉' 빼내며 비릿한 미소를 입에 걸었다.

"오크들에게도 별로 반갑지 않은 녀석들. 바로 홉고블린입니다."

홉고블린.

나는 머릿속에 있는 몬스터 도감을 끄집어냈다.

홉고블린은 퍼크, 혹은 로빈 굿펠로(Ribin Goodfellow)라는 이름으로 불리는 요정족이다.

대부분 성터, 폐허, 고목의 구멍 같은 곳에 살며 수호신으로 여겨지고 있다.

놈들은 실제로 긴 꼬리에 털이 덮인 모습이었다.

코가 길고 쭉 찢어진 눈, 그리고 식인어 같은 이빨을 가지고 있었다.

보통 홉고블린은 체구가 작다고 알고 있었다. 하지만 우리를 포위하고 있는 이 녀석들은 전부 트롤 못지않은 체구다.

"이 녀석들, 왜 이렇게 커?"

"북방에 살고 있는 녀석들입니다. 굉장히 먼 곳에서 서식하는 녀석들인데 왜 여기까지 온 것인지……."

베놈의 말대로 대륙은 두 개로 나뉘어져 있다. 누군가가 대륙학설을 제시했는데, 원형으로 이루어져 있는 이 대륙 반대편에 동방이라는 나라가 있으며, 그곳은 미스터리한 금단의 영역이라고 했다.

그런 곳에 살고 있는 녀석들이 여기까지 왔다는 것은 베놈의 말대로 정말 믿기가 힘든 사실이지만, 놈들이 우리 눈앞에 있는 이상 그것에 있어 더 의심할 여지는 없었다.

"시간 끌 거 없어. 빨리 처리한다."

"옙!"

베놈이 대답과 동시에 튀어나갔다.

그의 눈에서 눈에서 불꽃이 튀었다.

그 눈빛에 홉고블린들은 저마다 몸을 흠칫 떨며 근육이 빳빳하게 굳었다. 그 기세를 몰아 베놈은 전장의 영웅처럼 화려하게 검을 휘둘렀다.

베놈은 알 수 있을 것이다.

그동안의 수련과 경험으로 인해 자신이 얼마나 강해졌는지를.

흥분은 했지만 냉철하게 검을 휘두를 줄 알게 되었다. 그것이 얼마나 뼈저리게 강해졌는지를 대변할 것이다.

지금처럼.

콰악!

검이 턱뼈를 뚫고 두개골 위로 솟구쳐 나왔다. 머리가 깨지고 피가 줄줄 흘렀다. 베놈의 팔뚝은 무서울 정도로 발달되었다. 연습과 경험으로 만들어진 베놈의 팔뚝은 엄청난 괴력으로 변모했다.

그 덕분에 단단하기로 유명한 홉고블린의 뼈가 단번에 깨어지고 뚫린 것이다. 베놈은 검을 스륵 빼내어 뒤에서 달려드는 상대의 목을 쳤다.

붉은 뿔 달린 머리가 하늘 위로 높게 치솟았다.

그것을 시발점으로 모두 공격을 개시했다.

나는 반에게 공격, 방어 마법을 걸어주었다. 그 힘을 받아 반도 활약했으며, 에아르웬의 화살과 내 마법은 순식간에 우리를 공격하려던 홉고블린을 휩쓸어가기 시작했다.

"파이어 볼(Fire Ball)!"

콰아아앙!

수풀이 단번에 불바다가 되었다.

나는 시뻘겋게 활활 타오르는 불을 멍하니 보면서 고개를 갸웃거렸다. 내가 알기로 이곳은 아직 몬스터가 나타날 만한 장소가 아니었다.

혹시 녀석들을 조종하는 상대가 있는지 기척을 느껴보았지만 이런 혼전 상황에서는 쉽지 않았다.

빙계 마법이 걸린 검이 홉 고블린의 가슴을 가르자, 생살이 찢어짐과 동시에 상처 속으로 시린 냉기가 스며들었다. 홉 고블린은 얼어붙은 몸을 부여잡고 바닥에 나동그라졌다.

고통스러워하는 놈의 머리통을 밟았다.

퍼걱!

동시에 마력을 흘렸다.

스스스스!

위대한 마법의 힘은 많은 적을 만났을 때 더 빛을 발하는 법이다. 나는 눈을 감고 주문을 외웠다. 몸이 약간 붕 떠오른다고 느끼는 순간, 마력은 걷잡을 수 없이 증식되며 내 몸 주위를 휘돌기 시작했다.

그것은 마치 마왕이 강림하는 듯한 장면이었다.

불꽃의 흐름이여,

피오르네 4공식 체계를 이용하여,

약간의 변화를 꾀하고자 하나니,

인간의 오만함을 잠시 용서하여 주시옵소서.

시간계의 흐름에 속해 있는 불의 정령,

그대의 힘을 빌리겠으니!

366체계!

"드래곤 파이어(Dragon Fire)!"

양손 끝에서 모인 마력 에너지는 순식간에 수풀을 가르며 수십 명의 홉고블린을 쓸고 지나갔다.

콰과과광!!

대참사에 가까운 마력의 힘에 주위는 완전히 폐허가 되었다. 검게 그을린 대지며, 활활 타오르는 불길. 이제 이곳은 평원이 아니라 금세 황무지로 변해 버릴 것 같은 그런 땅이 되어버렸다.

몇몇 살아남은 홉고블린들은 모두 질린 얼굴이 되었다. 전투 능력을 완전히 상실한 녀석들을 제거하는 것은 식은 죽 먹기보다 쉬었다.

베놈의 검이 가볍게 움직임과 동시에 녀석들의 목숨이 날아갔고, 무서울 정도로 정확한 에아르웬의 활이 한 치의 오차도 없이 모두 정확하게 목과 머리, 심장을 격중시켰다.

확인 사살까지 마친 후 우리는 잿더미와 몬스터 시체 더미로 가득한 이곳을 지날 수 있게 되었다.

그곳을 지나며 에아르웬이 잠긴 목소리로 말했다.

"왜 우리는 이렇게 죽고 죽이는 존재로 태어나게 되었을까요?"

"아마 신의 장난인지도 모르지."

그녀는 거의 지옥처럼 변한 장소를 끝없이 되돌아보고 있었다.

* * *

풍요로운 도시가 있고 빈곤한 도시가 있다.

풍요로운 도시는 이름에 걸맞게 살기가 좋은 도시다. 물가 시세도 낮으며, 주위 외관이 아름답고 멋있을 뿐만 아니라, 정치적인 면도 상당히 높은 수준이기에 유지가 가능한 것이다.

사람들은 풍요로운 도시를 찾아가게 될 것이 틀림없다. 그렇게 되면 빈곤한 도시는 인원이 계속 빠짐에 따라 끝없이 하락세를 보일 수밖에 없을 것이다.

그래서 법이 하나 만들어졌는데, 타 지역에서 온 사람들은 죽을 때까지 이 도시에서 살겠다는 서약을 하거나 막대한 양의 금액을 제시하면 집과 함께 도시에 진입할 수 있는 권한을 주었다.

그래서 게스트가 아닌 이상 보통의 방법으로는 이곳에 거주하기가 힘들다는 것. 우리는 그런 도시, 제스 시에 도착했다.

그런 만큼 그들의 경계는 철통같았다.

"신분을 밝히시오!"

각이 제대로 잡힌 경비병이 눈을 무섭게 번쩍이며 우리를 수상한 눈빛으로 살펴봤다.

솔직히 나는 뜨끔했다.

왜냐하면 이들이 혹시라도 베놈의 노예 문장이 가짜라는 것을 알아차리기라도 한다면 그것 하나로도 우리는 도시 내에서 수사를 받아야 하기 때문이다.

그런데 내 걱정과 달리 베놈의 놀라운 연기 때문에 뭔가 일이 쉽게 해결될 것 같았다.

"저는 로크님의 전투 노예입니다. 아시겠지만 오크는 이렇게 말을 잘할 수는 없습니다. 저희 주인님께서 마법사이시라 정신 마법으로 제가 언어의 발달을 가질 수 있었습니다."

베놈은 은연중 내가 마법사라는 사실을 흘렸다.

그러자 경비병의 눈이 순식간에 경외감으로 바뀌었다.

마법사는 엄청난 대우를 받는다.

귀족 그 이상의 대우를 받는다고 해도 과언이 아닐 정도로 말이다. 그만큼 희소성이 높은 존재를 만났으니 그들이라고 긴장하지 않을 수 있을까.

"정말 마법사이십니까?"

그들의 공손한 물음에 나는 고개를 끄덕였다.

"그렇습니다."

"실례지만 몇 클래스… 이신지 여쭈어봐도 되는지요."

나는 적당히 둘러댔다. 너무 높게 잡아도 곤란하고 너무 낮게 잡아도 곤란하다. 높게 잡으면 그들은 분명 왕에게 사실을 고할 것이고, 나는 그들의 부름에 어쩔 수 없이 왕명으로 인해 불려가게 될 것이다.

하지만 너무 낮게 잡으면 다시금 이들이 우리를 무시할 수 있는 부분이 있었기에 적당한 선으로 말해야 할 것이라고 생각했다.

"4클래스 유저입니다."

"4, 4클래스!"

그들은 4클래스도 충분히 대단하다고 생각할 것이다.

왜냐하면 파이어 볼 하나만으로도 충분히 무서운 존재로 인식이 되는데 4클래스라면 손짓 한번에 자신이 먼지로 변해버릴 수 있다는 것을 잘 알기 때문이다.

마법에 대한 이야기는 과장된 소문도 많긴 하지만 그들이 충분히 두려워할 만큼 위대한 부분이 있는 것만큼은 틀림없는 사실이었다.

"잠깐 시범이 가능하시겠습니까? 확인 절차란 게 있어서……."

말꼬리를 흐리는 그들은 내가 마법사가 아니란 게 들통이 나면 당장 감옥으로 데려갈 것 같은 분위기를 풀풀 풍겼다.

눈은 가식으로 가득 차 있지만, 내면은 활활 타오르고 있는 것이 보인 것이다.

나는 간단하게 라이팅 마법을 캐스팅했다.

피이이잉—

눈이 찢어질 정도로 시린 빛에 그들은 팔목으로 눈을 가리며 고개를 푹 숙였다.

"으윽……!"

나는 상냥하게 웃었다.

"이제 되었습니까?"

"아, 예. 추, 충분합니다."

그들은 아직도 빛 후유증이 있는지 눈을 잘 뜨지 못한 상태로 우리를 안으로 들여보냈다. 생각보다 쉽게 거대 도시로 들어갈 수 있게 되어 다행이었다.

그리고 보니 설명을 못했던 부분이 하나 있는데, 이곳은 가이언 제국의 가장 큰 핵심 도시로서 왕이 살고 있는 성이 이 도시 내에 존재한다. 때문에, 함부로 문제를 일으켜서 좋을 게 없었다. 아무리 내가 무서울 것 없는 체계의 마법을 가지고 있고 이글레이드를 등에 업었다지만, 그것도 한계라는 게 있다. 그리고 바이슨에 가기 위해선 이곳을 거쳐야만 하니 굳이 문제를 일으켜서 좋을 것이 하나도 없는 것이다.

"정말 엄청나군요."

베놈이 휘파람을 불며 경탄했다.

베놈의 말대로 이곳은 눈이 돌아갈 만큼 휘황찬란한 곳이었다. 그동안 지나왔던 곳과는 판이하게 다른 환경이다.

어림짐작으로도 이 도시의 크기는 상상도 못할 만큼 거대했다. 이전 도시에서 보았던 건물보다 못해도 두세 배는 더 큰 크기와 넓은 평수를 가지고 있었다. 게다가 건축 방식도 예술적인 부분이 상당히 높았다.

아치형으로 된 건축물들은 미끄러질 것처럼 매끄러운 곡선으로 이루어져 있고, 눈이 행복할 정도로 아름다운 건축 풍경이 이곳저곳 우리를 놀라게 만들고 있었다.

인간이 이토록 멋진 문화와 환경을 만들어낼 수 있다는 것에 대해 새삼 놀라면서 우리는 그만 구경을 애써 마치고 여관을 찾았다.

유리 문을 열고 안으로 들어가자 점원이 처절할 정도로 우리를 반갑게 맞았다.

"어서 오십시오~ 저희 이레이스 여관을 찾아주신 것에 대해 무한한 영광으로 생각합니다. 식사는 하셨나요?"

"우선 큰 방으로 두 개 잡아주시고, 식사를 준비해 주십시오. 그리고 옷도 넉넉히 준비해 주세요."

그녀가 방실방실 웃었다.

"실례지만 손님, 선불입니다."

"얼마죠?"

"50실버 되겠습니다."

상당히 비싼 편이다. 여관과 주점, 그리고 음식을 함께 하는 것은 기본이며 인테리어가 눈부실 정도다. 그리고 과잉 친절이라고 생각될 정도로 서비스가 좋은 편이라 일전의 도시에서는 잘 볼 수 없었던 가격인 듯싶었다.

아마 키르젠프에게 일부분의 돈을 돌려받지 못했다면 두말없이 엉덩이를 걷어차일 만큼 비싼 곳이었다.

나는 안을 대충 돌아보며 금화 한 닢을 건넸다.

"나머지는 여기서 한 일주일 정도 머무를 것 같으니 알아서 계산해 주십시오. 모자라는 게 있으면 바로 말해주시면 됩니다."

그녀는 금화를 한 닢 받자마자 무서울 정도로 우리를 친절하게 맞이했다. 단숨에 세 명의 여자가 달려나와 우리의 짐을 들고 위로 올라가기 시작했고, 잠시 후 두 개의 키를 주었다.

한 개는 에아르웬에게 주었다.

"반과 함께 방을 쓰세요."

그녀는 미안한 표정을 지었다.

"신세를 많이 지네요."

"그런 말 마십시오."

나는 짧게 말을 끊고 그들이 이끄는 식당으로 자리를 옮겼다.

엄청 고급스런 곳에 앉은 나는 하얀 테이블보 위에 놓인 물을 홀짝이며 기대에 부풀었다.

가격이 비싼 곳이니만큼 그들 역시 음식에 대한 자부심이 대단할 것이다.

나는 음식에 대한 욕심이 많은 편이다.

어쩌면 노이로제 같은 것일지도 모른다.

몇 년간 더럽게 맛없고 딱딱한 빵만 먹다 보니 맛있는 음식에 대한 환상이 높을 수밖에 없었다.

"야외에서 먹읍시다. 안쪽은 답답합니다."

베놈의 말에 에아르웬이 웬일인지 맞장구를 쳤다.

"그래요. 주변 환경에 따라 음식 맛이 확연히 달라질 수 있거든요."

나는 바로 고개를 끄덕였다.

귀가 얇은 것인지 그녀의 말에 혹한 것이다.

확실히 분위기있는 야외에서 먹으면 음식 맛이 어떨지 기대감이 무섭게 증폭했다.

우리들은 바깥으로 자리를 옮겼다.

하얀 의자와 테이블이 넓게 깔려 있었다.

그곳에 앉아 우리는 운치있게 음식을 기다렸다. 나는 지나가는 점원 하나를 불렀다

얼마 전, 키르젠프가 맛보여 줬던 와인이 생각나 와인을 하나 시켰다. 비록 년도 수에서 굉장히 많은 차이가 나긴 했지만 그거야 어쩔 수 없는 문제이니 넘어가야지.

"와인도 드십니까? 상당히 고품격해지시는군요."

나는 키득키득 웃었다.

"못해본 걸 잔뜩 해봐야지. 안 그래? 한번 사는 인생 아니냐. 갇혀 있을 땐 천추의 한이었다고."

에아르웬이 놀라서 물었다.

"갇혀 있다니요?"

"죄송합니다. 그건 좀 밝히기가 그렇네요."

그녀에게 이클레이드와의 일화를 꺼내기가 좀 조심스러웠다. 그녀를 꼭 브로크웨이로 의심을 해서가 아니라 그것은 어느 누구에게나 마찬가지였다.

내 눈빛을 보고 에아르웬도 바로 포기했다.

드르륵—

장 얀느가 의자를 밀고 일어났다.

"잠시 나갔다 오겠습니다."

"어딜?"

"이 도시에 오면 꼭 가보고 싶었던 곳이 있어서요."

"배고프잖아. 먹고 가."

"괜찮습니다. 그럼……."

그는 인사를 한 후 넛신 설음걸이로 멀어져 갔다.

키도 늘씬하게 크고 잘생긴 녀석이라 태가 난다. 그래서인
지 주변 여자들의 눈길이 쏠리곤 했다. 나는 적당히 타이밍을
봐서 베놈에게 일렀다.

"장 얀느를 뒤따라라."

"저 말입니까?"

"그럼 너 말고 누가 있어?"

베놈이 눈을 부릅떴다.

"아직 밥도 안 먹었는데……."

"네 살점으로 한번 먹어볼래?"

내 진지한 말에 얼굴이 창백해진 베놈이 작게 투덜투덜거
리며 일어났다.

"알아내라. 어디로 향하는지, 그리고 어떤 녀석들과 만나
는지. 자세히 알아오면 더 좋고."

"알았수다."

말은 퉁명스럽게 하면서도 민첩하게 움직이는 베놈의 손
목을 잡았다. 그의 손에 돈을 한 움큼 쥐어주었다.

"가다가 필요할 때 써라."

"괜찮습니다."

"넣어둬."

베놈은 점점 멀어지는 장 얀느를 보며 입맛을 다셨다.

"그럼……."

베놈은 최대한 기척을 죽이며 빠르게 쫓아갔다.

"그를 의심하시는 건가요?"

에아르웬의 물음에 나는 고개를 들었다. 물을 사슴처럼 마시며 눈을 동그랗게 뜬 그녀는 천사가 강림한 것 같았다. 소름 끼치도록 아름다운 선을 가지고 있는 여자다. 태양 빛이 그녀의 미를 더 돋보이게 했다.

확실히 엘프라는 존재는 아름다움의 상징이라고 하는 것이 과언이 아니었다. 부담스러울 정도로 아름답게 빛을 발하는 금색의 눈동자와 머리카락은 혼을 쏙 빼놓을 정도로 강렬한 임팩트를 발현한다.

때문에 지금처럼 화가 날 정도로 많은 사람이 모여들기도 한다.

"주위 쓰레기부터 정리해야 할 것 같은데?"

내 말에 에아르웬이 난처한 얼굴로 고개를 숙였다.

어디에서나 등장하기 마련이다.

꽃이 있으면 꺾고 싶어하는 욕망의 짐승들이 있기 마련.

지나가던 용병대 하나가 에아르웬을 발견하고 벌 떼처럼

달려들었다.

"괴, 굉장한데? 엘프잖아?"

자기들끼리 쑥덕거리며 우리 주위를 기웃거렸다. 그들의 심장에는 두 개의 칼이 맞붙어 있는 형상이 새겨져 있었다. 저것은 내가 알기로 지옥의 용병단이라 불리는 꽤 이름있는 용병단이다.

네임벨류는 있을지 몰라도 그들이 가진 인격체는 밑바닥이었다.

"이봐, 당신의 노예인가?"

내가 허름한 옷을 입고 있어서인지 초면부터 하대를 한다. 나는 불쾌한 얼굴로 고개를 숙였다. 문제를 일으키고 싶지 않았다. 조용히 넘어가기 위해 나는 애써 굳은 표정을 펴며 말했다.

"아닙니다. 동료입니다."

"오? 그래?!"

마치 미스릴 원석을 발견한 것 같은 얼굴로 그들은 흥분에 들떴다. 안 되면 납치라도 해갈 얼굴이었다. 나는 이 사태에 대해 어떻게 정리해야 될지 당혹스러웠다.

앞으로도 이런 식의 접근이 많아지게 되는 것은 안 봐도 뻔한 것이기에 해결점이 필요했다. 마법을 보여주어도 성질이 불같은 용병단 녀석들은 경외심보단 욕심에 눈이 멀어 싸움까지 가게 될 가능성도 있었다.

그런데 고맙게도 그런 상황을 깔끔하게 정리시켜 주는 한 사람이 나타났다.

"모두 물러가라."

얼음보다 차가운 목소리.

그것은 굵직한 게 아니라 여린 목소리였다. 내 뒤에서 흘러 나온 음성 때문에 나는 고개를 뒤로 돌렸다.

나는 깜짝 놀랐다.

에아르웬에 필적할 만한 외모다.

나이는 약 20세 정도로 상당히 어려 보이는 외모임에도 분위기 자체가 성숙한 느낌이다.

허리까지 내려오는 은발에 깎아놓은 듯한 외모, 새하얀 피부에 분홍색 입술은 이 시대 최고의 미를 표현하고 있었다. 게다가 범접하지 못할 위엄과 고귀한 냄새까지 풍겨 그 매력은 머리털을 다 쭈뼛하게 만들었다.

하얀 조각상을 보는 듯한 그 여자의 입술이 움직이는 것을 용병단은 신기하게 생각했다. '오오' 하며 이어 더러운 패담을 늘어놓기까지 했다.

그것을 묵과할 수 없는 듯 그녀가 검을 뽑아 들었다.

이제야 얼굴 이외의 모습이 눈에 들어오기 시작한다. 머리색처럼 은색의 갑옷을 두른 그녀는 키도 꽤 커서 검사의 분위기가 풍겼다.

눈에서 뿜어 나오는 빛이 범상치 않았다.

한눈에 보기에도 귀족이었기에 용병단은 괜히 건드렸다간 피를 볼까 고개를 돌렸다.

"에이, 재수가 없으려니까. 퉤!"

딱히 뭐라 말은 못하고 돌아서는 그들이었다. 하지만 그녀는 그들을 곱게 보내주지 않을 생각인 듯했다.

하얀 이마에 힘줄이 빡 돋았다.

안 그래도 시원한 인상인데 얼굴이 얼음장처럼 차가워졌다.

검을 쥔 그녀가 몸을 날렸을 때, 그녀의 검은 순식간에 피를 머금기 시작했다. 우수수 쓰러지는 용병단은 처절한 비명을 토해냈고, 동료들의 피해를 보고 참지 못해 달려드는 이들도 마찬가지였다.

실력 차이가 처음부터 너무 월등했다. 용병단 모두가 싹 쓸렸을 때쯤, 경비병이 나타나 그녀를 창으로 겨누며 포위했다. 나는 여기서 아주 박진감 넘치는 탈출 검술이 펼쳐질 것이라고 생각했지만 현실은 그렇지 않았다.

그녀가 허리에 달린 금색의 패를 치켜들었다.

그것을 본 경비병들은 모두 무기를 땅바닥에 내던지고 머리를 조아렸다.

"저희들의 오해를 용서해 주십시오!"

우렁차게 소리치는 그들을 보며 그녀는 뼛속까지 얼릴 만한 목소리로 말했다.

"당장 이 쓰레기들을 정리해라!"

"옙! 뭣들 하느냐! 어서 이놈들을 왕궁 감옥으로 압송해라!"

한 사내의 호령에 부하들이 일제히 쓰러져 있는 용병단을 포박하기 시작했다.

깊이 베지 않은 터라 치료를 잘 받으면 모두 회복될 기미가 보였다. 죽이지 않고 제압하는 것은 엄청난 실력이 동반되어야 가능한 것이다.

그리고 어렴풋이 그녀의 검에서 푸르스름한 것이 맺히는 것을 보았는데, 만약 자신이 가진 실력 밑천을 모두 드러낸다면 어느 정도의 경지일지를 예상해 보았다.

가장 높은 경지로 잡았을 때는 소드 마스터 정도로도 보였다. 소드 마스터가 지금 내 눈앞에 있는 숟가락처럼 보기 쉬운 존재는 아니다. 그럼에도 내가 그런 극단적인 상상을 하는 이유는 그녀가 검을 휘두르는 동작이 너무 완벽했기 때문이다.

검과 자신이 하나가 된다.

그것은 검의 궁극을 경험한 자만이 만들어낼 수 있는 자긍심과 실력의 결정체.

바로 소드 마스터들의 공통된 부분이라 할 수 있다.

보통의 검사들은 검과 몸이 따로 놀기 마련이기 때문이다. 확실치는 않지만 보통 실력이 아닌 것만은 틀림없었다. 용병단을 저리 가볍게 상대할 만한 자는 좀처럼 만나기 쉬운 것이 아니다. 그것도 여자가.

그런데 잠깐, 왕궁 감옥이라고? 그렇다면…….

내 눈이 이채를 띠었다.

'왕실과 관련되어 있다. 공주? 그럴 리가? 그 정도 신분의 여자가 이런 저잣거리에 단신으로 나올 리가 없지 않은가.'

머릿속에서 여러 생각을 하던 나는 순간 그녀와 눈이 마주쳤다.

용병단을 눈 하나 깜짝이지 않고 처리한 이 여자가 대뜸 우리가 있는 쪽으로 걸어오기 시작했다.

2

"앉아도 되겠습니까?"

무서울 정도로 무뚝뚝한 목소리였다.

그녀는 아주 정중하고 기품있는 목소리로 우리에게 양해를 구했다. 격식을 모두 차려서 다가오긴 했지만 뭔가 좀 기분 나쁜 여자다.

외모는 놀라울 정도로 아름답지만 너무 차가워서 가까이 있으면 흡사 감기라도 걸릴 것 같은 그런 느낌.

이런 나와 달리 에아르웬은 그녀와 교감이 잘 통하는 듯 무리없이 이야기를 주고받았다.

"그러니까, 역시나 숲의 종족이시군요."

"네, 지금은 보시다시피 같은 방향이라 함께하고 있는 분이십니다. 여러모로 많은 신세를 지게 되었지요."

그녀는 고개를 끄덕이며 흘끔 나를 보았다.

"아, 그러고 보니 통성명을 안 했네요. 저는 에아르웬이라고 합니다."

"아… 저는……."

그녀는 머뭇거리다가 이내 말을 맺었다.

"센트럴 왕국의 제4공주 세이렌 폰 라이언스라고 합니다."

역시나 방금 전 경비병들에게 했던 말이 사실이었다. 확실히 보통 사람과 다른 것만은 틀림없었다.

일단 성격 자체가 너무 개성이 강하니까.

그리고 방금 전, 거의 인간 도륙에 가깝게 검을 휘두른 이 여자는 반을 보며 절대로 지을 수 없을 것만 같은 화사한 웃음을 만면에 펼치고 있었다.

분명 반이 멋진 녀석인 것만은 틀림없지만 그다지 여자들이 좋아할 만한 개는 아니었다. 귀여운 것도 아니고, 그렇다고 애교가 많은 개도 아니다.

웅장하고 위엄이 있는 개.

그것이 내가 생각하고 있는 반의 상징이다.

하지만 자신을 닮은 개를 좋아하는 것일까.

나약한 개보다는 이런 반과 같은 분위기를 풍기는 녀석을 좋아하는 것 같았다.

반은 거의 나를 닮아 있는 녀석이다.

귀찮은 거 싫어하고, 참견하는 걸 싫어한다. 하지만 결정이 내려지면 그것을 과감하게 실행하는, 완전한 내 분신 같은 녀석. 그런 녀석이 뭐가 좋은지 자신의 이름을 세이렌이라고 밝힌 저 공주는 반을 껴안고 좋아 죽을 것 같은 표정을 지었다. 그리곤 정색을 하고 대뜸 하는 말은 날 기절시킬 만한 것이었다.

"저, 실례라는 건 알고 있습니다만, 감히 청하겠습니다. 이 개, 저에게 파실 수 없으시겠습니까?"

나는 참담한 얼굴을 가리기 위해 손을 들어 이마를 짚었다.

"곤란하십니까?"

아무리 일국의 공주라지만 그녀의 장단을 맞춰줄 수는 없는 노릇이었다.

"전 절대 살아 있는 것을 사고팔지 않습니다. 게다가 더더욱 제 친구인 '반' 을 파는 짓은 상상조차 해본 적이 없습니다."

"아, 그렇군요."

내 말에 그녀는 자신이 실수했다는 것을 깨달은 듯 작게 고개를 끄덕였다. 그렇다곤 해도 눈빛이 변했다. 실망에 대한 분노와 비슷한 것.

그것은 차가운 반응에 가깝다고 할 수도 있었다.

'흥!'

뭐랄까. 처음부터 꼬였다.

우리에게 접근했던 용병단을 혼자서 다 쓸어버리곤 갑자기 이제는 반을 팔라니. 솔직히 뭔가 말도 안 되는 상황 전개 같아서 난감한 느낌을 감추기 힘들었다.

그 순간,

"그럼, 저희 성에 한번 들러주시겠습니까?"

"왕실에… 말입니까?"

그녀는 조용히 고개만을 끄덕였다.

"왜인지 여쭈어봐도 되겠습니까?"

그녀는 가볍게 웃었다.

"이름이 반이라고 했죠? 다시 보고 싶어서요. 이대로 헤어지면 아쉬워서 그렇습니다."

완벽한 언밸런스.

얼굴은 미모의 신 펠타오스에 가까운데 말투는 황소처럼 고집있고 딱딱해 보인다. 나는 뭐라 공주의 신분인 그녀에게 둘러대는 것도 귀찮아 대충 응답했다.

"알겠습니다."

"네, 그럼 근래에 꼭 들러주십시오."

그녀는 살포시 인사를 한 후 더 이상 할 말이 없는지 자리를 벗어났다.

사람을 대할 때는 절대 웃지 않는다. 에아르웬과 이야기할 때도 말은 잘했지만 표정의 변화가 없었다. 만약 반과 함께 있을 때 웃는 걸 보지 못했다면 안면 장애가 있다고 착각할 정도였다.

"슬퍼 보이네요."

에아르웬은 세이렌의 뒷모습을 보며 분명 그렇게 중얼거렸다.

"슬퍼… 보인다구요?"

"네. 그리고 왠지 쓸쓸해 보이기도 해요."

"흥, 공주가 뭐가 아쉬워서 그렇겠습니까."

"세상 모든 것을 가진 사람일지라도 외로움은 존재할 수 있습니다."

뭔가 마법이 아니면 심오한 것은 귀찮음을 유발한다.

나는 바로 관심을 껐다.

'그보다 3일 후면 약속한 일주일. 키르젠프를 만나게 되는군.'

나는 키르젠프가 어떤 정보를 들고 오게 될지 벌써부터 기대가 되기 시작했다.

당시에 키르젠프의 설명과 언어 습관을 더듬어볼 때, 그는 상당히 박식하며 많은 정보를 다루는 듯했다. 도둑으로서는 자신의 전공 분야의 정보만을 수집할 경우가 많은데, 다방면으로 관심이 많다는 것은 내게 있어 좋은 영향을 줄 수도 있었다.

그와 나는 현재 계약 관계.

'자, 시간아, 얼른 지나라.'

나는 손가락으로 탁자를 툭툭 두드렸다.

뭔가가 '팍!' 하고 튀어나올 것 같은 예감이 들었다.

그것이 불길한 예감이 될지 행의 예감이 될지는 알 수 없지만.

여관 계단을 올라가던 나는 빛에 반짝이는 무언가를 하나 발견했다. 그것은 계단 중간에 떨어져 있는 회중시계였다. 은색으로 고급스럽게 만들어진 시계는 뚜껑을 열자 다이아몬드가 박혀 있는 고급스러운 액면이 드러났다.

나는 그것의 주인을 찾아줄까 하다가 대충 주머니 안에 구겨 넣었다. 어차피 이거 하나 없어졌다고 큰일이 일어나지는 않겠지.

나는 마침 시계가 필요하던 차에 잘됐다고 생각했다.

방으로 들어가 짐을 정리했다. 그동안 도시를 거치면서 여러 가지를 사뒀다.

특별한 것은 아니고, 수건과 옷가지 등등.

바로 어제 주점에서 만난 길드원 녀석들 때문에 로브 안쪽의 옷은 상당히 더러워진 상태였다.

나는 샤워를 마치고 옷을 갈아입었다. 면도도 하고 나온 상태라 얼굴도 말끔하고 옷을 갈아입자 몸이 가벼운 기분이 들었다.

뭔가 그동안은 무거운 공기와 함께한 기분이었는데, 이제는 그 공기가 모두 소멸된 것 같은 기분이 들었다. 그동안 짐은 모두 베놈과 장 얀느가 가지고 다녔는데, 본래는 베놈의 무신경한 성격 때문에 짐이 망가진 적이 많았다. 하지만 세심한 장 얀느 덕분인지 짐은 거의 온전한 상태에 가까웠다. 베놈은 중대치 않은 일은 모두 귀찮은 것으로 치부해 버려서 짐을 맡겨놓으면 불안했다.

"그런데 이거 점점 나를 닮아가는 것 같잖아, 베놈 자식?"

내가 피식 웃으며 옷을 정리하던 순간, 번개 같은 속도로 머리를 훑고 지나가는 것이 하나 있었다.

그것은 바로 인간관계!

분명 저 왕국의 공주는 자신을 찾아오라고 했다.

내가 바라는 것은 하나다.

발이 넓어질수록 내가 펼칠 수 있는 한계는 넓어진다.

내 눈빛이 달라진 것은 바로 그때였다.

3

드디어 약속된 일주일의 시간이 흘렀다.

키르젠프를 만나는 날이다.

로브를 몸에 두른 나는 여관의 계단을 내려가며 회중시계를 꺼냈다.

만나기에 적당한 시간.

유리 문을 나서자 몸이 뜨거워지는 걸 느꼈다.

가을이긴 해도 대낮에는 해가 꽤 뜨거운 열기를 내뿜는다. 숨을 크게 훅 들이마시고 걸음을 옮겼다.

어젯밤까지 장 얀느는 돌아오지 않았다. 물론 뒤를 쫓은 베놈까지. 무슨 일을 벌이는 것인지는 모르지만 만약 내 뒤통수를 칠 생각이라면 가차없이 베어버린다.

그동안 쌓인 정이 없다고 하면 거짓말이다. 아주 눈곱만큼의 정. 그런 것이야 눈 한번 질끈 감으면 사라지는 것이다. 녀석은 나에게서 완전한 신용을 얻지 못했다.

단서가 잡히는 즉시 끝.

베놈이라면 많은 고민이 될지 모르겠으나 장 얀느는 그렇지가 않다. 너무 똑똑해도 화를 불러일으킬 수 있다. 불안전한 동료. 그게 내가 생각하는 장 얀느다.

생각에 잠겨 걸음을 옮기던 중 분수대 앞에 도착했다.

키르젠프의 말대로 정말 거대한 분수대다.

아찔할 정도로 높이 치솟는 물줄기며 이 거대함이라니…….

마치 고대의 문화 유물을 보는 듯한 느낌이었다.

나는 잠시 화려한 분수대를 감상하다 근처 벤치에 앉았다. 대도시답게 사람이 많았고 분주하기 이를 데 없다.

나는 따듯한 햇살에 벤치에 깊숙이 기대었다. 약속 날짜는 잡았어도 시간은 잡지 않았기에 언제까지 기다려야 할지 몰랐다. 꽤 오래 기다려야 만날 수 있을 줄 알았는데 오히려 키르젠프가 나보다 먼저 와서 기다리고 있는 것 같았다.

은색의 다트가 번쩍이며 날아왔다. 내 눈은 순간적으로 그 빛을 쫓았고, 내 손은 어깨 너머로 날아오는 그것을 단숨에 잡아냈다.

손에 잡힌 다트에는 종이 하나가 달려 있었다. 나는 서둘러 종이를 펼쳤다.

분수대 오른편 건물 '엔젤롯' 2층으로 오라.

나는 종이를 주머니 안에 구겨 넣은 뒤 몸을 일으켰다.

대낮인데 건물 내부가 어둠침침했다.

조심히 걸음을 옮겼다.

키르젠프가 아닐지도 모른다.

나의 적대 세력일지도 모르기에 나는 최대한 긴장 상태를 놓지 않았다. 모든 오감을 살려 키르젠프가 아니라면 최대한의 공격력으로 상대를 제압해야 한다.

내 몸은 이미 마력으로 충분히 차올라 있는 상태였다.

캐스팅을 하는 순간에 건물 하나는 모조리 날려 버릴 정도의 힘이 내 몸 내부에서 출렁이고 있었다.

마치 분노를 삭이고 있는 이무기처럼.

타오르는 가슴을 끌어안은 채 저벅저벅 발소리가 텅 빈 건물을 울린다.

1층은 장사를 하는 곳이었는데, 2층은 벽지조차 바르지 않았다. 이중창으로 창문이 완전히 막혀 소리는 완전히 차단된 상태.

그리고 잠시 후, 내 발이 우뚝 멈췄다.

한쪽 벽 모퉁이에 기대고 있는 그림자를 발견했기 때문이다.

"키르젠프인가?"

그림자가 움직였다.

단신이다.

창문을 뚫고 들어오는 빛에 그의 얼굴이 반사되었다.

확인되는 즉시 내 마음은 안도를 찾았다.

"오랜만이네. 고작 일주일을 안 본 것뿐인데 정말 오랜만에 본 느낌이야."

"그렇습니까?"

웃으며 그에게 다가가던 내 얼굴은 살짝 경직되어 버렸다.

키르젠프의 주름진 얼굴이 엉망이 되어 있다. 얼굴에 상처가 가득하고, 몸 여기저기는 찢겨져 있다.

현재에도 피가 주르륵 흐르고 있어 얼굴이 창백한 게 금방이라도 쓰러져 죽어버릴 것만 같았다.

"어떻게 된 겁니까?"

"시끄럽고, 힐이나 좀 써주게."

나는 그의 말대로 빠르게 치유 마법을 캐스팅했다.

힐이 그의 몸에 닿자 피는 점점 멈추고 찢어진 살은 점차 아물었다.

하지만 처참한 검상의 흔적이 완전히 지워지지는 않았다.

"정말 대단한 놈들이더군. 함정을 기가 막히게 찾아내고, 천하의 나를 이 지경으로 만들었어."

"상대는?"

"아마도 브로크웨이."

나는 숨이 콱 막혔다.

징글징글하다. 키르젠프가 맞싸움을 벌였을 리 없다. 그 역시 천운을 빌어 브로크웨이의 손길에서 벗어났을 것이다. 소름 끼치게 강한 녀석들.

아마 끝없는 먹이사슬이 될 것이다.

브로크웨이가 모두 죽는 그날까지 내 심장의 연결 고리는 끊어지지 않을 것이다. 한 녀석이 내 심장을 가져간다고 해도 다른 브로크웨이가 다시 내 심장을 가져간 녀석의 목숨을 무섭게 쫓겠지.

절대로 평범해질 수 없는, 그런 무한의 회오리 속에 빠져들었다.

나는 고개를 저었다.

약한 생각을 하기 이전에 방법과 길을 찾아야 한다.

"저는 바이슨 왕국으로 가기 전 센트럴 왕실에 들를 생각입니다."

그가 놀라서 물었다.

"센트럴 왕실이라고?"

"예."

"왜? 그리고 어떻게?"

"한 여기사를 만났지요. 그런데 그 여자가 센트럴 왕실의 제4공주였습니다. 저보고 한번 들러달라고 하더군요. 제가 데리고 다니는 반에게 반해 버린 것 같습니다."

"눈이 뒤집어질 노릇이군."

"왜요?"

"거길 대체 왜 가려는 겐가?"

"어떻게든 인간관계를 넓혀야지요. 이 세상을 저 혼자 집어삼킬 수는 없는 노릇 아닙니까."

"그게 뭔 소린가?"

나는 창밖으로 고개를 돌렸다.

"아무튼 제 생각은 변함없습니다."

"거기서 곧 왕실 파티가 열릴 것이네. 그럼 거기도 참석할

생각인가?'

나는 눈을 반짝였다.

"그거 엄청난 행운이 아닙니까?"

"물론 그럴 수도 있겠지. 하지만 왕실 파티에 브로크웨이가 참석한다면 어쩔 텐가?"

나는 식은땀을 흘렸다.

생각만 해도 아찔하다.

그 더럽게 강한 녀석들을 그런 고립된 장소에서 만난다면 순식간에 아수라장이 될 게 틀림없고, 길드 마스터가 그런 정보를 놓칠 리 만무하다. 단숨에 달려들겠지. 하지만 그들은 내 목숨을 노림과 동시에 지켜주는 역할도 한다.

'어떻게 해야 한담.'

나는 관자놀이를 꾹꾹 누르다 키르젠프를 보았다.

그는 많이 지쳐 있었다.

"내게 전해줄 정보는?"

"별거없어. 브로크웨이는 아직 이 도시에 도착 안 했다. 하지만 네 흔적이 사라진 것을 알면 금세 따라붙을 거야. 놈들이 냄새 하나는 귀신같이 맡더라고."

"그런데 대체 왜 길드 마스터가 제게 접근을 하는 거죠?"

"그건 나도 몰라."

나는 그를 가볍게 자극했다.

"흥! 난 당신이 아주 대단한 정보력을 가지고 있을 줄 알았는데, 실 효력이 있는 정보는 별로 없군."

"뭐라고, 이 자식아?!"

"흥분하지 마쇼. 내, 좋은 정보만 준다면 당신에게 도움이 될 수 있도록 온몸을 바치겠소. 하니, 귀찮더라도 놈들의 세력에 관련된 정보를 최대한으로 알아내 주시오. 그 보답은 절대 잊지 않으리니."

그는 콧방귀를 뀌며 손으로 수염을 쭉쭉 잡아당겼다.

"헹! 인간은 보통 은혜는 쉽게 잊어먹지만 복수만은 절대 잊지 않지. 그게 바로 이기적인 인간의 공통점. 너라고 다를까. 그런 사탕발림은 필요없어."

"사탕발림이든 뭐든 당신이 생각하기 나름. 아무튼 나는 당신만 믿습니다."

그는 겉으로는 툴툴거려도 내게 꽤 마음을 연 듯했다. 눈빛이 달라졌다. 칭찬해 준다고 우쭐해할 위인이 아닌데…….

일부러 빈틈을 드러내는 것인가.

내가 여러 가지 계산을 하고 있을 때, 키르젠프가 한곳을 가리켰다.

"어? 저거, 자네 동료 아닌가? 한심하군."

나는 눈에 마력을 담았다. 순식간에 장내가 한눈에 들어왔다. 멀리 골목길에 장 얀느가 여러 명의 사내에게 둘러싸여 있었다.

"더 전할 정보는 없습니까?"

"아직은."

"그럼 다음에 만날 장소는?"

"자네가 왕실에서 나올 때쯤 통첩하겠네."

그는 내 로브 안쪽에 무언가를 달았다.

"자네의 위치를 확인할 수 있는 아이템이야. 다음 정보는 차후에 통첩하도록 하지."

"알겠습니다."

"에헤이~ 그깟 여자 계집애 하나 지키려고 이렇게 영웅 행세를 하시나? 그런 호리호리한 몸을 가지고 말이야. 크헤 헤헷!"

광소를 터뜨리는 남자를 필두로 모두 여섯 명.

장 얀느는 한 여자 아이를 뒤에 숨기고 주먹을 말아 쥐고 있었다. 내가 알기로 장 얀느의 전투력은 형편없다. 그야말로 보통의 평민과 전혀 다를 것 없는 정도다.

그의 유능한 점은 머리 회전.

지금같이 막다른 골목에 치달은 순간에 머리를 회전시킬 기회 따윈 주어지지 않을 것이다.

깊은 골목이라 높은 곳이 아니라면 절대 발견할 수 없는 곳이었다.

사내들은 모두 오른손에 작은 단칼을 쥐고 있었다.

피죽도 못 먹은 것 같은 희멀건 얼굴로 사내들은 장 얀느의 뒤에 숨어 있는 여자 아이를 음탕하게 쳐다보았다.

"쓰레기들이군."

나는 건물 꼭대기에서 곧장 뛰어내리려다가 우뚝 멈췄다.

장 얀느를 시험해 볼 좋은 기회이다.

그가 정말 머리 회전만 좋은 녀석인지, 혹은 실력을 숨기고 있는지를.

목숨을 앞두고 자신의 밑바닥을 모두 내보이지 않을 순 없겠지. 나는 몸을 웅크리고 그를 지켜봤다.

"그것참, 말을 안 듣는 녀석이네."

새하얀 단칼의 옆면을 혀로 핥으며 마른 체구의 초록색 머리의 사내가 걸어갔다. 비쩍 마르고 눈이 퀭하다. 거의 정신이 절반은 너덜너덜해 보였다.

눈의 초점도 희미하다.

장 얀느는 바닥에 떨어져 있는 나무 몽둥이를 손에 들었다.

"모두 곤죽이 되기 싫으면 물러가라!"

"엥?!"

사내가 양 손바닥을 보이며 놀라는 듯한 제스처를 취했다.

명백한 조롱이다.

"어이쿠~ 무서워라! 제발 그것 좀 내려놓아 주세요, 정의의 사도님~"

장 얀느의 뒤에 숨어 있던 아이가 얼굴을 삐쭉 내밀었다.

"그 더러운 입 닥치지 못해, 이 못생긴 하이에나야?!"

아주 적절한 비유로 한 방 먹어서일까. 사내의 얼굴이 시뻘 겋게 달아올랐다. 그러다가 금세 차갑게 식었다. 이만한 일로 흥분해서 득 될 게 없다는 걸 안 것이다.

코끝을 찡그리며 사내가 저벅저벅 걸어갔다.

단번에 찔러 죽일 듯한 기세였다.

나는 만약의 사태에 대비해 마력을 끌어올리고 주문까지 마친 상태였다. 캐스팅 즉시 그는 악마의 손길에 사로잡힌다.

'어떻게 할 테냐, 장 얀느?'

당혹스런 표정을 짓던 장 얀느가 이내 비장하게 어금니를 꽉 깨물었다.

"뼈도 못 추리게 만들어주마, 짐승만도 못한 놈들!"

이가 바드득 갈렸다.

우렁찬 고함!

"흐아압!"

비록 실력은 약해도 눈만은 나 못지않았다.

독기에 사로잡힌 눈빛.

어떤 상황인지 궁금하지만 그건 차후에 알게 될 일이다.

우선 장 얀느의 대처 능력을 확인해야 한다.

파밧—

나무 몽둥이로 시야를 가리고 흙을 뿌렸다.

흙이 눈에 들어간 사내가 고통스러워할 때, 몽둥이로 머리 뒤통수를 후려갈겼다.

퍼억!

피가 훅 터져 나와 벽에 예술처럼 번졌다. 그것을 본 동료들이 일제히 달려들었다.

"이 자식이 감히 겁도 없이!"

장년 사내들이 득달같이 달려드는 데도 기죽치 않은 장 얀느가 필사적으로 몽둥이를 휘둘렀다.

그가 휘두르는 몽둥이는 의외로 잘 먹혀들었다. 짧은 단칼을 든 자를 만나게 되면 보통 사람은 기가 죽어 잘 싸우지 못한다.

무섭기 때문이다.

하지만 예외가 있는데, 지금처럼 장 얀느의 심장은 다른 사람과 달랐다.

죽음을 두려워하지 않는 배짱을 가진 녀석이다. 그렇게 생각하면 오히려 막다른 골목길까지 오게 된 계기가 더 궁금할 정도다. 아무튼 단칼로 몽둥이를 가진 장 얀느를 제압하기가 생각보다 쉽지 않아 보였다.

그러던 차, 한 사내가 손에 들고 있던 단검을 던졌다.

어설픈 비도술이었으나 장 얀느의 어깨에 푹 박혔다.

"크윽!"

생각지도 못했던 공격에 흐름이 무너졌다.

꽉 깨문 이 사이로 고통스런 비음이 흘러나왔다. 몸을 휘청거리는 순간, 사내들이 원형으로 포위하며 한번에 달려들었다.

전세가 바뀐다.

곧 검이 온몸을 사방에서 찌르리라.

나는 장 얀느의 눈빛을 보고 더 이상 반격할 수 있는 상태가 아니라는 것을 직감했다.

"212체계. 다크 쉐도우(Dark Shadow)!"

나는 더 이상 참지 않고 마법을 캐스팅했다.

그들의 뒤 그림자에서 날카로운 창이 생겨났다. 그것은 소리없이 사내들의 등을 관통했다.

그들이 가진 그림자는 곧 무기가 된다.

그게 바로 다크 쉐도우라는 마법이 가진 습격형 공격 형태.

나는 만족스럽게 웃었다.

단 한 번에 처리된 깔끔한 솜씨에 내 자신이 감탄스러웠다. 마법체계의 가장 큰 장점은 흑마법과 백마법을 모두 쓸 수 있다는 것이다. 그러므로 한계가 없다. 백이든 흑이든 자유자재로 쓸 수 있는 능력이 바로 마법체계다.

때문에 강력한 흑마법계를 보다 완성도 있고 안전하게 발현하는 것이다.

'그보다… 조금 미안하잖아?'

몸이 꿰뚫리며 쏟아진 피가 장 얀느와 어린아이를 덮쳤다. 온몸이 새빨갛게 변한 장 얀느는 무표정한 얼굴로 대충 피를 툭툭 털어냈다. 반면 장 얀느의 뒤에 숨던 어린아이는 역시나 창백한 얼굴로 멍하니 서 있었다.

어쩌면 강한 쇼크로 인해 머리가 어떻게 되어버릴지도 모른다.

"이 아이를 데리고 가서 최대한 안정시켜. 돌아버릴지도 모르니까."

장 얀느는 담담히 고개를 끄덕였다.

"그런데 어떻게 된 거야? 설명해."

"이 도시에 있는 고아원 하나를 알고 있습니다. 그리고 이 아이는 아주 예전 절대적으로 필요했던 물품을 비밀리에 거래했을 때가 있었는데, 그때 알게 된 고아원 아이들 중 하나입니다."

나는 그 말을 듣자마자 장 얀느에게 50실버를 주었다.

"이걸로 이 녀석 씻기고 고아원에 먹을 것 좀 갖다줘. 그리곤 바로 내게로 와라. 갈 곳이 있다."

그가 고개를 갸웃거렸다.

"어디로 말입니까?"

"센트럴 왕실."

장 얀느가 미간을 좁힌다.

"무슨 소리십니까? 왕실을 어떻게⋯⋯?"

나는 히죽 웃었다. 예상했던 반응이라 나는 가볍게 대꾸했다.

"반 녀석 때문이다. 운이 좋았어."

"…반이라니? 아, 로크님의 견을 말씀하시는 거군요?"

"센트럴 왕실의 4공주가 반을 마음에 들어하더군. 꼭 들러 달라고 하더라고. 덕분에 대인 관계를 넓힐 수 있는 기회를 가질 수 있게 되었다. 게다가 곧 왕실 파티가 열린다고 하더 군. 거긴 어떻게든 참석해야 해."

"그럼 저도 가는 겁니까? 아니면 동료들 모두 가는 것입니 까?"

"너랑 나만 간다. 이유는 별거없어. 괜히 베높이나 에아르 웬을 데리고 갔다가는 피곤해질 수 있다. 게다가 브로크웨이 를 만나게 되면 동료가 발목을 잡는 일도 생길 수 있다. 나는 지금 브로크웨이와의 조우를 예감하면서도 그 길을 밟는 것 이다. 한마디로 호랑이 굴에 들어가는 셈이지."

장 얀느의 얼굴이 납빛이 되었다.

그는 굳은 얼굴로 아이의 손목을 잡았다.

"그럼, 다녀오겠습니다. 조금만 기다려 주십시오. 오래 걸 리지 않을 겁니다."

"천천히 와도 된다. 그보다 되도록 경비병들에게 이 시체 들과 함께 있다는 걸 들키지 마라. 여러모로 귀찮아지니까."

"예."

"내 할 말은 거기까지다. 그럼……."

장 얀느가 깍듯하게 고개를 숙였다.

나는 바로 텔레포트를 시전했다.

4

아무리 생각해도 방법이 없다.

브로크웨이를 단신으로 억누를 만한 자신감이 없다. 생각만 해도 소름이 확 끼친다. 너무 강해서 자존심이 상해 미쳐 버릴 것만 같다.

도대체 어떤 마력을 가져야, 그리고 얼마만큼의 체계를 끌어올려야 놈들을 제거할 수 있을까.

델 키오르만 해도 녀석은 인간이라고 볼 수 없다. 흡사 악몽 속에서 빠져나올 수 없는 나락에 빠진 것만 같다.

그는 그 정도로 강하다.

내가 가장 높게 잡은 체계라고 해봐야 500.

얼핏 알기로 이클레이드는 3천 이상을 쓴다고 한 것으로 기억한다. 그렇다면 높은 체계로 갈수록 더욱 심오해진다는 것을 감안했을 때, 그의 경지는 내가 차마 올려다볼 수도 없다. 그 정도로 강했다.

그때 좀 더 배워야 했다. 하나라도 더, 조금이라도 더 높은 체계를 쓸 수 있도록 충고를 듣고 공부에 매진했어야 했다.

하지만 그 자리에 머물러 자만했으니 이런 결과를 초래했다.

모든 게 내 탓이고 내 잘못처럼 느껴져 자괴감에 빠질 것만 같았다.

나는 아랫입술을 지그시 깨물며 눈에 불을 켰다.

마력은 점점 돌아오고 있다.

어느샌가 빠르게 회복된다 싶더니 눈덩이처럼 불어나기 시작했다. 마력이 회복되는 속도로 보넌 이세 너무 빨라 몸이 감당할 수 없는 지경에 이르는 건 아닌가 걱정이 될 정도였다.

하지만 그것으로 느낀 가설이 하나 있는데, 어쩌면 나는 밑바닥까지 마력을 씀으로 인해 점점 마력을 받아들이는, 그리고 컨트롤할 수 있는 양이 많아질지도 모른다는 생각이 들었다.

실제로 나는 마법체계를 많이 쓰면 쓸수록 좀 더 높은 경지에 가까워지는 느낌이 들었다. 그것은 아주 객관적으로 높은 체계를 쓴다는 소리가 아니라 보다 쉽게 마력을 사용한다는 것이다.

그것은 내 육체가 마력을 받아들임에 있어 친화력을 조금씩 높게 가질 수도 있다는 것이다.

파고들수록 심오한 것이 바로 마법이었다.

그렇기 때문에 흥미롭고 재미있다.

마법은 내 심장을 뜨겁게 타오르게 만든다.

심장이 용암처럼 뜨겁게 분출되는 느낌도 들었다. 이럴 때면 브로크웨이가 만나고 싶어지기도 한다.

분명 이론적으로는 공포의 대상이지만 마법적 파괴 본능에 사로잡힐 땐 걷잡을 수 없다. 마력을 일으켜 주위 모든 것들을 파멸로 이끌고 싶은 감정에 사로잡히기도 한다.

하지만 이런 감정을 제어해 내야 한다.

냉철하게, 그리고 강한 의지력으로 마법을 발현해야 한다.

감정이 앞서서는 크게 될 수 없다.

앞을 내다볼 줄 알아야 하며, 얼음 같은 심장, 태양 같은 행동력을 발휘해야 한다.

마법체계에 대한 생각으로 골몰해 있었는지라 장 얀느가 와 있었는지도 몰랐다. 어느새 내 등 뒤에서 나를 보고 있었다.

"아, 왔구나?"

"예."

그는 식은땀을 줄줄 흘리고 있었다.

"왜 그래? 안색이 안 좋은데 무슨 일이 있었나?"

"아, 그게… 로크님의 기세가 너무 강렬해서……."

나는 방금 전 내가 격한 감정에 사로잡혔던 것을 떠올렸다. 잠깐, 마력도 흘려내지 않았는데 기세를 느꼈다고?

내가 은연중 흘렸단 말인가, 아니면 다른 무언가가 있는 것일까. 장 얀느가 마나를 느낄 수 없는지라 그것에 대해 물어보기도 힘들었다.

나는 순간 혼란스러움이 태풍처럼 밀어닥치는 기분이 들었다. 흑마법은 증오와 감정의 결정체다. 그것은 신의 분노를 빌어 마법을 발현하는 것이다.

공격 마법 중에도 흑과 백이 있다.

그중 흑마법을 발현할 때도 냉철한 이성을 가져야 할까?

분노를 철저히 죽인 채로?

나는 새로운 가설이 머릿속에 들어오는 것을 느꼈다.

무언가가 뇌 속에 틀어박힌 벽을 망치로 모조리 깨부수는 느낌이었다.

나는 눈을 번쩍 뜨며 소리쳤다.

"백마법은 차가운 머리로, 흑마법은 뜨거운 가슴으로!"

그것이 마법체계의 근본일지도 모른다.

마법체계는 흑과 백을 가리지 않는다.

그러므로 두 개의 감정을 가져야 할지도 모른다. 나는 천천히 그것을 시험해 보기로 결정했다. 우선은 약속했던 것부터 마무리해야 했기에 무섭게 들뜨는 가슴을 진정시켰다.

이어 테이블 위에 있는 물을 살짝 얼렸다.

기절할 정도로 차가운 물이 식도를 타고 넘어갔다. 나는 어쩌면 600체계에 도달, 아니, 그 이상을 넘어설지도 모른다는 생각에 뜨거운 환희에 사로잡혔다.

온몸에 소름이 돋았다.

600체계라니…….

생각만 해도 아찔했다.

이미 이론적으로는 5천 체계까지 빠삭하게 외우고 있었다. 그것을 몸으로 실현하고 경험으로 내 것을 만드는 것만이 필요할 뿐이다.

그 과정 중 하나를 나는 찾은 것인지도 모른다는 생각에 한없이 기뻤다.

"괜찮으십니까?"

조심스럽게 물어온 장 얀느의 말에 나는 광인처럼 히죽히죽 웃었다.

"괜찮지. 괜찮고말고."

나는 그의 어깨를 툭툭 두드리며 말했다.

내 목소리엔 굉장히 힘이 들어가 있었다.

"자, 가자! 센트럴 왕실로!"

거울에 얼핏 비친 내 얼굴은 신대륙을 발견한 모험가와 다름없었다. 그리고 전율적인 분노도 어려 있었다.

'조금만 기다려라, 기생충 같은 브로크웨이들. 네놈들이 날 무시했던 만큼 마법체계로 단숨에 쓸어 담아주마.'

아득하리만큼 검은 내 두 눈동자에서 강렬한 안광이 번쩍였다.

Chapter 17
냉각

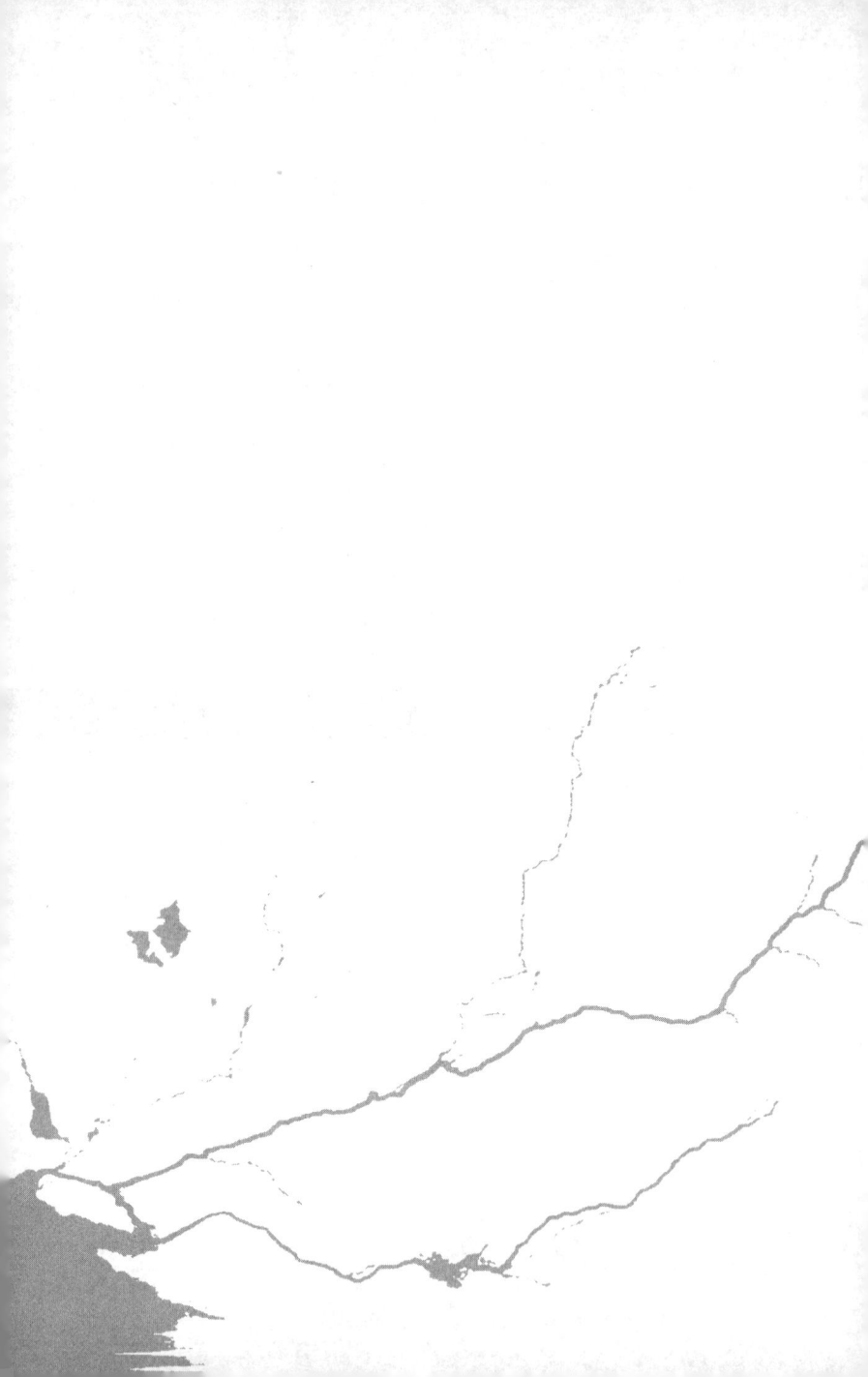

센트럴 왕성은 꼭대기를 올려다보기가 부담스러울 만큼 거대했다. 아니, 부담스럽다기보다 끝이 안 보일 정도였다. 어떻게 인간이 이런 건축물을 만들어냈는지가 불가사의했다.

흑색의 대리석으로 웅장한 느낌을 주는 이 성의 입구는 거대한 마차 네 개를 쌓은 정도의 크기.

그야말로 거대한 스케일을 보여준다.

지금껏 성이라고 해봐야 영주의 성을 본 게 다였다. 그렇다곤 해도 그때 영주의 성을 보고 놀랐던 것이 아직도 생생하다. 그러나 이건 수준 자체가 달랐다.

비교 자체가 어불성설일 정도로 왕성의 크기는 상상을 초월하는 규모였다. 나는 이 성의 육중한 카리스마에 사로잡혔다.

감탄스러운 얼굴로 성을 둘러보며 걸어가던 차, 날카로운 창끝이 목젖에 닿았다.

철컥!

"멈추시오."

부동자세로 서 있던 사내가 빠르게 창날을 들었다.

고도로 훈련받은 경비병이었다.

눈빛이 매의 눈처럼 예리했다. 언제 어느 순간에라도 과감하게 창날을 휘두를 수 있는 배짱과 실력을 가진 1급 병사. 센트럴이라는 거대 도시 안에 위치된 왕성의 문지기다웠다.

그동안 봐온 경비병들과는 확실히 격이 달랐다.

내 눈앞의 사내는 기사 못지않은 분위기를 풍긴다. 나는 감히 내 목에 창을 겨눈 게 화가 났지만 이런 일로 문제를 일으키고 싶지는 않았다.

"초청을 받았소."

그의 눈이 나와 장 얀느의 전신 위아래를 훑고 지나갔다.

"누구에게?"

"제4공주 세이렌 폰 라이언스."

그는 엄청난 인물의 이름이 언급되자 땀을 뻘뻘 흘렸다.

"뭐, 뭐라?"

"가서 말이나 전달해 주시오. 로크라는 사람이 찾아왔다고."

나는 그렇게 말을 맺으며 시선을 돌리곤 반의 머리를 쓱쓱 쓰다듬었다. 이 녀석이 이렇게 큰일을 해낼 줄 몰랐다. 제4공주의 마음을 훔치다니. 장하다. 나는 방긋 웃는 얼굴로 품속에서 시장에서 산 간식을 먹여주었다.

녀석은 기품있게 과자를 씹어 먹었다.

"예쁜 놈."

나와 반을 잠시 이상한 눈초리로 바라보다가 그는 인상을 푹 쓰고는 말했다.

"잠시만 기다리시오. 만약 거짓이나 장난질이었다간 뼈도 못 추릴 게요."

"어련하겠소. 어서 말이나 전달해 주시오."

"보채지 마시오."

그는 나를 강하게 쏘아보다가 뒤로 고개를 돌려 소리쳤다.

"한 사내가 제4공주님을 만나러 왔다고 한다! 이름은 로크! 답을 듣고 오라!"

"예, 알겠습니다!"

군기가 꽉 잡힌 우렁찬 목소리가 들려왔다.

젊은 목소리였다.

나는 히쭉 웃다가 장 얀느에게 고개를 돌려 한 가지 부탁을 했다.

"안으로 들어갔다가 다음날 편지 하나를 전달해라. 장소는 우리가 묵었던 여관. 동료들에게 전해."

장 얀느가 궁금한 얼굴로 물었다.

"무슨 내용입니까?"

"이곳에서 며칠 머무를 생각이니 편안하게 기다리라고."

"혹시라도 브로크웨이가 나타나면……."

"어차피 녀석들이 노리는 건 나야. 내가 인질에 휘둘리지 않는다는 것 정도는 녀석들도 잘 알고 있다. 그리고 쉽게 당하진 않을 거다. 에아르웬이나 베놈이나."

내가 말을 마무리 지을 때쯤 황공스럽게도 그녀가 직접 나타났다.

다리 너머로 세이렌 제4공주가 걸어왔다. 워낙 조각 같은 얼굴에 아름다운 몸 균형을 가지고 있어서인지 빛이 나는 것 같았다.

그나저나 어디에 있었기에 이렇게 빨리 도착한 걸까. 나는 다리를 건너오는 그녀의 표정을 보고 고개를 갸우뚱거렸다.

'뭐야, 이거?'

그녀는 마치 우리를 기다리고 있었던 것처럼 보였다. 아무리 반을 만나고 싶었다고는 해도 뭔가 이상했다.

"따라오세요. 안내해 드리겠습니다."

보통은 이런 종류의 일은 아랫사람을 부리기 마련이다. 왜 직접 나온 걸까. 고작 한번 스친 것에 불과한 인연인데, 이런 식의 갑작스런 전개는 이해하기 어려웠다.

뭔가 불길한 느낌이다.

보통 사람도 아니고 왕족이다.

공주!

순수한 의도인지, 복잡한 계산이 감춰져 있는 것인지는 아직 알 수 없었다.

내가 여러 가지 생각을 머릿속에 그려 넣던 때에 그녀가 불쑥 입을 열었다.

"재미있는 구경 하나 하시지 않으시겠습니까?"

"구경?"

"저희 센트럴 왕성에서는 매년 출중한 실력의 기사를 추출하기 위해 작은 이벤트를 하나 하고 있습니다. 오늘은 좀 더 특별한 날입니다. 바로 300번째 배틀 스워드를 맞이했지요."

"300년의 전통이군요."

"그렇습니다."

기사복을 입은 그녀는 충분히 매력적이긴 했지만 너무 딱딱했다. 굳이 표현을 빌리자면 마치 하나의 기둥 같다.

단 한 치의 흐트러짐 없이 곧게 서 있는.

게다가 도무지 허점이 보이지 않는다.

마치 감정이 없는 기계 같았다. 하지만 그녀의 눈을 볼 때면 여러 가지를 느낄 수 있다. 그녀의 눈 속에 들어 있는 공허함과 슬픔, 그리고 배신을 당한 듯한 흔적.

워낙 처참하고 황폐했던 길을 걸어서일까. 다른 사람의 눈을 보고 흔적을 발견하다니…….

우습지만 이것도 능력이라면 능력인가?

뭐, 절반은 그저 추측일지도 모르지만 마치 나와 닮아 있는 듯한 저 회색 눈동자를 바라보자 동질감에 섬뜩한 기분에 사로잡히기도 했다.

"흐음."

공원을 지나 꽤 오랫동안 걸었다. 그리고 본 성과는 조금 떨어진 한 건물로 향했는데, 꽤 시끄러운 소리가 났다.

그것은 쇠와 쇠가 부딪치는 금속성이기도 했고, 기합 소리이기도 했다. 그리고 간간이 비명 소리도 들렸다.

이곳이 아마 그녀가 말했던 그 배틀 스워드라는 이벤트를 하는 곳인 모양이다.

안으로 들어가자 거대한 홀이 눈 안으로 물밀듯이 들어왔다. 그 크기도 크기지만 수많은 귀족이 그것을 지켜보고 있었으며, 생각보다 꽤나 격렬하게 시합이 치러지고 있었다.

그녀가 반에게 손짓하자 반은 가벼운 발걸음으로 걸어갔다. 주인 이외의 인간에게 너무 쉽게 다가가는 거 아니야?

나는 잠깐 걱정스러운 얼굴로 반을 보다가 고개를 돌렸다.

'지 인생이지. 내가 그것까지 참견할 순 없지. 나는 주인이 아니라 친구니까.'

내 생각인데 반은 보통 개가 아니다.

하만보르 정도는 아니지만 영물 쪽에 속하는 듯했다.

보통의 개보다 전투력도 강하며 배짱과 위엄, 그리고 자신감을 가지고 있다.

일전, 아무리 내가 버프해 주었다곤 해도 반 혼자서 호랑이를 상대하기란 만만치 않은 것이었다. 본래 개들은 호랑이 냄새만 맡아도 꼬리를 만다고 하지 않던가.

그런 면에서 보면 반의 용맹함은 크게 사줄 만한 것이다.

하지만 물론 그거 하나로 영물이라고 생각하는 것은 아니다. 단지 녀석이 사람의 말을 알아듣는다는 것, 그게 소름 끼칠 정도로 정확하다는 것이다.

"반."

내가 녀석을 부르자 놈이 귀를 쫑긋거렸다. 자신의 이름이 불렸기 때문이다.

귀여운 놈.

내가 이름을 부르자 바로 반응하며 고개를 돌려 내게로 다가왔다. 나는 세이렌을 보며 싱긋 웃었다.

"이런 좋은 구경을 시켜줬으니 저도 신기한 거 하나 보여드리죠."

그녀는 처음으로 회한이 짙은 깊은 눈에서 약간 맑은 빛을 띠기 시작했다.

"반, 지금부터 내 말을 알아듣는다면 고개를 끄덕여."

끄덕―

소름이 쫙 돋았다.

이토록 높은 지능을 가지고 있다니.

말을 가르친 적도 없다.

나는 혹시나 이것이 이클레이드가 반에게 심어준 마법 능력 때문이 아닐까 생각해 봤다. 하지만 반을 잡아 녀석의 몸을 마나로 찬찬히 훑어보았지만 마법력과 마나는 조금도 느낄 수가 없었다.

그것은 녀석이 바로 영물임을 나타내는 증거이다.

높은 지능지수와 용맹함을 갖춘 개는 흔하지 않다. 이 녀석은 베놈처럼 거의 사람 수준에 가깝지 않은가.

난 늘 보면서도 새삼 놀랐다.

세이렌는 과연 어떨까.

'크큭.'

역시 믿지 못하는 표정이다.

그녀의 눈은 반에게서 떨어질 줄을 몰랐다.

반에 대한 욕심이 더 강해질지도 모르겠군.

그래도 몇 개 더 보여줘 볼까?

"반, 만약 나를 위해 죽어줄 수 있다면 눈을 감고 고개를 숙여봐."

반은 시키는 대로 정확하게 행동했다.

무서울 정도로 영적인 능력이 발달된 동물이다.

인간과의 교감을 조금도 놓치지 않고 완벽하게 맞춘다.

세이렌 공주는 몸을 덜덜 떨었다.

반이 사랑스러워 죽겠다는 듯 활활 타오르는 눈으로 반을 꼬옥 품에 안았다.

"역시나 팔 수 없겠죠, 이런 고귀한 동물은?"

처음일 것이다.

태어났을 때부터 갖고 싶은 건 모두 가질 수 있었겠지. 게 다가 천상의 미모까지 겸비했으니 뭐가 아쉬울까.

그러나 그녀에게 반은 가질 수 없는 꿈이었다.

"거참, 친구라니까 그러네. 눈독 들이지 마십시오."

그녀는 가볍게 웃었다.

처음으로 웃는 것이다.

주변에 꽃이 있다면 단번에 모두 시들어 버릴 것 같은 웃음 이었다. 그 미소는 얼음처럼 차갑지만 지옥의 불길처럼 가슴 을 뜨겁게 만든다.

이런 그녀에게 구애를 하는 사람들이 적지 않을 것이다. 아 마도 그녀는 자신보다 강한 사람을 결혼 상대자로 찍어두고 있겠지.

자신보다 나약한 남자에게 어찌 자신의 몸과 마음을 바칠 수 있겠는가. 아내에게 있어 남편이란 존재는 왕이자 군주이 다.

이것이 현재 보통 여인들의 대륙적 정신 율법이었다.

하지만 보통의 범주에서 벗어나는 세이렌 공주는 어떨지

모르지. 본래 사람이란 한 치 앞도 내다볼 수 없는 신비한 동물이니까.

나는 그녀의 뒷모습을 살짝 보다가 약간 놀랐다.

'친화력이 상당하다.'

아까는 우스갯소리로 아무에게나 다가가다니 하며 맘속으로 톡 쏘아주었지만 반이 나에게처럼 아무에게나 마음을 열지는 않는다.

조금만 악한 감정이나 살기를 느끼면 바로 이를 드러낸다.

본성!

꿈틀거리는 피를 주체하지 못하는 것이다.

그 용맹성을 어찌 감출 수 있을까.

게다가 자신이 마음에 들지 않으면 쳐다보지도 않는 게 반이다.

그래서일까. 도도한 게 역시 명품의 피가 흐르는 녀석이다.

그런 놈이니 강인함의 상징을 좋아할 것만 같은 그녀가 반에게 반하지 않을 수가 있을까.

사실상 그것은 애초에 거의 불가능에 가까운 것이었다.

세이렌 공주는 반을 바로 옆에 찰싹 붙인 채로 우리를 VIP 좌석에 배치시켜 주었다.

'반 덕분에 왕성 구경을 다 하는구나.'

어차피 바이슨 왕국에 가면 왕궁을 구경할 수 있겠지만 지금처럼 아무리 바이슨과 우호국이라고 해도 이렇게 성문 안으로 들어온 것만으로도 굉장히 가치를 줄 수 있었다.

내 나이 아직 스물에 이르지도 않았다.

야망을 꽃피우기 전에 우선은 경험이 필요하고 인간관계가 필요한 시점이었다.

무리한 욕심을 버리고 천천히 과정을 밟아야 한다.

그 때문에 내 눈은 번쩍거렸고, 어떠한 이야기라도 다 들어놓기 위해 귀를 활짝 열었다.

정보는 곧 활동력을 의미한다.

내가 얼마만큼 움직일 수 있는지의 좌표가 있다면, 그 범위는 내가 어떠한 정보를 가지느냐에 따라서 광범위해질 수도, 아주 좁게 축소될 수도 있다.

"시작하네요."

세이렌 공주가 배치해 준 자리는 연무장이 아주 잘 보이는 곳이었다. 그리고 때마침 기사와 기사의 맞대결이 시작되고 있었다.

캉캉! 카앙—!

지금의 대결은 본선.

기사들의 검 실력은 상당했다. 모두 높은 자리를 노리는 것인지 눈에 핏줄이 서 있었다. 이 대회만큼은 친구건 동료건 모두 벗어던지고 오직 실력 향상과 높은 자리를 위한 길을 향해 최선을 다하고 있는 듯했다.

"안녕하십니까?"

갑작스런 인사.

나는 자연스레 고개를 돌렸다. 그곳엔 에메랄드 색 머리칼의 미남자가 서 있었다. 얼굴은 약간 긴 편이며, 상당히 뚜렷한 이목구비로 얼굴이 수려했다. 그런 그는 얼굴에 밝은 미소를 띠며 나를 보고 있었다.

세이렌 공주의 얼굴이 아주 미묘하게 일그러졌다.

"누구신지?"

그는 공손하게 자신을 소개했다.

"저는 세이렌 폰 라이언스 제4공주님의 약혼자 이그나스 존 레본느 트레존세라고 합니다."

"아, 처음 뵙겠습니다. 저는 로크라고 합니다."

그는 고개를 갸웃거렸다.

"성이 없으십니까?"

나는 엷게 웃었다.

"평민이니까요."

내가 그 말을 내뱉자마자 사내, 아니, 이그나스의 얼굴이 와락 일그러졌다. 그는 보기 좋던 미소를 지우고 세이렌 공주를 노려봤다.

"이게 어떻게 된 일이오?! 평민을 이런 큰 귀족 행사에 데려오다니, 제정신이란 말입니까?!"

그녀는 불편한 얼굴로 이그나스를 뚜렷이 응시했다. 그녀의 눈빛에는 조금의 물러섬도 없었다. 여차하면 검이라도 꺼낼 것 같은 아이러니한 상황이다.

보통의 공주와는 조금 다른 터프한 공주이다.

"제가 원해서 초청했어요. 그게 귀족이든 평민이든 무슨 상관이죠?"

그는 이마에 손을 짚고 최대한 화를 삭이는 듯 보였다. 이어 차분하게 입을 열었다. 이미 장내의 모든 시선이 우리에게로 쏠려 있었다.

검을 부딪치던 소리도, 크게 응원하던 사람들도 모두 우리에게로 말이다.

'피곤하군.'

나는 머리가 어질어질했다.

이런 식으로 주목받게 되면 관계를 쌓는 것에 있어 여러 가지로 장애가 된다. 우선은 상황을 지켜보기로 했다.

"흥! 보나마나 길거리에 돌아다니는 평민 하나를 주워왔겠지. 내가 그렇게 싫습니까, 세이렌?"

공주라는 호칭을 버렸다.

이그나스도 화가 날 대로 났다는 거다.

뭐, 대충 그림이 그려진다.

아마 국제적인 문제로 세이렌 공주는 어쩔 수 없이 이그나스와 약혼하게 되었고, 그것이 탐탁지 않은 그녀의 아주 귀여운 반항 정도로 봐야 할 듯싶었다.

"목소리가 크십니다. 이 이야기는 나중에 하도록 하죠. 지금 우리 때문에 행사가 지연되고 있지 않습니까."

이그나스가 어금니를 바드득 물며 나를 쳐다봤다. 그리곤 비열한 조소를 입에 걸며 나를 조롱했다.

"이봐, 얼뜨기 평민. 넌 세이렌 공주가 널 왕성 내로 초청했으니 너에게 특별한 마음이 있는 거라고 착각하고 있겠지, 이 더러운 피를 가진 자식아? 그런 상상을 품은 것 자체로도 귀족 모욕으로 피칠을 해야 될 일이야. 아름다운 얼굴과 귀족적인 냄새, 그리고 은빛 갑옷을 입은 그녀가 너에게 다가와 주니 얼마나 심장이 벌렁거려?"

"그만 하시죠."

이그나스의 눈이 도끼눈으로 변했다.

그는 완전히 흥분해 있었다.

"뭐?! 평민 주제에 감히 귀족에게 말대답을 해? 이 쓰레기 같은 놈아, 네깟 놈이 감히 내게?!"

그가 이내 허리춤에서 검을 반쯤 뽑았을 때, 세이렌의 낭랑한 목소리가 귀를 파고들었다.

그것도 소름 끼치는 살기를 동반하고.

"더 이상의 지나친 관심은 용납하지 않겠습니다."

"어이, 세이렌 공주님. 당신 너무 잔인하다고 생각하지 않아? 저런 평민들은 말이야, 우리 같은 대귀족들이 조금만 마음을 열어줘도 자신이 세상 모든 것을 가진 것마냥 기뻐하는 벌레들이라고. 그런데 일국의 공주인 사람이 평민에게, 그것도 처음 보는 인간을 왕성 내로 초청하다니. 저놈이 뭐라 생각하겠어? 너와 신분을 넘나드는 사랑을 꿈꾼다는 건 생각지 못하는 것인가?"

"누구를 데려오든 그건 제 마음입니다."

"하!"

이그나스는 기가 막힌 듯 세이렌 공주를 뚫어져라 쳐다봤다. 마치 거대한 도마뱀을 보는 것 같은 시선이었다.

"돌아버리겠군. 이봐, 세이렌. 네가 이런다고 해서 나와의 결혼을 피할 수 있는 건 아니야. 난 반드시 너와 결혼할 것이거든?"

"작은 일에 너무 민감하신 것 같습니다. 그만 고정하시고 자리로 돌아가세요."

철저히 무시당한 느낌에 이그나스의 온몸에서 열기가 피어올랐다. 당장 주위 공기가 폭발할 것처럼 달아올랐다.

그가 세이렌 공주에게 걸어가 작게 말했다.

나는 은연중 마력을 흘려 그 이야기를 들어보았다.

순수한 호기심이었다.

"당장 저 탐욕스런 돼지 평민을 갖다 버리고 오지 않으면 내게 시집오는 것을 평생 후회하게 해주겠어."

그녀는 피식 웃었다.

"보통의 여자라면 당신에게 굴복당하고 힘든 삶을 살아가겠죠. 하지만 저는 당신보다 강하답니다. 더군다나 조금의 감정도 없는데 베어버리는 것도 어렵지 않죠."

세이렌 공주는 무서울 정도로 시린 눈동자로 이그나스를 보았다.

"쥐도 새도 모르게 죽여 버리고 명분으로 덮어버리면 그만. 자신있으면 저를 구속해 보세요."

"이, 이익!"

듣다 보니 이거 완전히 내 신세가 말이 아니군.

그나저나 장 얀느는 내 옆에서 왕궁을 들어온 이내 한마디도 하지 않았다. 소름 끼치게 똑똑하고 인내심이 강한 녀석이다. 그저 상황을 살필 뿐이다.

내게 무리가 될 수 있는 상황에 있어서는 참견하지 않는다.

나는 장 얀느만 들을 수 있는 작은 목소리로 물었다.

"어쩔까?"

"분명 이그나스라는 사람의 말이 틀린 건 아닙니다. 로크 님이야 분명 생각이 없으셨겠지만 만약 다른 평민이었다면 분명히 목적을 가지고 찾아왔을 것입니다. 이것은 세이렌 공주의 잘못입니다."

"흐음……."

나는 턱을 괴고 고개를 끄덕였다.

"하지만 나야 상황이 다르지. 세이렌 공주를 두둔할 수밖에 없어. 그래야만 이곳의 고위 관계자들에게 접근할 수 있거든. 그래도 네가 일러준 말은 내게 생각의 영역을 크게 넓혀주었다. 산에서 책만 읽다 와서인지 실제적인 인간 경험의 폭이 좁아. 그래서 생각도 짧지. 네가 많이 가르쳐 줬으면 한다."

장 얀느는 크게 고개를 숙였다.

"예."

나는 자리에서 벌떡 일어났다.

어제 잠을 잘못 잔 것인지 어깨가 뻐근했다. 나는 여기저기를 주무르며 걸어갔다. 나를 발견한 이그나스가 어이를 상실한 눈빛으로 나를 쳐다본다.

"지금 당장 내 눈앞에서 사라져라. 안 그럼 네놈의 목을 갈라 돼지 먹이로 줘버릴 테니."

"로크님, 자리에 앉아 계세요."

"뭐? 로크님? 크크큭! 크하하하하!!"

광소를 터뜨리는 그를 보면서 나는 약간 불만족스러운 얼굴로 입을 열었다.

"대체 상황이 어떻게 돌아가는 건진 잘 모르겠습니다만 그만 하고 자리에 앉으시는 게 어떻겠습니까. 이곳에서의 행사가 모두 멈춰 버려서 구경을 할 수가 없군요."

분명한 도발이다.

이유있는 도발. 역시 단순한 그는 흥분을 가라앉히지 못했다.

"이 돼지보다 못한 더러운 평민이 감히?!"

나는 그의 말을 끊었다.

"왜 사람을 돼지에 비유하십니까? 저는 크게 살이 찌지도 않았고, 많이 먹는 편도 아닙니다."

나는 최대한 그를 비하하지 않는 쪽으로 그를 자극했다. 그러나 그 자극이 꽤 강렬했던지 그의 눈에서 살기를 읽었다. 차분하게 가라앉은 그의 눈동자는 이미 나를 죽이기로 마음먹은 것임을 알려주고 있었다.

그것을 눈치 챈 세이렌 공주가 나를 구한답시고 검을 꺼내 내게로 거누었다.

"더 이상의 행동은 아무리 제가 초청한 손님이라고 해도 용서할 수 없습니다. 그만 자리로 돌아가세요."

나는 손가락으로 세이렌 공주의 검날을 손가락으로 튕겼다. 그 즉시 뒤에서 온몸을 갑옷으로 무장한 경비병들이 달려 왔다. 세이렌이 손을 들어 그들의 접근을 중지시켰다.

나는 차분한 눈동자로 이그나스를 응시했다.

"왜 같은 인간인데 평민과 귀족으로 신분이 엇갈리는 것입니까? 당신들은 그래야만 세상의 균형이 유지된다고 믿고 계십니까?"

"돼지 기생충의 궤변 따윈 듣고 싶지 않다. 더 이상 주제 넘는 말을 했다간 베어버릴 테니 그만 그 더러운 주둥이를 가리고 집으로 돌아가. 마지막 기회다."

머리를 쓸어 넘기며 그는 아량을 베푸는 척했다. 속에서 배알이 꼴려 참을 수가 없다.

"한 가지만 물어봅시다. 당신의 직급이 무엇입니까?"

"나? 나는 제4공주와 약혼이 잡혀 있는 쟈렌 제국의 제2왕자다. 네깟 놈은 평생 동안 올려다보기도 버거운 위치지."

나는 가볍게 비웃었다.

"왕자 씩이나 되는 사람이 이리 그릇이 작다니, 쟈렌 제국의 미래가⋯⋯."

아주 작은 목소리로 말했지만 그는 내 목소리를 들은 모양이다.

"이 죽일 노옴—!"

이그나스의 검이 내 목을 향해 날아왔다. 엄청난 빠르기로 날아왔지만 그걸 세이렌 공주가 쳐냈다.

까앙—

"신성한 배틀 스워드에서 이런 식의 피를 볼 수는 없습니다."

얼마나 화가 나는지 푸르륵거리는 게 꼭 흥분한 말 같았다.

"로크님은 아쉽지만 이만 돌아가시는 게 좋겠습니다."

나는 깊게 숨을 들이마셨다가 내뱉었다.

"평민 중에도 귀족 못지않은 평민이 있지요."

이그나스와 세이렌의 눈빛이 흔들렸다.

"다시 인사드리겠습니다. 저는 친서를 전달하기 위해 바이슨 왕국으로 향하고 있는 체계의 마법사 로크입니다."

장내의 숨죽이고 지켜보던 이들이 모두 일제히 강력한 충격에 휩싸인 듯 경악을 감추지 못했다.

Chapter 18
악령

1

땀을 비 오듯 흘리며 이그나스는 어쩔 줄 몰라 했다.

바이슨 왕국의 힘은 센트럴과 쟈렌의 힘보다 훨씬 강력했다. 그런 곳으로 대마법사의 전령을 전달하러 가는 내게 막말을 했으니 그 말을 어떻게 주워 담을까.

그러나 그는 아직도 자신의 잘못을 시인하지 않고 지금의 상황을 벗어날 궁리만을 하고 있었다. 그것도 아주 안 좋은 쪽으로 희망을 실으며.

"흥! 얼마나 대단한 마법사인지 한번 보자꾸나. 배틀 스워드에 너 역시 참석해라. 본디 기사들만의 이벤트이지만 내가 너를 무시한 만큼 실력을 발휘해 봐. 물론 나도 참석한다."

"이그나스!"

세이렌 공주의 말을 철저히 무시하며 그는 내게 대답을 강요했다.

"어쩌겠는가?!"

"싫습니다."

예상치 못했던 답인 듯 그가 입을 쩍 벌렸다.

내가 받은 모욕이라 해봐야 별것 아니다.

지금 저놈의 수치만 하겠는가.

"내가 왜 당신과 대결해야 하죠? 전 그냥 오늘 있었던 일을 바이슨 국왕 전하께 전달해야겠습니다. 쟈렌 제국 왕자의 그릇을 확인했고, 이런 식으로 한 사람을 몰아세움에도 아무렇지도 않게 방관한 센트럴 왕실이나… 모두 실망이군요."

나는 가볍게 웃으며 옆에 놓아둔 로브를 걸쳤다.

"어, 어딜 가느냐?!"

"재미있는 분이시군요. 아까는 가라고 성화더니 이제는 간다니 붙잡으시는 겁니까?"

그는 아마 내게 사과할 수밖에 없을 것이다.

지금 나를 그대로 돌려보내고, 내 말이 바이슨 국왕의 귀로 들어간다면 쟈렌 제국의 이미지가 바닥에 떨어지는 것은 자명한 일.

그 일로 꼬투리 잡혀 외교에 있어 얼마나 많을 것을 잃을지는 차마 상상도 하기 싫을 것이었다. 게다가 성정이 불같은 자신의 아버지가 이 일을 알게 된다면 뼈도 못 추리리라.

"내, 내가 했던 말을 거두겠다. 미안하다……."

"뭐가 뭔지 모르겠군요. 평민이라는 말 한번 했다가 온갖 치욕스러운 말을 들었는데, 이제 집에 간다니 대뜸 사과를 하지 않나. 당신, 대체 뭐 하는 사람입니까?"

내 직설적인 조롱에 그는 얼굴이 붉으락푸르락해지며 낭장이라도 폭발할 것처럼 변했다. 아무리 미남의 얼굴이라도 이 정도 되자 다시 보기 힘든 추악한 외모로 변했다.

"잘못했으니 한번만 봐달라 하지 않느냐!"

"초면인 사람에게 반말을 하질 않나, 사과를 이딴 식으로 하질 않나, 당신을 보니 쟈렌 제국의 그릇까지도 알 만합니다."

"이, 이노옴!"

이그나스의 노호성이 건물 내부를 쩌렁쩌렁 울렸다. 속이 울렁거릴 정도로 그의 외침은 강렬했다.

겉만 번지르르한 게 아니라 실력까지 있었다. 다만 감정과 인격적으로 덜 성숙되었을 뿐.

"내 사과를 했음에도 그것을 받지 않고 나의 제국마저 욕하다니!"

그가 장갑을 벗어 내 얼굴에 던졌다. 내가 막 그 하얀 장갑을 쳐냈을 때, 그가 검을 스르릉 빼내며 외쳤다.

"네놈의 그 입을 검으로 틀어막아 격추된 내 명예를 되찾겠다!"

나는 큭큭거리며 웃었다.

"이미 내뱉은 말은 주워 담을 수 없습니다. 마치 쏟아진 물처럼 말이지요. 그런 간단한 상식도 모르다니, 쯧."

이로써 센트럴과 쟈렌은 내게 치욕스러운 약점을 하나씩 잡힌 셈이다. 쟈렌은 자신의 제국을 먹칠한 셈이 되었고, 센트럴은 세이렌 공주가 나를 데려온 이유와 대처 등, 모두 내게서 이미지가 반감될 수 있는 조건을 아주 크게 저당 잡힌 꼴이 되었다.

"아무리 네놈이 마법사라고는 하나 신분은 평민이다! 아직 계급이 상승되지 않았어! 나는 네놈을 귀족 모욕죄로 처형하겠다!"

스르릉—

이그나스의 온몸에서 하얀 연기가 피어올랐다. 검에는 푸르스름한 기운이 맺혔고, 눈에서는 감당할 수 없는 투기가 흘러나왔다. 마치 빙산이 깨지는 것 같은 공포스러운 위세를 드러냈다.

등을 훑고 지나가는 바람이 지나치게 서늘했다.

정신적 성숙이 낮다고는 해도 전투력은 놀라우리만큼 높았다. 투기만으로도 사람을 죽일 수 있을 만큼의 엄청난 살기였다.

그의 등 뒤로 악마의 날개가 돋아났다.

눈에서 폭풍이 몰아쳤다.

그의 잘 단련된 몸에서 악귀의 투기가 풀풀 흘러나왔다. 그것을 지켜보지 못하고 이내 대부분의 귀족들은 비명을 지르며 달아났다. 더 이상 지켜보다간 심장이 마비될 것 같아서였다.

하지만 훈련된 기사들은 잔뜩 신상한 채로 이그나스를 지켜보았다. 그의 검은 자신들의 눈높이를 한 단계 더 높여줄 것이다. 때문에 온몸이 바들바들 떨리면서도 그를 지켜보는 것이다.

한 단계 더 높은 실력을 가질 수 있기 위해 부단히 노력하는 그들의 눈은 이그나스에게로 집중되어 있었다.

무겁고 어두운 기세.

확실히 이그나스는 강하다.

그의 검에서 아릇한 피 향이 맡아졌다.

그동안 검에 묻은 피가 영혼을 부르며 그 귀신의 울부짖음을 토했다.

검의 울음!

그것은 소름 끼치게 전의를 상실하게 만든다.

그가 당장이라도 온 세상을 찢어발길 것 같은 기세로 달려들었다. 뛰어드는 순간 그의 무형의 어두운 날개가 쫙 펼쳐졌다. 움직일 수 없게끔 만드는 강력한 기운.

그는 이미 버서커 상태.

그가 질풍처럼 달려왔다.

나는 마력을 끌어올렸다.

따로 준비할 것 없이 공격 마법을 구현했다.

부우웅—

마나가 응집되며 그 파괴력이 압축된 상태가 되었다.

매직 미사일과 파이어 볼이 단숨에 이그나스를 집어삼킬 듯한 기세로 날아갔다. 마나가 깃든 그의 검은 가볍게 매직 미사일과 파이어 볼을 잘라냈다.

물체가 아닌 형태를 잘라내는 것은 마나가 깃들어 있기에 가능한 것이다. 델 키오르와 같은 소드 마스터 급은 아니었지만 검에 마나를 실을 수 있다는 자체만으로도 충분히 높은 검사임을 인정받는다.

나는 그의 실력에 대응하는 마법을 캐스팅했다.

그렇다고 해서 너무 강한 마법을 쓸 수는 없었다.

죽어버리면 곤란하니까.

제압하는 마법을 선택하는 것은 상당히 괴로운 일이었다.

나는 마법체계 공식을 빠르게 읊었다.

데몬의 규율 아래 벨제부브의 삼각 고리스의 율탄 법칙이 사각적 흐름에 융합된다.

피를 잠식하는 악마의 이빨이여,

어둠을 집어삼키는 뜨거운 식탐이여,

그 차디찬 죽음의 늪으로 유도하나니,

내게서 그 지옥의 현실을 창조할 힘을 부여해다오.

"530체계. 다크 스웜(Dark Swarm)!"

가슴이 당장 입 밖으로 튀어나올 정도로 뜨겁고 빠르게 뛰었다. 심장이 터질 것 같다. 500체계가 넘어가니 긴장감에 목이 타고 온몸이 활활 불타오를 것만 같았다.

내 두 눈동자는 이미 경계를 벗어났다.

벨제부브라는 악마의 눈이 자리 잡았다. 온몸이 저릿저릿해지는 흉흉한 악기가 온몸을 사로잡았다. 나마저 어둠의 블랙홀로 빨려 들어갈 것만 같았다.

어둠의 돌풍이 불었다.

덜덜덜.

몸이 부들부들 떨렸다.

감당할 수 없는 거대한 마력의 발현 때문이다.

그 엄청난 힘을 견디지 못하는 듯 구경하던 세이렌 공주는 이미 뒤로 멀리 밀려난 상태였고, 이그나스는 절대적인 공포에 사로잡혀 꼼짝도 못했다.

하늘에서 우르릉 번개가 쳤다.

맑은 날씨였는데 먹구름이 몰려오고 우레가 쳤다.

그야말로 대마법!

와장창!

유리창이 깨지고 바닥이 흔들렸다.

땅바닥에서 검은 연기가 스멀스멀 올라왔다.

이것이 바로 530체계급의 마법, 다크 스웜이다.

근래에 내가 가장 욕심냈던 마법체계이다. 그런데 이것이 가능해졌다. 냉철한 이성을 버리고 타오르는 감정으로 흑마법을 개방했더니 무리없이 펼쳐진 것이다.

이게 진리인지는 알 수 없다.

다만 다크 스웜을 쓸 수 있다는 사실에 미칠 듯이 기뻤다. 적당히 컨트롤할 수 있을지는 미지수였지만, 이미 나는 500체계를 넘어섰다.

600체계에 육박하기만 한다면 델 키오르도 내게 그리 무서운 상대가 되지는 않을 것이다.

"으, 으어어, 으어어!"

검은 연기, 아니, 다크 스웜을 본 이그나스는 오줌을 질질 흘렸다. 너무 큰 공포에 눈물과 콧물이 본능적으로 흘렀다. 그것이 곧 자신의 몸에 스며들 생각을 하니 눈앞이 캄캄하고 정신이 아득해진 것이다.

내가 손을 휘젓자 다크 스웜이 눈 깜짝할 사이에 이그나스의 몸에 모여들었다.

"다크 스웜!"

피부로 느껴진다.

그 강대한 마력을 온몸으로 느낄 수가 있었다.

내가 마력을 공급하는 즉시 다크 스웜은 기다렸다는 듯이 이그나스를 먹어치울 것이다.

마치 살아 있는 것 같았다.

숨을 쉬고 눈을 빛내는 악령!

나는 나도 모르게 너무 흥분해 버린 탓에 그만 마력을 공급할 뻔했다. 마력이 깃드는 즉시 그의 몸은 으스러지고 깨지며 영혼마저 파멸될 것이다.

정신을 퍼뜩 차리지 않았다면 나는 마성에 사로잡힐 뻔했다. 되씹을수록 위대하고 공포스러운 마법이다.

이 소름 끼치게 매력적인 마법을 자주 쓰고 싶다는 생각이 불현듯 들어 나는 내 자신에 대해 소름이 끼쳤다.

츠츠츠츠!

내가 마력을 거두어들이자 검은 연기는 점차 옅어지더니 이내 사라졌다. 하지만 한번 변한 날씨는 쉽게 바뀌지 않았다. 내가 마법을 마치자 마치 그들은 지옥에 갔다 온 표정이었다.

거의 혼이 빠졌다.

아니, 영혼이 갈기갈기 상처 입은 것 같았다.

살이 쭉 빠져 볼이 움푹움푹 패었다.

엄청난 정신적 데미지.

나조차도 놀랄 정도로 엄청난 마법이었다.

이것이 바로 체계의 마법.

마법의 변환과 동시에 강력한 힘을 발휘하며, 흑과 백을 가리지 않는 무한한 발전성을 가지고 있다.

나는 다시 한 번 느꼈다.

'이클레이드는 정말 무서운 사람이다' 는 것을.

2

이그나스는 결국 창백한 얼굴로 혼절했다. 경비병들이 내 눈치를 보며 그를 치료하기 위해 데려갔다.

거의 얼이 빠져 있던 기사들은 배틀 스워드고 뭐고 넋이 나간 상태로 패닉에 빠졌다.

그들이 상태가 좋지 않은 만큼 나도 그다지 좋은 상황이 아니었다. 워낙 큰 체계를 쓰다 보니 몸이 영 좋지 않았다.

세이렌 공주는 내가 이런 큰 마법을 썼음에도 나를 어려워하지 않았다.

처음과 같이 포커페이스의 무표정한 얼굴, 그리고 일정 상태의 거리감을 두며 나에게 걸어왔다.

"휴식처로 안내해 드리겠습니다."

나는 말없이 고개를 끄덕였다.

장 얀느와 반도 나를 뒤따랐다. 그런데 나를 뚫어져라 쳐다

보는 장 얀느의 시선이 따끔했다. 나는 세이렌 공주의 뒤를
따르며 한마디 했다.

"뭘 그렇게 쳐다보느냐?"

"이렇게 대단한 실력을 가지고 계신지 미처 몰랐습니다."

"나도 내 마법이 강해지는 속도를 보고 있자면 놀라워."

"제게도 그 마법을 가르쳐 주실 순 없으십니까?"

장 얀느의 말에 나는 웃음을 터뜨렸다.

나는 동료에게 할 말이 있으니 세리엔 공주에게 조금 앞서
가라고 말했다. 그녀는 곧바로 고개를 끄덕였다. 그녀와 적당
히 거리가 생겼을 때에야 나는 입을 열었다.

"이봐, 네가 복수하고자 하는 대상이 바로 브로크웨이다.
그런데 네가 체계의 마법을 배운다고? 지금껏 이클레이드가
마법을 가르친 이래 체계의 마법을 몸으로 받아들이는 경우
는 극히 드물어. 내가 어떻게 브로크웨이가 되지 않고 정상적
으로 마법을 펼치는지는 모르겠지만, 네가 브로크웨이가 될
가능성은 엄청나게 높다고 할 수 있지. 괴물이 되고 싶은가,
장 얀느?"

그가 입술을 꽉 깨물었다.

"강해지고 싶습니다."

"왜?"

"복수를 위해서도 그렇고, 제 자신을 위해서도 말입니다.
약하면 서러움을 받는 세상입니다. 로크님만 해도 그렇지 않

습니까. 마법사라고 밝히기 이전에 귀족들에게 받은 그 치욕 말입니다. 그게 입증하고 있습니다."

"좋은 생각이다. 하지만 그 방법을 찾는 것은 네 자신이 해야 한다. 남에게 의지해서는 안 되는 거야."

그는 더 이상 입을 열지 않았다.

잠시 후, 세이렌 공주가 안내해 준 방 안으로 들어갔다.

그곳은 굉장히 넓고 고급스러운 방이었다.

초호화에 가까운 인테리어.

이건 거의 예술품 속에 파묻혀 있는 느낌이다. 이런 사치를 별로 좋아하지 않는 듯 장 안느는 무표정한 얼굴로 방 안에 있는 책을 읽었다.

"그럼 쉬도록 하세요. 하실 말씀이 있으시면 문밖의 시녀에게 시키시면 됩니다."

"감사합니다."

내가 싱긋 웃으며 고개를 숙이자 세이렌 공주는 표정을 굳혔다.

"죄송합니다."

"뭐가 말입니까?"

"오늘 있었던 제 무례를……."

"아, 괜찮습니다. 신경 쓰지 않으셔도 됩니다."

"저……."

그녀는 한참을 머뭇거리다가 이내 입을 열었으나 말끝을

계속 흐렸다. 말을 꺼내기가 괴로운 얼굴이었다.

"아, 바이슨의 국왕님께 이런 일을 고자질할 정도로 촐싹 맞은 사람은 아닙니다. 그 점에 대해선 걱정하지 마세요."

"감사합니다."

그녀는 예의 극한을 표현했다.

공주가 평민에게 머리를 숙였다.

비록 크진 않지만 그녀가 고개를 숙였다는 의미는 굉장한 것이었다.

"한 가지 부탁을 드려도 될는지요."

그녀가 커다란 검은색에 가까운 은빛 눈으로 나를 보았다.

내제된 힘이 느껴진다. 문득 그녀의 실력이 궁금했다.

어느 정도의 검사일까?

여자의 몸으로 거의 마스터의 경지에 이른 것 같은 느낌이 드는 것은 불가사의할 정도였다. 그녀에게서 델 키오르 못지 않은 분위기와 냄새가 풍겼다.

"제가 도와드릴 수 있는 거라면 기꺼이 도와드리겠습니다."

"왕실 파티가 열린다고 하던데, 저도 참석할 수 있을까 해서 말입니다."

예상치 못했던 부탁인 듯 그녀는 놀란 얼굴이 되었다.

나는 일부러 얼굴을 흐렸다.

"아, 평민은 참석할 수 없나 보군요?"

"아, 아닙니다. 미처 옷을 챙겨오지 않으셨으니 준비해 드리도록 하겠습니다."

나는 기분 좋게 웃었다.

"아, 그래 주시겠습니까?"

"왕실 파티에 대한 일정은 내일 알려 드리겠습니다. 우선 오늘은 피곤하실 테니 편안히 쉬십시오."

숨 막히게 딱딱한 그녀의 말을 들으며 나는 어색하게 고개를 끄덕였다.

"알겠습니다."

"그럼."

그녀가 나간 뒤 나는 침대에 벌렁 누웠다. 피곤함에 절어 온몸이 납덩어리처럼 무거웠다.

그런데 저 여자는 왜 이렇게 딱딱해?

어릴 때부터 검을 잡아서 그런가?

완전히 말투나 행동이 남자 같잖아? 재미있군.

나는 침대 옆에 작고 높은 테이블 위에 놓여 있는 주전자를 들어 바로 입으로 들이부었다.

벌컥벌컥 마시느라 입가를 넘어 목을 타고 물이 주르륵 흘렀다. 소매로 입가를 훔치며 나는 종이 한 장을 찾아 그곳에 글자를 적었다.

대충 휘갈겨 쓴 뒤 몇 번 접어 그것을 장 안느에게 주었다.

"일전 말했던 편지다. 갖다 주고 와."

"네, 그럼 다녀오겠습니다."

"편지를 전달하고 반드시 돌아와라. 너에게 할 이야기가 있으니."

장 얀느가 언제나처럼 깍듯하게 고개를 끄덕인 뒤 방을 나갔다. 그가 나가고 무거운 침묵이 감돌았다. 나는 천장을 바라보며 천천히 눈을 감았다.

눈이 그 어느 때보다 무거웠다.

나는 어느새 침침해진 눈을 감으며 잠에 빠져들었다.

*　　　*　　　*

장 얀느는 왕실 파티가 시작되는 날 아침에야 도착했다. 그는 무엇 때문인지 안색이 좋지 않았다. 그리고 식은땀도 흐른다.

지금이 별로 더운 날씨는 아닌데.

"왜 그렇게 땀을 많이 흘려?"

"에아르웬이 실종되었습니다."

나는 벼락을 맞은 느낌이다.

"무슨 소리야?"

"말 그대로입니다."

"그냥 외출한 것일 수도 있지 않은가?"

"제가 처음 로크님의 편지를 가지고 도착했을 때부터 그녀는 보이지 않았습니다. 그리고 지금까지……."

나는 눈을 하얗게 번쩍였다.

"찾아내. 그리고 혹시 모를 단서를 발견하게 되면 내게 전해주는 거 잊지 말고."

"알겠습니다."

그는 말을 마치고 빠르게 나갔다.

혼자 파티에 나가기는 부담스러워 장 얀느와 동행할 생각이었는데 일이 이렇게 되어버렸으니 난감했다. 그래도 해야 할 일이고, 미룰 수도 없는 일이다.

나는 시녀를 불렀다.

내 목소리를 듣고 그녀가 빠르게 달려왔다.

아주 어려 보이는 시녀다.

아직 미숙한 건지 경험이 별로 없는 것인지 그녀는 벌벌 떨었다. 혹시 그 짧은 시간 동안 소문이 퍼진 건가?

나는 그녀에게 물었다.

"어제 배틀 스워드에서 내가 했던 행동이 이미 소문이 퍼졌느냐?"

그녀가 바들바들 떨며 어쩔 줄을 몰라 했다.

"저, 저는 아무것도 모릅니다."

"나는 마법사다. 그것도 아주 무서운. 거짓말을 했다간 네 새빨간 혀를 뽑아낼 테다."

내가 겁을 주자 그녀는 눈물을 퍽 터뜨렸다. 내가 살기를 뿌리자 그녀는 목 놓아 울지도 못했다.

"말해라. 소문이 퍼졌느냐, 안 퍼졌느냐?"

"사, 살려주, 주세요. 흐흑흑!"

"사실대로만 말하면 목숨은 보장해 주마. 소문이 퍼졌느냐, 안 퍼졌느냐?"

"저, 저… 는 그저 시녀들이 이야기하는 것을 드, 들었을 뿐입니다. 저, 정말 자세히는 모릅니다. 정말입니다!"

나는 살기를 거둬들였다. 귀찮다는 얼굴로 손을 저으며 말했다.

"됐다. 그만 옷을 가져오너라. 오늘이 왕실 파티가 있는 날이지?"

그녀는 놀란 얼굴로 눈을 끔뻑거리다가 대답했다.·

"…예."

"뭘 그리 빤히 보느냐?"

"죄, 죄송합니다."

"내가 너를 잡아먹기라도 한다더냐?"

그녀는 대답하지 않았다. 적어도 '그럴 리가요', 혹은 '아닙니다' 라는 대답이 나와야 보통이다.

침묵은 곧 긍정.

나는 얼굴을 찡그렸다.

도통 눈치를 모르는 시녀였다.

"옷을 가져와."

그녀는 미리 준비해 둔 옷장에서 옷을 꺼내왔다. 그녀가 건네준 옷은 검은 정장이었다. 보석이 치렁치렁 달려 있어 나는 크게 거추장스러운 장식물들은 떼어냈다.

어제 몸의 치수를 재더니 몸에 완벽하게 맞는 옷을 제작했다. 덕분에 아주 마음에 들었다. 나는 흡족한 얼굴로 거울을 몇 번이나 보았다.

"아주 잘 어울리십니다."

"그래? 말이라도 고맙군."

"아니에요. 정말이에요. 정말 잘 어울리십니다."

정말 어울리는 건지, 방금 전의 압력 때문에 겁을 먹은 것인지 아무튼 아부가 대단했다.

하지만 나 역시 내 모습에 감탄했다.

옷이 날개라 했다.

귀티가 줄줄 흐르는 옷을 입었더니 약간의 이질감은 있었다. 그러나 고급 소재라 그런지 확실히 천 조각의 느낌이 상당히 괜찮다.

때문에 난 신비한 기분에 사로잡혔다.

한껏 편안해진 얼굴로 나는 숨을 가다듬었다.

"왕실 파티는 언제부터인가?"

"이제 막 시작되려 하고 있습니다."

"스케줄은 어떻게 되느냐?"

"여러 가지 행사가 준비되어 있습니다. 우선은 국왕 전하의 발언이 계시고, 언제나처럼 왕실 파티는 가볍게 춤을 추는 것으로 시작됩니다."

"춤?"

"아, 물론 모두 추는 것은 아니고, 원하시는 분들만이 무대 중앙에 모여 함께 춤을 추며 즐기는 것입니다."

"귀족들이라 노는 문화도 고상하군."

"네?"

"아니다. 그럼 밖에 나가 있거라, 나는 잠시 생각할 게 있으니."

그녀는 90도로 몸을 숙였다.

처절할 정도의 인사였다.

"네. 그럼 천천히 준비하세요."

그녀가 물러간 뒤 나는 침대에 걸터앉았다.

생각이 많아진다.

아무리 내가 마법사라고는 해도 고위직급의 인간들과 친해지기란 쉽지 않을 것이다. 이런 인간관계의 문제에 있어 많은 부족함이 있기에 장 얀느를 필요로 했던 것인데, 젠장, 에 아르웬은 대체 어디로 간 거야? 정말 브로크웨이인가?

비밀이 많다면 그것은 그것 하나로 의심을 만든다.

나는 뻣뻣해진 목을 누르며 고개를 들었다.

단색의 천장은 너무나 고급스러운 대리석으로 되어 있어 얼굴이 흐릿하게 비춰질 정도였다.

나는 멍한 얼굴로 천장을 보았다. 생각이 너무 많다 보니 안에서 정리가 안 되고 모두 사라져 휑한 상태가 되어버렸다. 그래서 의미없이 천장을 바라보던 나는 심장이 바닥에 떨어질 뻔했다.

내가 보고 있던 천장에서 얼굴이 쑥 나온 것이다. 대체 어떤 방법인진 모르겠으나 위대한 도둑이니만큼 나타나는 것도 괴상했다.

"사람 좀 놀라게 하지 마십시오!"

"천성이 이런지라……. 헐헐헐."

내 눈썹이 꿈틀거렸다.

"그게 대체 천성이랑 무슨 상관입니까?"

"뭐, 그건 중요한 게 아니고, 너도 바쁠 테니 짧게 이야기하마."

나는 건성으로 고개를 끄덕였다.

"일전에 말했었지? 네크로맨서가 찾아오면 그 물건을 뺏어 내게로 넘기라고 말이야."

"기억합니다."

"그렇지. 바로 이 계약서에 명백히 쓰여 있으니까."

자랑스럽게 꺼내는 계약서를 보면서 나는 있는 대로 얼굴을 일그러뜨렸다.

"뭐가 자랑이라고 그렇게 들고 다닙니까? 칠칠맞게 흘리기라도 하면 어쩌려고."

"내가 얼마나 조심성이 많은데."

"그래 봤자 노인네잖소."

"이놈이!"

"농담입니다. 할 이야기나 계속해 보십시오."

"흠! 내 예상으로는 왕실 파티가 끝나고 네 방, 그러니까 이 방으로 돌아올 때 복도 중앙에서 네크로맨서를 만나게 될 것이다."

"뭘 뺏어주면 됩니까?"

"간단해."

"그러니까 그 간단한 게 뭐냐고요?"

"드래곤의 비늘."

나는 깜짝 놀랐다. 그리고 해괴망측한 걸 본 것 같은 시선으로 키르젠프를 노려봤다.

"그거 심하게 비싼 거 아닙니까?"

"두말하면 잔소리지."

나는 한심하다는 눈초리로 그를 보며 말했다.

"그런데 그런 걸 가지고 다닐 리 없지 않습니까."

"드래곤의 비늘에는 특별한 효력이 있지. 금전적 가치를 월등하게 높이는."

"......?"

"바로 마력을 저장할 수 있다."

마력을 저장한다니, 대체 무슨 소리인가? 만약 내 예상이 틀리지 않다면 아마도 드래곤의 비늘만 있으면 마나를 전혀 못 느끼고 사용할지도 모르는 무지렁이도 마법을 쓸 수 있다는 소리가 된다.

나는 내가 생각하고 있는 대로 그에게 읊어주었다. 그러자 역시나 키르젠프는 박수를 쳤다.

"바로 그거네!"

"엄청난 물건이군. 그래서 네크로맨서가 가지고 있고, 그것을 뺏어달라?"

"물론이네. 할 수 있겠지?"

"해봐야 알겠지요. 그럼, 왕실 파티 중간에 브로크웨이를 만나는 변수가 생기면 어쩝니까? 그냥 텔레포트해 버릴 생각인데……."

"뭐, 그럴 일은 없겠지만 만약 진짜 브로크웨이를 만난다고 해도 크게 걱정할 것 없어. 센트럴 왕실 내에서 브로크웨이가 정체를 드러낸다? 녀석들도 지능이 있어. 그것도 아주 뛰어난 지능. 그런데 온갖 실력자들이 즐비해 있는 곳에서 힘을 드러낼 리 없지 않겠는가."

나는 눈을 가늘게 떴다.

"능구렁이."

그 말에 기분이 상한 듯 그가 꽥 소리쳤다.

"뭣?!"

나는 말을 돌렸다.

"그럼 그렇게 알고 있겠소. 이만 나가보십시오, 왕실 파티에 곧 들어가야 하니. 벌써 시작했다니 늦지 않아야겠습니다."

"건방진 놈! 내 언젠가 네놈을 크게 혼내줄 터이니라!"

"그게 언제인지 손꼽아 기다리겠습니다. 자, 이만 나가보십시오."

"알았다, 이 빌어먹을 뼈다귀 같은 놈아!"

그는 버럭 소리를 지르며 땅속으로 스며들었다. 자신의 그림자 속으로 쑥 들어가는 그를 보면서 나는 눈이 나빠졌나 의심했다. 대체 인간이 어떻게 저런 조화를 보인단 말인가. 이것은 하늘이 만든 법칙을 깡그리 무시하는 처사였다.

마법도 아닌 듯했다.

그렇다고 특별한 무언가를 하지도 않고, 아주 일상적인 일처럼 자연스럽게 실행했다. 아무리 위대한 도둑이라지만 이건 너무 갭이 크잖아.

나는 키르젠프가 사라진 자리를 뚫어져라 살펴보다가 이내 고개를 설레설레 저었다.

'아무튼 늙으면 죽어야 돼. 이건 뭐, 천 년 묵은 이무기 같군.'

나는 온몸에 소름이 좌르륵 돋는 걸 느끼며 서둘러 왕실 파티로 향했다. 불현듯 불길한 예감이 등을 훑고 지나가는 느낌이었다.

Chapter **19**
젊은 권위자

1

왕실 파티로 향하는 내 발걸음은 여느 때와는 조금 달랐다.

걸음걸이가 흔들림을 보인다. 겉으로는 태연하려 했지만 곧 거물들을 만나게 된다는 생각에 손에 땀이 잡혔다.

연륜과 경험이란 무시할 수 없다.

내가 마법이라는 힘을 가지고 있다고 해서 그들보다 우월해질 수 있는 것은 아니다.

내가 그들을 뛰어넘을 수 있는 방법은 단 하나.

그들보다 높은 위치에 서는 것.

그것이 내 자신이 그들보다 조금은 더 위대하다고 할 수 있는 가장 끝 자락에 위치한 표현일 것이다. 그래서 내가 야망이라는 것에 갈증을 느끼는 것일지도 모르겠지만.

"자, 이리로 오시지요."

흰머리에 자글자글한 주름, 한없이 깊어 보이는 눈동자, 두려울 정도로 강한 세월의 흐름이 담긴 부드러움이 느껴지는 왕실 집사가 나를 아주 정중하게 맞이했다.

소문이 이미 돌았다.

내가 무례한 행동을 한 것임은 분명한 사실.

이것은 집사로서 그의 그릇을 대변해 주는 것이다.

그의 표정을 보면 알 수 있다.

그가 나를 어떻게 생각하는지.

그게 거짓일진 모르겠으나 적어도 나라면 저런 눈동자로 거짓을 표현할 수는 없으리라.

나는 가볍게 인사를 표하고 파티장 안으로 들어갔다.

화려한 입구를 지나 안으로 들어오자 눈이 찢어질 정도로 호화로운 광경이 눈앞에서 아른거린다.

나는 지금의 모습을 눈으로 하나하나 둘러보면서 주먹을 꽉 쥐었다. 부와 빈을 비교하며 분노를 느끼는 것은 내게 있어서 치명적인 독이나 다름없다.

세상에 대해 분노할 필요는 없다.

내가 거듭나면 되는 거다.

보다 높은 위치에 서서 보다 큰 노력으로 정상의 자리에 서야만 내 스스로 무엇이든 평가할 수 있는 자격이 주어진다고 생각한다.

마음가짐의 차이다.

내가 떳떳하지 않으면 아무리 뛰어난 사람이 되어도 의미가 없는 것이다. 나는 늘 그 어둠의 틀 안에서 살게 될 테니까.

'표정을 풀자. 부드럽게 대화에 가장 알맞도록.'

나는 우선 주위를 빠르고 정확하게 살폈다.

분위기를 익히는 거다. 그리고 생각을 정리한다.

어떻게 접근하고 어떤 식으로 그들과 좋은 분위기를 이끌어 만족스런 결과를 만들어낼지에 대해서.

"어머, 혹시 그분 아니세요? 이그나스 왕자님과 대련을 펼치셨다던……."

나는 피식 삐져 나오는 웃음을 애써 삼켜야 했다.

그것을 대결이라고 할 수 있을까.

일방적인 대결이었다.

아니, 대결이라고 말하기도 뭐한 압도적인 느낌.

그게 알맞은 표현이겠지.

'그런데…….'

나는 내게 대뜸 말을 걸어온 여자를 가만히 쳐다봤다.

도무지 이해할 수 없는 부분이지만 대륙적 미의 가치를 두고 봤을 때 나는 비교적 미남에 속한다고 한다.

그래서인지 얼굴이 붉게 상기되어 있는 이 내 눈앞의 철없는 아가씨는 내게 반한 것인지 로맨틱한 무언가를 바라고 있는 눈치였다.

'그런 건 백만 년이 지나도 내겐 무리야.'

나는 그녀를 가만히 쳐다보며 와인을 한 잔 가져와 한 모금 마셨다. 부드럽게 식도를 타고 넘어가는 알코올 때문에 기분 좋은 감각이 느껴졌다.

'하아, 그보다 이상하군. 보통 마법사라는 소문을 들으면 두려워하는 게 아닌가? 아직 잘 모르나 보군, 마법사라는 게 어떤 존재인지. 그것도 흑과 백을 동시에 쓰는 나처럼 기묘한 마법사라면 더더욱.'

나는 시니컬해진 표정을 얼른 숨기고는 본격적인 연기에 돌입했다.

"제가 무례하게도 그만 그런 소문을 만들어 버렸군요. 아, 미처 소개를 못했습니다. 인사드리죠. 저는 체계의 마법사 로크라고 합니다."

젠틀.

책에서 읽었다. 신사들의 행동 방침에 대해서.

나는 그 기억을 얼핏 떠올렸다.

"아! 듣던 대로 귀족이 아니셨군요? 하지만 정말 대단하세요. 마법사라니. 그건 귀족보다 더 높은 위치가 아니겠어요?"

순진한 말을 하는군.

당신 아버지가 그 말을 들었다면 혀를 깨물었을 거다.

귀족이라는 핏줄을 너무 무시하는 처사라며 당장 목을 내려칠지도 모르지. 그만큼 그들의 혈통에 대한 자의식은 강력하니까.

　나는 가볍게 응수했다.

　"그럴 리가요. 그냥 조금 덜 평범한 인간일 뿐."

　나는 평민이라는 말을 입에 담기 싫었다.

　그 말을 함과 동시에 내 자신이 낮아지는 느낌을 피하고 싶었다.

　"으음, 혹시 미르모이노의 예술이란 책을 읽어보셨나요?"

　그녀가 말을 돌린다.

　아마 내게 흥미가 좀 있는 듯 이것저것 물어온다.

　나는 고개를 저었다.

　"아니요. 저는 마법적으로 전문적인 책만을 주로 읽는 편이라 그런 쪽으로는 잘 모르고 있습니다."

　"흐응, 낭만과 로맨틱에 대해서는 잘 모르시겠군요?"

　나는 대답 대신 그저 가볍게 웃었다.

　내가 여자에게 이렇게 저자세로 나가는 이유는 이 여식이 어떠한 귀족 가문의 자제일지 모르기 때문이다. 그렇기에 나는 행동 하나하나에 신중을 기해야 했다.

　본능에 충실하기보다는 계산이 필요했기 때문이다. 그런데 이런 기본적인 내 개념이 꽤 골치 아픈 문제를 일으키고 말았다.

그건…….

'어머! 너, 여기 있었니?'를 필두로 어마어마한 숫자의 여성들이 내게 몰려들었다. 마법사라는 희귀 능력과 이해할 수 없는 내 외모적 가치 때문인지 여자들이 벌 떼처럼 몰려든 것이다.

지금은 아직 파티가 시작되기 전인데도 불구하고 여인들은 모두 취한 것 같은 얼굴로 나를 쳐다보고 있었다.

'난감하군.'

즐거운 파티를 기대했던 대부분의 젊은 남성들의 따가운 눈총이 느껴졌다.

나로서도 인정할 수밖에 없는 부분이 하나 있었는데, 생각보다 몸의 균형이 아주 좋아 이 고급스러운 옷이 지나치게 잘 어울렸다.

여자들보다는 남성들에게 더 어필될 수 있는 옷을 고를 걸 하는 후회가 들었다.

여자들에게 잘 보이려고 입은 옷이 아니다. 그저 격식을 차리려고 왕실에서 준 옷을 대충 하나 집었을 뿐이다. 그런데 이런 전개가 될 줄이야.

나는 무섭게 들어오는 질문을 일일이 대답하다가는 실제 권력자들과는 조금도 관계가 진전될 수 없을 것만 같아 적당한 핑계를 둘러대야만 했다.

"곧 국왕 전하의 말씀이 있으실 것 같군요. 남은 대화는 그

후에 하도록 해야겠습니다."

그녀들은 모두 아쉬운 얼굴이 되었다.

나는 바람을 쐬고 싶어 와인을 하나 들고 테라스로 향했다. 난간 위에 팔을 올리고 바깥 풍경을 구경했다. 이곳은 모두 나무와 잔디로 이루어져 있어 자연 냄새가 물씬 풍겼다.

선선하게 부는 바람과 내 코앞에서 어른거리는 고급 와인의 향기가 나를 감미로운 감각으로 이끌었다.

이제야 좀 휴식다운 휴식을 하는 느낌이 들었다. 이런 편안함이라니……. 너무 내추럴해서 몸이 붕 뜨는 느낌이다. 그리고 가슴은 차분하게 가라앉고 심장은 부드럽게 뛴다.

"좋은 곳이죠?"

갑작스런 목소리에 나는 약간 놀랐다.

목소리가 들린 곳으로 고개를 돌리자 빛나는 드레스를 입은 여인이 있었다. 갸름한 얼굴에 모성 본능을 자극하는 가녀린 체구, 그리고 슬퍼 보이지만 화려한 적갈색의 눈동자를 가지고 있었다.

신비해 보이는 느낌의 검붉은 머리카락.

그녀는 온몸에서 뜨거운 빛이 날 것 같은 여자였다.

나른한 눈빛과 몸짓 하나하나에 팜므파탈 향기가 확 풍겼다. 그녀의 드레스 위로 드러나 있는 하얀 어깨의 피부가 눈부시다.

나는 아름다운 여자를 볼 때마다 마치 보석을 보는 느낌을 받는다. 그저 신비해서 그 빛을 가만히 보다 보면 혼자만의 생각에 가끔 푹푹 빠지곤 한다.

아직도 사랑이라는 감정이 뭔지 나는 잘 모르겠다.

그래서일까. 나는 이런 쪽으로는 솔직하게 행동하는 편이 나을 거라 생각했다. 어설프게 꼬아버리다간 일이 틀어질 수도 있으니까.

"이런 자리는 처음이라 뭐가 뭔지 잘 모르겠습니다."

내 말에 그녀는 손으로 입을 가리며 웃었다.

"거짓말하지 말아요. 마법사님이 어떻게 이런 자리가 처음일 수가 있겠어요? 거짓말이 아주 능숙하시군요?"

거짓말이라……

나는 지금까지 내가 해왔던 거짓말에 대해 생각해 봤다. 이렇게 생각해 보니 너무 많아 셀 수가 없구나.

얼굴이 화끈해졌다.

"안색이 안 좋으세요. 어디 불편하신가요?"

그녀가 걱정스런 표정으로 살짝 내게로 다가왔다.

나는 불편한 흐름을 차단하기 위해 고개를 들었다.

"저는 로크라고 합니다. 그저 이제 막 시작인 햇병아리 마법사라 별로 소개할 것도 없군요. 그럼 이제 그쪽을 소개해 주시겠습니까?"

"페르나스 가문의 외동딸 크리스 아네스타산이라고 합니다."

나는 살짝 떠봤다.

"그럼 아버님은……."

"네, 저희 아버지는 마이론트 반 페르나스토느 백작이십니다."

백작!

나는 황급히 내 표정을 감추었다.

백작이라 함은 오등작의 셋째 작위, 바로 후작 아래다. 생각보다 굉장한 거물의 딸을 만난 터라 나는 그녀와 인연을 만들어야겠다고 결심을 굳혔다.

그 방법이 어떻든.

"그렇습니까? 지체 높으신 귀족 분의 자제셨군요? 어쩐지 따님께서도 그런 분위기가 은연중 나는 듯했습니다. 아버님의 영향인 듯합니다."

그녀가 고개를 숙이며 수줍게 볼을 붉게 물들였다.

뎅! 뎅! 뎅!

육중한 종이 울렸다.

그것은 국왕의 출현을 알리는 소리였다.

"시작하네요."

내가 나직이 말하자 그녀도 고개를 끄덕이며 발걸음을 옮겼다. 나와 그녀는 동시에 테라스에서 파티장 안으로 들어갔다.

'놀랍군.'

국왕을 보자마자 느낀 내 첫 소감이었다.

얼굴에는 헤아릴 수 없는 주름이 있다. 하지만 그 주름이 그가 걸어온 인생을 표현하고 있다. 마치 푸른 바다를 연상시키는 눈동자는 넓은 대해 같았다. 그리고 온몸에서 뿜어져 나오는 위압감과 카리스마에 숨이 막힌다.

늙은 국왕이라면 그저 썩어가는 육신일 뿐이라고만 생각했는데 확실히 천기를 타고난 존재는 뭔가가 달라도 달랐다.

보통의 인간과는 다른 느낌.

그 무언가를 가지고 있다.

좌중은 국왕의 출현으로 모두 쥐 죽은 듯이 조용했다. 그리고 국왕이 천천히 입을 열었을 때, 대부분의 사람들은 상당히 긴장되어 있었다.

이것은 국왕의 성격을 대변하는 것이다.

"오늘 이렇게 파티에 모여주어 고마움을 표한다. 전쟁 없는 평화로운 나날을 보내고 있어 전쟁의 근심은 없지만 앞으로 이 나라를 이끌어 나갈 존재들을 오래, 아니, 아마 조금도 지켜볼 수 없을 것만 같아 억울한 마음이 강하다."

국왕의 말은 느리지만 확고했으며 정확했다.

그리고 그의 발언에서 엄청난 무게가 느껴진다. 게다가 어떻게 정치를 해온 것인지 모든 이들의 시선이 국왕에게 몰려있으며 거짓된 눈동자가 없다.

많은 이들의 충복을 받고 있다는 것은 그만큼 인정을 해줘야 한다. 어쩌면 그는 내가 생각했던 것 이상으로 무서운 사람일지도 모른다.

"하지만 짐은 하늘에서도 이 센트럴을 내려다볼 터이니 무슨 수를 써서라도 부디 강대한 나라로 이끌어주었으면 한다."

"전하, 왜 이리 약한 말씀을 하십니까? 부디 옥체를 보존하시어 보다 오랫동안 이 나라를 돌봐주셔야 하지 않겠습니까! 부디 백성들과 신하들의 마음을 헤아려 주시옵소서!"

붉은 청포를 입은 한 사내의 말에 이어 모든 이들이 일제히 고개를 숙였다.

"망극하옵나이다 전하."

"그러지 말아라. 오늘은 즐거운 날이다. 분위기를 즐겨야 하거늘 왜 이리 분위기를 침체시키는가, 알핀 공작."

공작의 눈시울이 붉어진다.

그런 그를 흐뭇하게 바라보던 국왕의 눈이 스르르 돌아 나에게로 향했다.

그의 시선이 나에게로 돌아서는 순간 내 온몸의 털이란 털은 모두 곤두섰다.

나는 순간 용에게 집어삼켜지는 착각이 들었다.

"아, 그대가 우호국인 바이슨으로 향하고 있다던 그 마법사인가? 이리로 가까이와 얼굴을 보여주게."

저 천 년 묵은 여우 같으니!

저런 지독한 눈동자를 가지고 사람을 잘 볼 수 없다고? 농담 좀 작작 해라.

대체 어쩔 셈이냐?

국왕을 만날 생각 따윈 없었다.

그를 만나는 건 내게 악재로 작용한다.

그는 권력의 실세가 아니라 주도자다. 그의 손짓 한번에 나는 종잇조각처럼 찢어질 수도 있다.

극히 위험한 존재.

게다가 그의 지능과 무력적 가치마저 높다면, 나는 지금 악마에게 한 걸음 다가가는 것이다.

나는 잔뜩 긴장한 채로 최대한 표정을 감추었다.

사람들의 모든 시선이 쏟아지는 느낌은 역시나 기분 나쁘다. 나는 기분이 나쁜 만큼 애써 가슴을 펴고 당당하게 걸어갔다.

많은 사람들을 지나쳐 그의 앞으로 다가가 무릎을 꿇었다.

나는 크게 뜬 눈으로 고개를 들어 그를 응시했다. 그리고 입을 열었다.

"국왕 전하를 알현합니다."

한 나라의 국왕임에도 허리와 머리를 숙이는 기분은 더럽기 그지없구나.

"고개를 들라."

나는 타오르는 눈동자를 애써 진정시켰다.

무표정한 내 얼굴을 본 국왕이 머릿속으로 계산하는 소리가 들린다.

드르륵드르륵.

속을 알 수 없다.

나보다 몇 배의 인생을 살아온 사람이니 어련하랴.

"일전, 제가 저지른 만행에 대해서는 깊게 반성하고 있습니다. 부디 그 무례함을 용서해 주시옵소서."

"아니지. 충분히 그대가 무례해도 될 만한 상황이었어. 마음에 크게 담지 말게나."

"황공하옵니다, 전하."

"이 파티가 끝나고 자네를 개인적으로 한번 만나고 싶네만, 가능하겠는가?"

내 눈동자가 흔들렸다.

국왕이 나를 친히 직접? 대체 무슨 생각인 건가, 이 늙은 여우.

"원하신다면 그 명을 따르겠습니다. 그런데… 이유를 여쭈어봐도 되겠습니까?"

나는 직설적으로 내뱉었다.

"자네와 한번 붙어보고 싶어서이지."

나는 목이 콱 막히는 기분이었다.

"어, 어찌……?"

"내 요즘 몸이 늙어 그런지 여간 안 좋은 게 아니네. 이럴 때는 운동만 한 것이 없지. 안 그런가?"

"그렇다곤 해도 어찌 전하의 옥체에 무력을 가할 수 있겠나이까."

"자네가 살살 봐주면서 하면 될 게야. 핫핫!"

그가 호탕하게 웃었다.

하지만 장내는 모두 쥐 죽은 듯 조용했다.

나는 그 웃음 속에 감춰진 독사의 이빨을 보았다. 까딱하면 목숨이 날아간다. 나는 그것을 감지했다. 그의 몸에서 풍겨지는 강함이라는 의미는 내가 상상도 할 수 없는 깊이를 가지고 있는지도 모른다. 왜냐하면 나는 그에게서 이클레이드와 비슷한 냄새를 맡았으니까.

나는 정중히, 그리고 깊게 고개를 숙였다.

의외성. 나는 국왕에게 그걸 보여주려 한다.

이미 엮여진 인연이라면 그것을 내 것으로 만들어야 한다.

"그럼, 한 수 배우겠습니다."

"무슨 망발을 하는 것이냐?!"

공작의 목소리가 내실을 쩌렁쩌렁 울렸다.

마나가 깃들었는지 귀가 찌릿찌릿했다.

접시와 컵 몇 개가 깨졌다.

분위기가 단숨에 가라앉았다. 그의 기세는 분위기를 압도하는 무언가를 가지고 있었다.

"감히 전하와 대련을 하겠다?! 이런 무엄한!"

그가 세 갈래로 나 있는 수염을 파들파들 떨며 흥분을 가라앉히지 못했다.

공작에게 거슬리면 곤란한데…….

"진정하게, 알핀 공작. 그를 떠보려고 한 게 아니라 내 진심이네."

"무슨 말씀이십니까, 전하! 절대 그럴 수는 없습니다!"

"아까는 나를 치켜세우느라 바쁘더니 지금은 나를 늙었다고 무시하는 겐가?"

"그, 그런……!"

"나는 충분히 강한 존재라네. 자네가 상상할 수 없을 만큼 말이야, 알핀 공작."

순간 온몸이 차갑게 식었다.

나는 그의 눈빛을 보자마자 본능적으로 시선을 회피했다.

그건 인간의 눈동자가 아니었다.

악마의 늪과도 같은 그런 눈을 가지고 있었다.

공작의 얼굴이 흐려졌다.

국왕이 표정을 풀며 웃어 젖혔다.

"하하하! 농담이야, 농담. 뭔 말을 못하겠군. 자, 이런 무서운 대화는 그만 지우도록 하고, 이제 파티를 시작하도록 하지. 이 가라앉은 분위기를 띄우는 것 역시 그대들의 몫이다. 잔을 들라!"

모두들 빛이 출렁이는 잔을 들었다.

나 역시 가까운 곳에서 잔을 들었다.

"제국의 영광을 위해 마련된 이 자리가 훗날 나라의 빛이 됨에 있어 더 밝은 영광을 줄 수 있는 자리가 되었으면 한다! 센트럴을 위해!"

"센트럴을 위해!"

모두들 술잔을 기울였고, 파티는 기묘하게 다시 시작되었다.

뭔가 언밸런스한 스타트였지만 모두들 이런 분위기가 익숙한지 금세 여느 때와 같은 파티의 흐름으로 변해갔다.

나는 국왕이 물러간 뒤 천천히 주위를 살폈다.

자신을 소개했던 여인의 이름.

크리스 아네스타산을 찾았다.

그녀는 먼 곳에서 혼자 비스킷을 먹고 있었다.

사교와는 상당히 거리가 멀어 보이는 여자다. 하지만 그녀를 향한 벌 떼는 상당수였다.

추악하게 생긴 외모의 사내들이 정신없이 크리스에게 마음을 표현하고 있었다.

일전부터 들었던 생각인데 세상에는 뛰어난 외모를 가진 사람은 소수이다. 대부분이 보통에 미치지 못하는 수준이다. 그런 쪽으로 생각해 본다면 지금의 내 얼굴도 크게 나쁜 것만은 아니라는 생각이 들었다.

'그나저나 저 여자를 데려와서 백작에게 접근해야 하는데,

귀찮게 됐군.'

와인 잔을 들고 골똘히 생각에 잠겨 있던 나는 갑자기 의외의 가능성을 찾았다.

크리스가 화가 난 것이다.

"너무 무례하잖아요. 대체 왜 이러는 거죠?"

남자는 당황한 듯 손을 발발 떨었다.

"그, 그게 아니라……."

크리스가 매섭게 노려봤다.

"어설픈 바람둥이 흉내 내는 남자의 환상에 취해 있는 사람들에게나 하세요."

그녀는 의외로 칼 같은 면이 있었다. 그리곤 두리번거리다가 나와 눈이 마주쳤다. 그녀가 내게로 걸어왔다.

사내들의 시선이 내게로 무섭게 꽂혔는데, 별로 의식을 안 해도 될 만한 인물들인 것 같아 나는 철저하게 무시했다.

"이곳은 좀 시끄럽네요. 아까 있던 자리로 갈까요?"

그녀는 내 제안에 살며시 고개를 끄덕였다.

테라스로 돌아온 우리는 흰색의 화려한 문양이 그려진 의자에 앉았다. 그리고 둥글고 작은 테이블에 잔을 올렸다. 선선한 바람 때문에 머리카락이 살짝살짝 흔들렸다.

그녀는 나를 민망할 정도로 빤히 보고 있었다. 나는 그녀의 눈을 피하지 않았다. 그리고 그 순간 난 생각했다. 어떻게 이야기를 꺼내야 할까.

그냥 바로 백작을 만나보고 싶다고 하기엔 눈치가 보이지 않은가. 이럴 때면 심리학에 대한 책을 읽어볼 걸이라는 후회가 무럭무럭 들었다.

"무슨 하고 싶은 말이 계신가 봐요. 편하게 이야기하세요."

그녀가 싱긋 웃는다.

내 고민하는 표정을 읽은 걸까.

이 여자, 겉모습과는 다르게 상당히 날카롭다.

귀찮다. 그냥 털어놓는 게 나을 것 같다.

"실은 한번 만나보고 싶은 분이 계십니다."

"저희 아버님인가요?"

"예."

그녀는 조금의 망설임도 없이 말했다.

"일어나요."

나는 이런 식의 말이 도움이 안 된다는 걸 알지만 성격상 꼭 물어보고 싶었다. 나는 작은 후회조차도 하기 싫다. 그래서 나는 단도직입적으로 물었다.

"제게 왜 이렇게 잘해주는 겁니까? 남자에 대해 별로 안 좋게 생각하시는 것 같은데……."

"별 의미 없어요. 그냥 약간의 흥미를 가지고 있을 뿐."

그녀는 느긋하게 돌아섰다.

"가시죠. 아, 저희 아버님도 로크님에게 꽤 관심이 있으신 것 같았어요."

희미하게 웃고 있는 그녀의 표정을 보면서 나는 시니컬하게 대답했다.

"그렇습니까?"

나는 와인을 한 모금 마시면서 살짝 생각에 잠겼다.

마이론트 백작.

과연 어떤 귀족일까.

딸이 저 정도면 백작은 벌써부터 골치가 아파온다.

'하지만 실제로 어떨지는 만나봐야 알 일이지.'

나는 지체없이 크리스의 뒤를 쫓았다.

2

왕실 파티는 기분 좋게 무르익어 가고 있었다.

그중 소위 권력가라고 불리는 존재들이 모여 있었는데, 크리스는 망설임없이 그 거대 단체를 향해 나를 데려갔다.

가까이 다가가자 대화가 끊겼다.

그들은 모두 의아한 얼굴로 나를 쳐다봤다.

그녀가 나를 소개했다.

"아버지, 이분이 바로 로크님이세요."

굵직한 인상, 날카로운 눈매, 흐트러짐이 없는 자세.

무엇 하나 꿀리는 게 없는 사람이다.

그가 짐짓 아는 척을 하며 나를 환대했다.

"아! 자네로군, 그 대단한 마법사가."

"대단하다니, 과찬이십니다. 소문이 너무 과장된 듯하군요."

불안하다. 느낌이 안 좋아.

이들은 나를 경계하고 있다.

겉으로만 예의를 두르고 접근을 허용하지 않는다. 젠장, 내가 접근하는 방법이 틀린 건가?

소문이 벽을 만들었다.

'빌어먹을.'

"그래, 얼마나 더 머무를 생각인가? 들리는 바로는 바이슨으로 향하고 있다 하던데, 무슨 일이지?"

"바이슨 국왕 전하께 전하는 스승님의 친서를 갖고 있습니다."

"오, 그래? 자네 스승님의 성함이 어떻게 되는가?"

권력가들과 손을 잡기 위해선 거대한 무언가를 등에 업고 있어야 한다. 그들도 내게 얻을 게 있어야 접근을 허용하지 않겠는가.

한쪽으로만 기울어지는 인간관계라는 것은 없다.

나눌 수 있는 존재가 되어야 한다.

"제 스승님의 성함은……."

"여어~ 마이론트 백작님! 오랜만입니다!"

익숙한 목소리였다.

누군가가 이쪽으로 걸어왔다.

온몸에서 두드러기가 나는 느낌이다.

"허허, 그래. 정말 오랜만이군, 델 키오르."

온몸에 소름이 쫙 끼쳤다.

델 키오르라니?

나는 믿을 수가 없었다.

크게 확장된 눈동자로 그를 자세히 보았다.

중후한 무게를 가진, 가장 피하고 싶은 남자가 나타났다.

나는 혼란스러운 얼굴로 침묵을 지켰다.

"아, 당신이 그 로크라는 마법사로군."

델 키오르가 말을 걸어온다.

마치 모르는 사람처럼.

어떻게 해야 될까. 머릿속에서 톱니바퀴가 미친 듯이 돌아갔다.

심장이 쾅쾅 뛴다.

'놈도 이런 왕실 파티에서 문제를 일으킬 수는 없겠지. 침착해라.'

"어쩐 일로 이곳까지 오신 겁니까? 제가 알기로 델 키오르님은······."

"초대받았다오. 그러니 안 올 수가 있나."

"…그렇군요."

마이론트 백작이 웃으며 말했다.

"자자, 술 한잔씩 들지. 내 마음 같아선 그대들 모두를 내 집으로 데려가 융숭하게 대접하고 싶네만 상황이 여의치가 않군. 너무 큰 파티라 말이네. 하하하하! 집으로 초대하면 부끄럽겠어."

델 키오르와 관계를 형성하고 있다라…….

마이론트 백작을 보는 내 눈이 달라졌다.

델 키오르도 겉으로만 보면 평범한 귀족이다. 그러나 속은 드래곤의 악심마냥 더러운 본능으로 가득 차 있지 않은가.

마이론트도 예외에서 벗어나지 않는다.

어쩌면 더 지독한 사람일지도 모른다.

'이 도룡뇽 같은 자식, 속셈이 뭘까?'

조심히 생각을 정리하던 차, 델 키오르와 눈이 마주쳤다.

섬뜩!

피부가 모두 벗겨지는 것 같다.

가늘게 찢어진 눈동자로 나를 심장이 덜컥 내려앉을 정도로 차갑게 노려본다. 일전 내게 당한 수모를 갚기 위해서일까, 내 심장을 위해서일까.

그의 눈은 지독한 아지랑이를 품고 있었다.

"건배!"

와인 잔이 부드럽게 부딪치며 깨끗한 소리를 냈다.

나는 목구멍으로 넘어가는 알코올이 이상하게 더 화끈하게 느껴졌다.

　그건 델 키오르의 뜨거운 시선 때문인지도 모른다.

　'상황이 내가 생각했던 것과 다르게 돌아간다.'

　나는 급히 대책을 강구하기 위해 머리를 쥐어짜기 시작했다.

　창문 밖 햇빛은 점점 빛을 잃어가기 시작했다.

　　　　　＊　　　　　＊　　　　　＊

　"제게 어떻게 이럴 수가 있죠? 말해봐요, 데미안!"

　여자의 눈물이 투명하게 흘러내린다.

　보석처럼 반짝이는 눈동자에서 한없는 분노와 썩은 사랑이 스며 있다. 데미안이라 불린 사내는 고개를 팩 돌리며 눈을 지그시 감는다.

　"널 사랑하기에 떠나는 거야."

　여인이 품속에서 단칼을 꺼내 들었다.

　사내는 당황하며 뒷걸음질쳤다.

　"무, 무슨 짓이야, 네스티앙?!"

　네스티앙이라는 여인의 눈이 차갑게 변했다.

　모든 것을 체념한 눈동자였다.

　"당신에게 버림받고 이 세상을 살아갈 수 있을 것이라고 생각했나요? 그대를 죽이고 난 당신의 뒤를 따라가겠어요!"

"마, 말도 안 되는 소리 하지 마! 네가 날 찌른다고? 그 사나운 칼로?!"

"그래요, 데미안!"

"넌 날 사랑하잖아! 어떻게 내게 그런 아픔을 안겨준다는 거야?!"

네스티앙이 격정적으로 고함을 질렀다.

"당신이 날 버렸잖아!"

그는 가슴이 미어지는 표정을 지었다.

"버린 게 아니야. 내가 다 설명해 줄게."

데미안은 조심스레 다가가 네스티앙을 끌어안았다.

그녀의 얼굴이 차가워졌다.

"미안해요……."

푸우욱!

단검이 심장에 정확하게 틀어박혔다.

데미안의 입에서 검은 핏줄기가 물컥물컥 흘러나왔다.

믿을 수 없다는 듯 데미안은 자신의 가슴과 그녀를 번갈아 보았다. 그녀는 메말라 버린 눈동자로 데미안의 심장에 박힌 단칼을 뽑았다.

쉴 새 없이 흘러나오는 피가 바닥에 강을 이루었다.

철컥철컥!

멀리서 경비병들이 달려오는 발소리가 들렸다.

그녀는 다급히 자신의 심장에 검을 찔러 넣었다.

입에서 흘러나오는 단말마.

그녀는 쓰러져 가는 자신의 육체를 힘겹게 이끌어 데미안의 몸 위로 쓰러졌다.

막 도착한 경비병들이 두 남녀를 내려다보았다. 그중 한 사내가 말했다.

"모든 사실을 알고 있었으면서 결국 죽음을 선택했군요. 전하는 당신들의 사랑을 인정했는데… 이런 바보 같은……."

경비병이 눈물을 훔쳤다.

그는 고개를 돌리고 빳빳이 몸을 세우더니 소리쳤다.

"지금 당장 이 두 사람을 센티안 무덤으로 옮기도록!"

"예!"

그들이 멀어진다.

발자국 소리가 아련하게 울렸다.

막이 끝나고, 커튼을 친다.

짝짝짝짝!

소름 끼치는 연기력에 장내의 모든 이들이 기립 박수를 쳤다. 확실히 대단한 연기였다.

파티 중간에 갑작스런 이벤트라며 나타난 이 공연은 생각보다 흥미롭긴 했다. 하지만 나는 저 비극적인 결말을 도저히 이해할 수 없었다.

어째서 저런 말도 안 되는 이유로 누군가를 죽이고 죽을 수가 있는 걸까?

나는 앞서 이뤄진 연극을 떠올리며 쓴웃음을 지우지 못했다.

"자네도 저런 운명적인 사랑을 하고 싶은가?"

마이론트 백작의 갑작스런 물음에 나는 인상을 잔뜩 찌푸렸다.

"절대 아닙니다. 저런 남자, 바보 같군요. 여인에게 칼을 맞다니, 어지간히 생각이 없는 작자인가 봅니다."

"세상에 똑똑한 녀석만 있으면 인생이 너무 복잡해지지 않겠나? 그리고 자네가 어려서 아직 잘 모르나 본데, 감정이란 건 언제 어떻게 변할지 모르는 거야. 이상 기후 같은 거지."

"이상 기후?"

"그래, 예상치 못했던 기후의 변화 말이네."

나는 적당히 그의 말에 맞춰줬다.

"그렇다면 그런 일이 일어나지 않도록 기도해야겠군요."

싱긋 웃으며 말하는 내 말에 그가 껄껄 웃었다.

"자네는 여자에게 관심이 전혀 없나?"

"없는 건 아닙니다."

"오, 그래? 영 생각이 없는 건 아니었군. 그럼 내 딸과 한번 만나보는 건 어떤가?"

"따님 말씀이십니까?"

그는 주저없이 고개를 끄덕였다.

"그렇네."

"농담이 심하십니다. 제 어디를 보고 귀하신 따님을 소개해 주신다는 것입니까?"

"내 딸이 자네에게 관심이 있더라고. 워낙 겉과 다르게 고집이 있는 녀석이라. 헐헐, 자네가 신경 좀 써줬으면 하네."

여자를 상대하는 건 질색이다.

이 신청을 거절하게 되면 내게 돌아오는 관계적 피해는 어느 정도일까.

"뭐, 싫다면 거절해도 괜찮네. 강요할 생각은 없으니."

"저는 따님보다 마이론트 백작님과 관계를 진전시켰으면 하는 바람이 큽니다."

"어떤 의미인가? 혹시 자네……?"

"예, 남자를 좋아합니다."

"크하하하! 재미있는 친구로군. 이보게, 난 자네의 눈에서 얼핏 야망을 읽었어. 그래, 무엇을 노리는 겐가?"

"딴 것 있겠습니까. 그저 보다 높은 곳을 날아보고 싶은 생각뿐입니다."

그가 능구렁이같이 웃었다.

"하늘을 날아보고 싶다라……. 위험한 사내로군. 자네 같은 사람은 두 가지 종류로 나눌 수가 있지. 나에게 완벽한 실세가 되거나, 뒤통수를 치는 놈이 되거나."

나는 눈에 힘을 실어 그를 보았다.

"절대 한번 잡은 손은 자르지 않습니다."

"흐음……."

그가 나를 찬찬히 살펴봤다.

머리끝부터 발끝까지 온몸에 뱀 비늘이 스치고 지나가는 느낌이다.

"어느 누구에게도 나와의 관계를 흘리지 말게. 자네와 나는 공적으로 아무것도 모르는 사이네."

나는 고개를 끄덕였다.

뒤에서 거래하는 그룹.

그만큼 강력한 것은 없지만 단점을 보유하고 있기도 하다.

한마디로 양날의 검.

어떻게 활용하느냐에 달렸다.

"오래 이야기를 나누는 것도 시선이 올 수 있으니 그만 다른 사람들도 만나보게나. 파티가 끝나는 대로 바로 떠나진 않겠지?"

"물론입니다."

"그럼, 이야기는 여기까지 하도록 하지. 굳이 명목상으로 필요없는 대화를 길게 나눌 필요는 없으니."

그는 누군가를 발견하곤 크게 웃으며 그곳으로 걸어갔다. 연극 무대가 걷히고 잔잔한 음악이 부드럽게 흘러나오기 시작했다.

나는 근처의 하얀 의자에 앉았다.

멀지 않은 곳에서 마이론트 백작의 딸 크리스가 걸어왔다. 그녀는 주위의 시선을 한 몸에 받았다. 그만큼 그녀의 미모가 대단했기 때문이다.

모두들 어떻게 인연이 되었으면 하는 얼굴이었다. 하지만 그녀는 다른 곳에는 시선을 전혀 주지 않고 나에게로만 향해 걸어왔다.

나는 시선을 돌려 델 키오르를 보았다.

근처에서 나를 비웃듯이 바라본다.

나는 이를 바드득 갈며 그를 노려보았다. 그는 내 시선을 즐기는 듯한 웃음을 지으며 와인을 홀짝홀짝 마셨다. 당장 달려가 그의 육신을 불질러 버리고 싶으나 나는 애써 마음을 진정시켰다.

언제 터질지 모르는 녀석을 괜히 자극해 봐야 이득이 되는 것은 하나도 없었다.

쫓기고 있는 녀석은 내가 아니다.

당신이어야 한다!

"모크님?"

부드러운 목소리에 고개를 들자 크리스가 나에게 손을 내밀고 있었다.

"한 곡 추시지 않으시겠습니까?"

"아, 저는 춤을 출 줄 모릅니다."

그녀가 미간을 찌푸리며 아쉬운 얼굴을 했다. 크리스의 입에서 흘러나오는 목소리는 내 심리를 뒤흔들었다.

"전해 드릴 말씀이 있었는데… 어쩔 수……."

나는 당장 일어나 그녀의 손을 잡았다. 그리고 밝게 웃었다.

"잘 부탁드립니다."

그녀의 다이아몬드 같은 눈동자가 아름답게 반짝였다.

그녀와 함께 무대로 가면서 나는 천천히 춤을 추기 시작했다. 무리하지 않고 스텝만 밟으며 그녀가 이끄는 대로 따라가기만 했다. 그다지 크게 어려운 점은 없어 다행이었다.

"전할 말은 어떤 것입니까?"

"성격이 급하신 분이네요."

그녀의 입꼬리가 호선으로 올라갔다. 마치 놀리는 기분이 들어 심장이 부글부글 끓어올랐지만 억눌렀다. 이미 마이론트 백작과 손을 잡은 이상 그녀를 함부로 대할 수가 없었다.

"궁금한 걸 참지 못하는 성격입니다. 양해해 주십시오."

"아이, 굉장히 딱딱하시네요. 너무 정치가적인 멘트라 온몸에 소름이 돋아요. 조금 풀어주실 수 없어요?"

나는 눈을 지그시 감았다.

아무리 그녀가 마이론트 백작의 딸이라고는 하지만 내가 이 정도로 그녀에게 휘둘릴 수 없는 노릇이다.

"저는 마이론트 가문과 철저히 거래 관계가 되고 싶습니다. 계산이 일체 없는 완벽한 관계. 그러니만큼 거대 귀족이신 분들께서 저 같은 놈을 가까이 두는 게 기분이 나쁠 수는 있겠으나 최선을 다할 테니 부디 이런 제 마음을 백작님께 잘 전달해 주시길 바랍니다."

"흐음?"

그녀가 나른한 시선으로 나를 바라본다.

"하시려고 했던 말, 지금 해주시겠습니까?"

그녀는 웃으며 팔로 내 목을 감았다.

"당신 굉장히 재미있네요."

나는 미간을 찌푸렸다.

"보통은 저희 아버님이라 하면 어둠의 백작이라 하여 벌벌 떨기 일쑤죠. 그래서 우리 가문을 대하는 사람들은 모두 그저 발아래에서 짖는 충직한 개로밖에 보이지 않았어요. 그런데 로크님은⋯ 뭔가 다르네요."

당신의 아버지 같은 인간 따위에게 내가 만 년 동안 머리를 굽힐 것 같나? 한순간이야, 당신의 아버지를 내 발아래 두는 짓은.

나는 표정을 포커페이스로 유지했다.

"그런 사람들과는 전혀 다르다는 것을 증명하겠습니다."

"어떻게?"

"실력으로."

"이야, 자신감이 넘치시네요~"

나는 단호하게 쐐기를 박았다.

"그건 자신감이 아니라 현실이 될 것입니다."

그녀는 춤을 추면서 테이블 위에 놓여 있는 붉은 액체가 들어 있는 잔을 들었다. 심하게 투명한 술이었다.

액체 너머로 사람이 보일 정도로.

그것을 빤히 바라보던 그녀는 고개를 갸웃거렸다.

"그럴까나?"

미묘하다.

나와 마이론트 백작의 관계를 비꼬는 것인가?

내 예상은 절대로 크리스와 마이론트는 부녀 간의 공존 관계다. 그런 그녀가 내게 부정적인 말을 한다는 것은 곧 마이론트 백작의 뜻이나 다름이 없다는 것이다.

대체 무슨 생각이냐, 이 여우 같은 것!

나는 조심스레 눈치를 살피며 물었다.

"그건 무슨 뜻입니까?"

"아무것도 아니에요. 그런데 생각보다 춤을 잘 추시네요? 후후훗!"

그녀가 의미 모를 웃음을 흘리며 나를 깊이 끌어안았다.

3

댄스 파티가 끝이 났다.

그녀는 가볼 곳이 있다며 먼저 사라졌고, 나는 의자에 앉아 사색에 잠겼다. 그리고 천천히 그를 살폈다.

알핀 공작.

그의 유명세는 대단하다.

그와 같은 배를 타는 순간 나는 센트럴 쪽에 가장 든든한 후원자를 가지는 셈이 된다. 하지만 그는 한눈에 보기에도 정의를 추구하는 남자로 보였다.

뒤쪽 거래를 인연으로 삼았다간 풍비박산이 날 것이다.

완전 망한다는 소리다.

나는 곰곰이 생각을 정리했다.

그에게 접근하는 방식을 머릿속에서 쉴 새 없이 회전시켰다. 과부하가 걸릴 정도로 돌아가던 뇌는 한 사내의 등장으로 고장이 났다.

"로크님."

나직하지만 다급한 억양이다.

고개를 뒤로 돌리니 장 얀느가 굳은 표정으로 나를 보고 있다. 나는 분명 그에게 지시를 내렸다. 그걸 벌써 처리했다고?

"어떻게 여기에……?"

그가 귓속말을 전했다.

"로크님의 방에서 키르젠프가 기다리고 있습니다. 긴히 할 말이 있다고 서둘러 찾아오라는군요."

나는 고개를 끄덕이다가 델 키오르를 보았다.

태연하게 대화를 나누며 소문과 다를 것 없는 자신의 이미지를 굳히고 있다. 온몸이 시체처럼 느껴질 정도로 차가운 한기에 몸서리쳐진다.

"근데 에아르웬은 어떻게 됐어?"

"한참을 찾다가 여관으로 돌아와 보니 그녀가 있더군요. 얼굴이 창백했고, 제가 물어도 대답을 하지 않습니다."

나는 서슴없이 그에게 말을 꺼냈다.

"델 키오르가 여기 있다."

턱을 타고 흐른 식은땀 한 방울이 고급 카펫을 적셨다.

"저, 정말입니까? 역시… 냄새를 귀신같이 맡는군요."

"그가 냄새를 맡았다면 정보국인 길드 마스터도 놓쳤을 리가 없고."

나는 빠르게 주위를 훑었다.

"네크로맨서까지 잠입했을 수 있어. 사방이 적이다. 키르젠프에게 가는 동안 위험해질 수 있어."

"그렇군요."

"키르젠프는 파티가 끝난 후에 만난다."

"키르젠프는 중요한 정보라 반드시 지금 만나야 한다고……."

"덫일 수도 있지."

장 얀느는 의문을 표했다.

"네?"

"너 같은 놈이 왜 모르는 척을 해? 내가 겉으로 누군가를 믿고 있다고 해서 그의 전부를 믿는 게 아니야. 본래 아군의 덫이 가장 무서운 법이다, 장 얀느."

그가 굵직한 침을 삼켰다.

'너 역시 내게 있어 안전한 존재는 아니지.'

나는 찌푸린 얼굴로 입을 열었다.

"혹시 알핀 공작에 대해 알고 있는 게 있는가?"

"알핀 공작?"

"그래. 그의 성향을 파악하는 게 급선무다. 우선 네가 그를 만나고 와. 대화를 해보면 그가 어떤 캐릭터인지 대충 파악이 가능할 게 아닌가."

"알겠습니다."

"네 접근 방식은 대충 잘 둘러대. 포장이 그럴듯해야 한다. 난 널 믿어."

"걱정 마십시오."

장 얀느는 말이 떨어지자마자 알핀 공작을 찾았다. 그리고 주저없이 그에게로 걸어갔다. 나는 그가 알핀 공작의 성향을 알아보는 동안 뭘 해야 할지 빠르게 계산해 봤다.

왕실 파티가 있기 전, 내가 접근할 만한 권력가들의 정보를 모으기 위해 최대한 노력했다. 하지만 들리는 소문 정도일 뿐 확실한 정보는 사실상 구하기가 어려운 실정이었다.

나는 그저 스쳐 가는 손님에 불과한데 그들이 정보를 내어 줄 까닭이 없지 않은가.

일단, 기본적으로 알고 있는 알핀 공작에 대한 소문과 이야기는 그가 실질적으로 센트럴에 있어 가장 강한 권력을 틀어쥐고 있다는 사실이었다.

현재 대공이 병으로 인해 오랫동안 누워 있는 탓에 지금은 알핀 공작의 황금기라 해도 과언이 아니었다.

어떻게 해야 그를 내 편으로, 아니, 일단 그의 밑으로 들어갈 수 있을까. 정을 추구하는 권력가를 가까이 두기란 절대 쉬운 일이 아니다.

어떻게 해야 할까?

내 판단이 확실하지가 않다.

결단력이 있어야 하는데, 알핀 공작에게는 그 결단의 빛이 희미하다.

그에게 접근하는 것 자체가 그에게는 내가 마이너스 요인이 될 수가 있다.

공적!

국가적으로 그에게 도움이 될 수 있는 일을 해낸다면, 나와 그가 가까워질 수 있는 길을 트게 될 것이다. 그것이 가능하려면 내게 작위가 있어야 한다.

그 문제야 바이슨에서 처리할 일이고, 우선 가장 필요한 건 그에게 내 얼굴을 알리는 것이다. 나는 어서 장 얀느가 이야기를 마치고 돌아오기만을 기다렸다.

Chapter 20

국왕의 검

1

왕실 파티가 거의 막바지에 다다랐다.

그에게 안면을 익히는 것은 오래 걸리지 않는다. 다만 그와의 만남을 놓쳐 버리면 그 기회를 다시 잡기란 쉽지 않다. 오늘은 하늘이 내린 기회다.

초조하게 기다리고 있던 차, 장 얀느가 빠른 걸음으로 돌아왔다. 그의 표정으로는 결과를 확인할 수 없다. 워낙 표정이 없는 녀석이다 보니.

그가 도착하자마자 나는 그의 어깨를 눌러 의자에 앉혔다.

"어떻게 됐느냐?"

장 얀느가 얼굴을 확 일그러뜨렸다.

"만만치 않을 것 같습니다."

"계속해."

"제 개인적인 생각으로는 접근 자체를 안 하는 게 좋을 것 같습니다."

그의 단호한 말에 나는 허망한 얼굴이 되었다.

접근 자체를 말라니? 어떻게 그런 말을 한단 말인가?

나는 최대한 실질적인 권력과 손을 맞잡아야 한다. 그런데 가장 영향력이 큰 공작을 그냥 놓치라고?

"역시나 이해할 수 없다는 표정이시군요."

나를 가만히 쳐다보는 그의 시선에서 나는 현실적인 판단을 해야 함을 깨달았다. 조급해선 안 된다. 천천히 한 계단을 밟더라도 신중해야 했다.

"백작과 이야기를 나누었다."

"어떻게 되었습니까?"

"이야기는 잘됐어. 다만 걸리는 건 그의 딸 크리스."

"그럼……."

"함께 가기로 했다. 바이슨으로."

"그녀와?"

"그래."

나는 시선을 돌렸다.

크리스가 웃으며 백작과 이야기를 나누고 있었다. 그들의 모습이 너무 가식적이라 나는 속에서 토악질이 솟구쳐 나오는 걸 겨우 억눌러야 했다.

본디 정치적인 관계라는 게 늘 이런 식이 되겠지만 막상 경험하게 되니 솔직히 놀라웠다.

이런 불쾌한 느낌이라니…….

그들의 웃음이 욕으로밖에 보이지 않는다.

진실이라고는 찾아볼 수 없는 탐욕과 욕심.

에아르웬에게는 없는 그런 표현들을 하고 있어.

엘프와는 확실히 달라.

인간은 그런 존재다.

에아르웬.

나는 그녀가 브로크웨이라는 사실을 완전히 믿진 않는다.

그녀의 얼굴에서 진실을 보았다.

엘프는 거짓을 모르는 종족이다. 그런 그녀가 거짓말을 했을 리가 없다. 그래서 혼란스러워. 빌어먹을.

나는 고개를 저었다.

왜 이러느냐, 로크? 지금 이런 생각에 빠져 있을 때가 아니잖아?

나는 딥딥한 얼굴로 숙였던 고개를 들있다. 그린데 눈앞에 크리스가 있었다.

"뭐 하세요?"

나는 깜짝 놀라 나도 모르게 뒷걸음질쳤다.

"아, 죄송해요. 깊이 생각하시는 걸 봤으면 제가 먼저 인기

척을 냈어야 했는데……."

조근조근 말하는 그녀의 입을 보면서 나는 남성적 욕구가
아니라 파괴적 욕구를 느꼈다. 그것도 타오르듯이 뜨겁게. 이
런 녀석들과 손을 잡아야 하는 것인가에 대해 진지하게 고민
했다.

조사를 해보고 나에게 도움이 없다고 판단되는 즉시 버린
다. 완벽한 관계를 형성하기 전까지는 그들에게 나를 가르쳐
주지 않는다.

내 감정도 행동도 모두 진실이 아닐 것이다.

나는 빙긋 웃으며 마주 인사했다.

"안녕하십니까?"

문득 내 마음속의 차가운 가면이 서서히 수면 위로 떠오르
는 느낌이 들었다.

왕실 파티가 끝이 났다.

크리스가 꽤 많은 사람들을 소개해 주었지만 얼굴을 익히
는 정도였다. 물론 초기 계획은 얼굴만 알려두는 것이었지만
공작에게 계속 미련이 남았다.

나는 양손으로 내 뺨을 짝 때렸다.

'굳이 지금부터 서두를 필요는 없어. 자리를 잡았을 때, 그
때부터 천천히 해도 늦지 않아. 여기는 타국이니까.'

똑똑.

"계십니까?"

집사의 목소리였다.

"예, 무슨 일이십니까?"

"전하께서 기다리고 계십니다."

나는 미간에 역팔자를 그렸다.

"지금… 말입니까?"

대답은 들려오지 않았다. 이런 시간이든 새벽이든 언제라도 부르면 가야 한다. 한 나라의 국왕으로서 나를 보기를 청하다니, 설마…….

나는 오늘 국왕이 귀족들이 보는 앞에서 나와 대련하기를 청한 것을 기억해 냈다.

"이, 이렇게 빨리 부를 줄이야……."

나는 침을 꿀꺽 삼켰다. 오늘 본 그의 기세는 보통이 아니었다. 드래곤이라고 해도 믿을 만한 그런 굉장한 중압감을 가지고 있었다.

"다녀오시죠."

장 얀느의 말에 이제 실감이 난다.

'거지였던 내가 지금 국왕과 대면하러 간다.'

점점 스케일이 커지는 게 느껴지는구나.

나는 심호흡으로 숨을 골랐다.

"장 얀느."

"예."

"먼저 돌아가서 기다리고 있어라. 난 국왕을 만나고 내일 바로 여기를 나올 생각이다."

"벌써 말입니까?"

"오래 머문다고 해서 달라질 건 없어. 귀중한 시간만 날아갈 뿐이야."

"하지만……."

"네가 무슨 생각을 하는지 알아. 하지만 나는 내 판단이 맞다고 믿는다."

"뭐, 로크님이 그렇게 결정하셨다면야 그걸로 된 거지요."

"고맙다."

"갑자기 무슨……."

"여러 가지로 네게 많은 도움을 받고 있어. 보답할 수 있도록 나 역시 노력할 테니 너 역시 나를 끝까지 믿고 따라와 줬으면 한다."

그가 빙긋 웃으며 일어나 내게 인사했다.

"굉장히 어색하네요. 자, 그럼 먼저 도착해서 기다리고 있겠습니다."

"그래."

장 안느가 나간 뒤, 잠시 후 집사가 들어왔다.

멍하니 서 있는 내 어깨를 그가 잡았다.

나는 고개를 돌려 집사의 얼굴을 보면서 눈을 끔뻑였다.

"괜찮으십니까?"

"어? 아, 죄송합니다."

그가 웃으며 물었다.

"고민이 있으신가 봅니다."

그의 정곡을 찌르는 말에 나는 쓴 미소를 지었다.

"예, 여러 가지로 복잡미묘한 심정입니다."

사람은 죽을 때 머릿속에 그동안 살아왔던 기억이 주마등처럼 스쳐 지나간다고 한다. 나는 그 멍한 순간에 내가 살아온 기억이 순간적으로 지나갔다.

그게 너무 빨라서 넋이 나갔던 거다. 다시 한 번 보고 싶었지만 그건 쉽지 않을 것이다.

아마 죽을 위기에 처하지 않는 이상 다시 보기에는 꽤 오랜 시간일 걸릴 것이다. 그저 멍하게 넋을 잃어보기 위해 애쓰는 건 바보다.

그리고 로크, 이런 순간적인 감정에 휘둘리면 크게 될 수가 없어. 좀 더 노력하고 높은 이상을 꿈꾸자.

나는 가늘고 긴 손바닥을 바라보았다.

내 손 위에는 아무것도 놓여 있지 않다. 그저 잡히지 않는 공기만이 있을 뿐이다.

어릴 적, 내게 미래는 손바닥 위의 공기와도 같은 것이었지.

나는 주먹을 콱 움켜쥐었다.

하지만 지금은 아니야. 하늘이 기회를 주었다. 세상을 움켜질 수 있는 기회를 말이다.

무슨 이유에선지 눈시울이 붉어져 손으로 눈 사이를 짚었다.

"로크님, 고민이 있을 때나 왠지 힘이 드실 때에는 하늘을 한번 보는 것을 권해 드립니다."

드르륵!

나는 창문을 열었다.

어두컴컴해서 아무것도 보이지 않는다. 정원은 모두 암흑으로 가득 차 있어 보기가 힘들었다. 지금 어두운 하늘엔 별 하나 없었다.

엘프가 아닌 이상 이런 날은 경치를 구경하기가 쉽지 않을 것이다. 그런데 그가 왜 이런 말을 한 걸까. 나는 잠시 이해하지 못했다.

"별을 보라는 것인가요?"

집사는 고개를 저었다.

"아닙니다, 파란 하늘을 보세요. 많은 것을 느끼실 수가 있을 겁니다. 어쩌면 걱정하고 있는 문제의 답이 나올지도 모른답니다."

"단순히 하늘을 본다고 해서 답이 나온단 말입니까?"

"인간은 가슴으로 느끼는 감정에 매우 민감한 존재여서 무엇을 보고 무엇을 느끼느냐에 따라 자기 자신의 많은 것이 달라질 수 있습니다."

그는 추억에 잠긴 얼굴로 그렇게 말했다. 뭔가 마치 현자가 이야기하는 듯한 얼굴이어서 나는 잠시 멍한 감각에 다시 사로잡혔다. 그러다가 고개를 끄덕였다.

"한번 봐볼게요. 목이 부러져라 말입니다."

그는 마치 나를 알고 있는 사람처럼 따뜻하게 바라보다가 손으로 눈을 비볐다. 잠시 그의 눈에 눈물이 맺힌 것 같았다. 아마 나로 인해 누군가를 떠올린 듯하군.

늙은 노인들은 추억을 먹고산다고 했던가.

추억을 기억하는 가슴이 너무 여린 것 같군. 사소한 것 하나하나에 이런 눈물을 보이다니. 나에게도 저런 시절이 올 수 있을까.

희미하게 웃던 내게 그가 살짝 입을 열었다.

"자, 그만 출발하죠."

"아, 기다리시겠군요."

나는 정신을 차리고 소파 위에 걸어놓은 상의를 걸치면서 서둘러 방에서 나왔다.

바보같이 왜 이렇게 생각이 많아진 거지?

이게 습관이 되어버리면 나도 모르게 밑바닥까지 추락할 수도 있다. 나는 마치 고장나 버린 뇌를 벌하듯 주먹으로 머리를 쿡쿡 누르며 황급히 국왕에게로 향했다.

2

상당 시간을 걸어 도착한 곳은 높이를 측정할 수 없는 거대한 문 앞이었다. 베이지색 고급 문이 소리없이 열린다.

거대하고 웅장한 옥좌가 눈에 들어왔다. 창문 밖을 보고 있던 국왕이 나를 돌아보았다.

왕이 자리에 앉으며 인자하게 나를 맞이했다.

"어서 오시오."

나는 집사의 안내에 따라 안으로 들어갔다.

붉은색의 고급 융단 카펫을 밟는 느낌이 묘했다. 나는 조심스럽게 무릎을 꿇고 머리를 조아렸다. 그는 나를 느긋하게 내려다봤다.

"전하를 뵙습니다."

"고개를 들라."

무표정.

한 치의 감정도 없는 시리도록 차가운 눈동자가 내 온몸을 꿰뚫는 것만 같은 느낌이 들었다. 온몸이 뜨거워진다. 심장이 쿵쿵 뛴다. 그의 도발에 몸이 먼저 반응했다.

얼마 전, 흑마법에 감정을 실은 후부터 파괴 욕구가 무섭게 솟구친다. 나는 내면에서 회오리치는 이 감정을 잠재우기 위해 무단히 애를 써야 했다.

이런 나를 아는 것인지 모르는 것인지 국왕은 말없이 나를 보기만 할 뿐이다. 대체 무슨 속셈인가. 나와 대련을 하기로 하지 않았나? 혹시 다른 무언가를 준비……?

"지금부터 내가 묻는 말에 단 하나의 거짓도 섞지 말라. 만약 그대의 입에서 거짓이 나온다면 죽지도 살지도 못하는 악마의 경계선에 내놓을 테다."

나는 부드럽게 말했다.

"하문하십시오."

그는 피곤한지 눈이 침침해 보였다. 그것은 그것대로 꽤 두려운 분위기를 연출해 냈다. 마치 늪에서 허우적거리고 있는 감각에 사로잡힌다.

몸에 힘이 쫙 빠졌다.

어깨가 무거워지고, 나태해지고 싶은 욕망에 사로잡힌다. 더러운 마수인가? 대체 무슨 짓을 어떻게 한 거야?

그는 손 하나 까딱하지 않고 나를 무력하게 만들고 있다.

어느 때는 폭발할 것처럼 분노하기도 하다가, 잔잔한 대해의 바다를 표현하기도 하며, 어느 순간에는 끝없는 깊이를 가진 늪마저도 표현해 버린다.

"체계의 마법이라면, 그대는 이클레이드와 관련이 되어 있는가?"

내 눈이 확장됐다.

'어떻게 안 사실인가! 입이 방정이다. 최대한 숨겼어야 했는데…….'

상황이 이렇게 된 이상 더는 숨길 수가 없었다.

"제자입니다."

그가 눈썹을 찡그렸다.

"제자?"

"예."

의자의 팔걸이를 내려친다.

콰앙!

"그는 제자를 만든다고 하지 않았어!"

"스승님을 만나신 적이 있으십니까?"

그는 콧잔등을 찡그리며 사자처럼 크르릉거렸다.

"있었지. 아주 대단한 영감이야."

대마법사를 영감이라 칭하다니, 대체 이 센트럴 국왕의 자신감과 오만은 어디까지인가.

"정말이냐? 네가 정말 이클레이드의 제자이냐?"

"예."

"그는 어디 있는가?"

그가 마치 성난 소처럼 흥분했다. 얼굴이 벌겋다. 화산이 폭발한 것 같다. 그의 눈에서 뜨거운 용암이 출렁였다. 그의 시선이 이글이글 타올랐다.

엄청난 온도가 느껴진다.

그가 재촉했다.

"대답하라!"

"항상 찾아오셨지 제게 위치를 가르쳐 주신 적은 없습니다."

"흐음."

그가 턱을 괴며 나를 응시했다. 한참 동안 나를 바라보던 그가 입을 열었다. 그가 오랫동안 나를 보다가 꺼낸 말에 오금이 저렸다.

간담이 서늘하다.

모골까지 송연해져 나는 숨 쉬기조차 힘겨워졌다.

그는 강하다. 햇병아리가 아니다. 배틀 스워드에서 만났던 일국의 왕자와는 상대도 되지 않는다. 비교 자체가 불가능하다. 이건 완전히 델 키오르를 능가하는 수준이다.

또 다른 이면의 이클레이드를 본 것 같아 미칠 듯한 두려움이 뇌리에 박혀 들어왔다. 온몸은 공포에 사로잡혀 떨림에도 점점 폭발력을 늘여간다.

심장 뛰는 속도가 계속해서 높아져 간다. 피가 뜨겁게 끓었다.

그가 집사에게서 롱 소드를 건네받았다.

"따라오너라."

그가 감정이 없는 눈으로 나를 보며 지시했다. 나는 그를 따라 연무장으로 들어갔다.

평민 400명 정도는 거주할 수 있을 만한 크기였다. 벽 쪽에는 온갖 종류의 무기가 나열되어 있었다. 그리고 그 무기들의 중앙엔 공작이 있었다.

'그가 무슨 일로? 만약의 사태를 대비한 것인가? 큭.'

나는 나도 모르게 바람 빠지는 웃음소리를 피시식 냈다.

국왕이 물었다.

"왜 웃는가?"

"저는 전하를 이길 수 없습니다."

"어떻게 싸워보지도 않고 그런 나약한 소리를 하느냐?"

공작이 다가온다.

뚜벅뚜벅 발소리가 연무장을 울렸다. 그 또렷한 소리와 함께 우리는 대화를 계속했다. 지금 이 순간 그가 걸어오는 시간이 꽤나 길게 느껴졌다.

"당신은 제 스승님을 닮았으니까요."

그가 코웃음을 쳤다.

"흥! 그런 괴물을 닮았다니, 큰 실례다."

나는 진중하게 물었다. 그의 대답 여하에 따라 그 말은 내게 있어 큰 가시가 된다.

"괴물이라는 건 어떤 의미입니까?"

"아주 포괄적이다. 그보다 우린 지금 대화를 하러 온 게 아니라네. 무엇보다······."

검이 휙하고 움직여 내 목을 향해 그어졌다. 나는 반사적으로 검을 피했다. 검이 목을 살짝 스치고 지나갔다. 나는 핏방울을 손으로 닦아냈다. 그의 검에 묻은 한 방울의 피가 꿈틀거린다.

"우리가 여기에 온 것은 대련을 위해서이지 말이나 주고받자고 온 게 아니야."

나는 마력을 끌어올렸다.

"그럼 한 수 부탁드립니다."

그가 마치 비웃는 것처럼 보였다.

"잘 보게. 오랜 수련을 거치면 이런 것도 가능해진다네."

그의 눈이 웃었다.

그 순간,

파바박!

작은 핏방울이 사방으로 비산했다. 옷을 뚫고 피부에 접촉된다. 핏방울이 바늘처럼 따가웠다. 엄청난 통증. 고통으로 인해 입가에 주름이 졌을 때, 그가 검을 찔러왔다.

거짓이 없는 검과 있는 검의 차이는 확연하다.

나는 그의 검에서 살기를 읽었다.

372체계. 네오미스 아레이.

바닥에서 날카로운 얼음 기둥이 솟아났다. 그것을 검으로 깨버리며 그의 공격이 어둠의 빛을 쏟아냈다. 검에서 검은빛의 줄기가 뿜어져 나왔다.

나는 뒷걸음질치며 쉴드를 열었다.

단숨에 조각나고 깨어지는 방어막의 균열!

그의 등에서 악마의 날개가 돋아났다.

왜 그가 흑색왕이라 불리는지 알 것 같다. 사탄의 탈을 쓴 것 같았다. 그의 무시무시한 얼굴이 내 감각을 억누른다. 숨도 쉴 수 없는 엄청난 중압감이 느껴졌다.

나는 최대한 힘을 개방해야 했다.

살기 위해 그것은 본능적인 방어 행동 패턴이었다. 단순한 대련임에도 이런 식의 전개를 만들다니 대체 제정신인가.

나는 그가 이클레이드에게 원한이 있을 거라고 판단했다. 그렇지 않은 이상 이건 도저히 보통의 상식으로는 감당할 수 없을 정도의 힘이다.

검은 기의 파동은 단숨에 내 주위의 공간 자체를 찢어발길 것 같았다.

죽을 수 없다. 죽고 싶지 않아. 나는 살아야 한다. 살아야 해!

생존의 욕심.

눈에 핏발이 섰다.

내 온몸에 활활 타오르는 피의 흐름이 부드럽게 윤활한다.

신의 힘이 나의 붉은 피에 덮어지고,
어두운 피는 그대의 심장에 투여되리라!

7차 배열의 마법 분해. 트리미너 공식 틀로 마나를 받아들이고, 어둠의 상징을 마나로 유동하며 그려 나간다. 그것을 가슴으로 표현할 때, 나는 지금의 590대의 체계론을 완성시킨다.

두 눈이 형형하게 번쩍였다.

내 온몸에서 하얀 빛 덩이가 쏟아져 나왔다. 마치 구름 위에 올라선 기분에 사로잡혔다. 내 몸 주위가 전력으로 가득 찼다.

파지직!

지금껏 내가 일으킨 사건 중 가장 큰 모험.

나는 내 자신을 믿는다.

"디스인티그레이트!"

콰과광!

굉음이 울렸다.

천장이 무너졌다.

하늘에서 떨어진 빛의 창이 센트럴 국왕의 짙은 검은 기류와 맞닿았다.

온몸이 뒤로 밀려는 힘의 파동이 느껴졌다. 대리석이 깨어지고 벽이 허물어졌다. 마치 대지진이 일어난 것처럼 거대하게 흔들리는 지반은 온몸을 통째로 뒤흔들었다.

나는 바로 방어 마법 중 가장 상위 클래스에 속하는 바리어를 시전했다.

투명한 푸른색의 방어막이 내 몸을 둥글게 보호했다.

국왕의 입에서 붉은 핏줄기 하나가 흘러내렸다. 그러나 그의 얼굴엔 여유가 있었다.

전신에서 불어닥치는 폭풍 같은 기세.

그의 검에서 검은 태풍이 몰아쳤다.

공간을 가른 그의 검에 빛의 창이 깨어지며, 동시에 그의 검도 산산조각났다.

바리어의 시전이 계속될수록 내 얼굴은 차갑게 식어갔다. 마력이 빠져나가는 느낌이 예전과 확연하게 다르다. 고통스러운 통증이 온몸을 잠식했다.

나는 서서히 바리어의 강도를 줄였다.

진하고 깊은 방어막이 투명도를 높이기 시작했다. 주위의 기운이 거의 사그라졌을 때쯤 나와 국왕의 눈이 동시에 떠졌다.

나는 바로 허리춤에 위치한 검을 잡았다. 반사적으로 검을 꺼내려는 순간 그가 손을 들었다.

"더 이상 대련을 하다가는 왕국이 남아나질 않겠네. 여기까지 하도록 하지. 오랜만에 정말 속시원한 대결이었어. 하하핫!"

멀리 떨어져 있던 공작이 달려와 손수건으로 입가에 묻은 피를 닦아주었다. 그 피를 보고 다소 놀란 듯 그가 눈을 동그랗게 떴다.

"오, 역시 이클레이드의 제자는 다르구먼. 내가 자극한 보람이 있어. 하하핫!"

그는 무엇이 그리 재미있는지 계속해서 웃음을 참지 못했다.

'그러나……'

아무리 국왕이 먼저 대련을 청했다지만 이건 너무 심한 결과였다. 주위가 온통 왕이 거하는 곳이라고는 상상도 할 수 없을 만큼 참혹하다.

'이해할 수 없다.'

만약 어느 한쪽이 힘의 균형이 깨져 밀려 버렸다면 이 땅, 적어도 반경 50피르는 흔적도 없이 파멸되었을 것이다. 다행히 힘이 동시에 분해되었으니 망정이지, 그렇지 않았다면 그는 자신의 나라 일부를 날려 버릴 만한 만행을 저지를 뻔한 것이다.

나는 그에게 묻지 않을 수 없었다.

"왜 이렇게 위험한 공격을 하셨습니까?"

내 물음에 그는 이렇게 대답했다.

"순간 자네의 그 젊은 혈기를 빼앗고 싶어져서 말이네. 나도 모르게 흥분해 버렸군."

분명 그의 눈빛은 다른 의미를 꾀하고 있었다. 뭔가를 감추는 듯한 그런 불안한 눈빛. 무언가를 더 캐묻고 싶었으나 일개 평민이 국왕에게 의심의 질문이라는 건 반역이나 다름없었기에 입을 닫았다.

"쿨럭!"

갑자기 입에서 붉은 피가 뿜어져 나왔다.

센트럴 국왕이 내 모습을 보고 공작에게 다급히 소리쳤다.

"이런! 어서 그를 치료 신관에게 보내도록 하라!"

"괜찮습니다."

나는 소매로 입에 묻은 피를 닦아냈다.

"먼저 방으로 돌아가 쉬고 있겠습니다."

"그리하겠나? 그럼, 내 따로 신관을 그대의 방으로 보내겠네."

그의 호의를 계속 무시할 수는 없는 노릇이라 나는 고개를 끄덕였다.

"감사합니다."

사람 다 죽여놓고 걱정하는 척이라니, 고양이 쥐 생각 하는 꼴이군. 나는 속을 알 수 없는 국왕의 눈빛을 보고 몸에 돋는 오한을 떨쳐 낼 수가 없었다.

『마법체계』 3권에서 계속

초등학생이 반드시 읽어야 할 좋은 책 49권

각 학년별로 초등학생이 반드시 읽어야할 좋은 책을 선정하여 통합논술의 기본이 되는 '올바른 독서법'을 일깨워 줍니다.

교과서와 함께하는
초등학교 통합논술

초등1학년 | 값 12,000원 / 초등2학년 | 값 9,500원 / 초등3학년 | 값 11,000원 / 초등4학년 | 값 9,500원 / 초등5학년 | 값 9,500원 / 초등6학년 | 값 11,000원

♣ 혼자 할 수 있어요.
엄마가 책 읽는 방법을 가르쳐 주어도 좋아요.
독서지도하는 선생님이 가르쳐 주어도 좋답니다.
"초등 교과서와 함께하는 **통합논술 시리즈**"는
아이 스스로 독서할 수 있도록 꾸며진 책이에요.
엄마와 선생님은 요령만 가르쳐 주시면 된답니다.

♣ 교과서의 중요한 내용이 총정리되어 있어요.
각 학년별로 중요한 교과 내용이 함께 수록되어 있어요.
초등학생은 교과서 내용을 충실하게 공부해야합니다.
아울러 그와 병행한 독서가 대단히 중요하지요.
"초등 교과서와 함께하는 **통합논술 시리즈**"는
두가지 방법 모두 알려준답니다.

♣ 이 책은 훌륭하신 선생님들이 함께 쓰신 책이랍니다.
동화작가 선생님들이 쓰셨어요. 소설가 선생님도 쓰셨답니다.
국어 논술독서지도 선생님들도 함께 쓰셨지요.
"초등 교과서와 함께하는 **통합논술 시리즈**"는
엄마의 마음으로 모든 선생님들이 함께 꾸민 책이랍니다.

잘나가고 싶은 사람은 읽어라!

그에게 한눈에 반했다! 그것은 분위기 탓?
애인과 나란히 걸어갈 때 당신은 좌, 우 어느 쪽에 서는가?
이성은 왜 서로 끌리는 걸까? 그 심층 심리를 해명한다!

30초의
심리학

■ **30초의 심리학**
아사노 하치로우 지음 / 계일 옮김 | 값 8,500원

처음 본 사람인데 왜 닿는 느낌이
너무나도 강렬한 사람이 있다.
흔히 하는 말로 '필이 꽂힌 사람',
그래서 잊혀지지 않는 사람,
한눈에 반했다고 하는 것이 바로 그것이다.
이런 인간의 감정을 논하는 데
남녀의 구분이 있을 수 없다.
사랑하는 그, 혹은 그녀를
생각하는 것만으로도 가슴이 두근거린다.
이상할 것 없다. 당연히 그럴 수 있는 것이다.
그렇기에 인간을 감정의 동물이라 하지 않는가.
그러나 그렇게 좋아하는 그 사람이
어느 날 갑자기 싫어지는 경우는 왜일까?

Psychology